고구려의
설화문학

고구려의 설화문학

김창룡

보고사

프롤로그

　오늘날 설화 연구가들이 설화를 형태상으로 분류하는 방법으로서 구전설화(口傳說話)와 문헌설화(文獻說話)의 두 가지를 언급함이 일반적이다. 이는 그 이야기 내용이 아직 화자와 청자의 관계 안에서 생생한 현재진행형으로 전승되느냐, 아니면 보전의 사명감에 따라 설화를 기록으로 옮겨놓는 이와 읽는 이의 관계 안에서 전승되느냐를 기준 삼은 결과이다. 다시 말해 그것이 설화 본연의 청각 예술적인 형태인 것인가, 설화의 2차적인 개념으로서의 시각 예술적인 형태인 것인가에 대한 차이이다.

　그리하여 오늘날은 설화 시대에 이루어졌던 설화적 메시지들을 거의 문헌설화 안에서 구관(求觀)하는 실정이 되었으니, 삼국시대까지 생성되었던 설화들의 경우 대개 『삼국사기』·『삼국유사』거나, 『수이전』·『동국여지승람』 등을 통해 대강 요람(要覽)해 볼 수 있을 따름이다.

　그런데 이들 설화들을 두루 돌아보는 과정에서 구전과 문헌의 분류 말고도 또한 가지의 설화 분류 방식이 있음을 간파해 볼 수 있다. 다름 아니라 그들 설화군(群)을 자세히 살펴보면 시가와 동반 관계에 있는 설화가 있는가 하면, 반면에 그 어떤 노래도 대동(帶同)하지 아니한 채 이야기 단독으로 존재하는 설화가 있는 것이다.

　전자를 일컬어 배경설화(背景說話)라 칭한다. 돌아보면 저 상고의 시가는 하나같이 배경설화를 수반하여 있고, 이러한 현상은 삼국의 시가거나 통일신라시대 향가 등에서도 예외가 아니다. 『고려사』 악지 소재의 〈명주가〉 배경담이라든가, 『삼국유사』 소재의 〈서동요〉 배경설화는 이것의 좋은 일례라 하겠다.

　후자는 편의상 독립설화(獨立說話)라 해도 좋을 것이다. 또는 단독설화(單獨說

話), 독자설화(獨自說話)라 명칭해도 무방할 듯싶거니와, 이를테면 『삼국사기』 소재의 〈온달(溫達)〉 설화라든지, 『삼국유사』 소재 〈조신(調信)〉 설화는 이것의 호례(好例)라 할 만하다.

다만 그 대상들에 대해서는 따라야 하는 한두 가지 기준이랄까 전제가 없을 수 없다. 이에 삼국시대 설화로 소개하고자 하는 대상은 기본적으로는 구비문학의 기본 개념으로서의 '일정한 구조를 가진 꾸며낸 이야기'라는 조건에 부합되는 것들이 우선시 된다.

일정한 구조라 할 때 그것은 줄거리가 있는 이야기 구조를 말한다. 여러 개의 모티브[話素]가 서로 인과적·유기적으로 연결과 조화를 이루는 가운데 어엿한 하나의 이야기를 형성하는 것, 요컨대 서사적 구조를 뜻함이다. 따라서 비록 특이하고 인상적인 내용으로 이루어져 있어야만 하는 화소로서 손색이 없다고 해도, 그 모티브가 더 이상 유기적인 이야기로서의 일정한 틀을 지니지 못한 것들은 여기서 할애될 수밖에 없다. 예를 들어 『삼국사기』의 내해이사금(奈解尼師今) 23년에 '세고(歲庫)에 있는 병기(兵器)가 저절로 나온다'거나 '대무신왕 4년에 비류수(沸流水)에서 불을 안 때도 저절로 끓는 솥을 얻어 일군(一軍)을 배불리 먹였다'와 같은 것, 또는 『삼국유사』의 〈경명왕(景明王)〉에 '벽화 속의 개가 뜰로 달려 나왔다가 다시 벽의 그림 속으로 들어갔다', 혹은 〈남부여(南扶餘) 전백제(前百濟)〉에 '소정방이 사비하(泗沘河) 가에서 용(龍)을 낚곤 하던 바위에 용이 꿇어앉았던 자취가 있으므로 용암(龍巖)이라 했다' 등이다.

다음으로 '꾸며낸 이야기'라는 조건인 바, 일반적으로 신화·전설·민담으로 나누는 설화의 삼분법(三分法) 안에서 적어도 신화나 민담은 이 조건에 충족 부합되는 것이다. 이를테면 〈동명왕〉, 〈박혁거세〉 같은 신화에는 예외 없이 꾸며 형상화시킨 허구적 인자(因子)가 개입되어 있다. 더구나 〈구토지설(龜兎之說)〉 같은 민담의 경우 일백 퍼센트 허구에 의존된 것이다.

하지만 신화와 민담의 영역을 벗어나게 될 경우 문제가 아주 없는 것은 아니다. 설화 중에서도 신화나 민담에는 한눈에도 꾸며 형상화시킨 내용임을 알 수 있는 것이 곳곳에 드러나 있지만, 전설의 경우에는 과연 그 내용이 사실인지 허구적 형상화가 가미된 것인지 구분하기 어려운 사안들이 없지 않다. 실제로『삼국사기』와『삼국유사』등에는 허구적 형상화의 흔적이 노출되어 가히 설화의 자격에 부합할 만한 이야기들이 풍섬(豊贍)을 보이고 있으되, 그 가운데 어느 것들은 사실담으로 보아야할 지 형상화된 이야기로 인정해야 할 지 모호한 경우도 없지 않다. 예컨대 〈도미(都彌)〉거나 〈효녀지은(孝女知恩)〉, 〈빈녀양모(貧女養母)〉 등은 거의 허구가 개입된 자취를 좀처럼 잡아내기 어려워 보이지만, 필경은 설화라는 명칭이 따라붙고 있다.

따라서 설화를 정의함에 있어 '꾸며낸 이야기'의 조건 외에 별도의 기준이 추가되어야 할 필요를 느낀다. 그리하여 설화에 대해 말할 때 또 한 가지 간과할 수 없는 것은 그 이야기가 얼마만큼 흥미와 관심 속에 사람들 입에 훤전(喧傳)되었는가가 중요한 사안이 된다. 백제의 〈도미처〉나 신라의 〈효녀지은〉에서 어느 정도까지 꾸며 형상화시켰는가를 판단하기는 어려운 일인 반면, 그것들이 인구(人口)에 회자(膾炙)되었다고 하는 사실에 관한 한 큰 공감대가 형성돼 있다. 정녕 이 두 설화의 경우는 그것을 설화로 규정함에 있어서, 꾸며진 조건보다는 관심 있게 회자된 조건이 더 크게 작용했던 사례가 아닐 수 없었다. 독립설화는 아니지만 고구려 〈황조가〉의 배경설화인 화희·치희담도 그럴만하고, 〈백결선생(百結先生)〉 등도 예외가 아닐 것이다. 여기 고구려 설화에서는 고구려 모본왕(慕本王) 본기인 〈해괴한 폭군 모본왕〉이 해당될 터이다.

애당초 고구려는 백제와 더불어서 남아있는 문화적 유산이라고 해야 지극히 근소할 따름이었다. 그렇게 된 이유 중에는 패망국의 논리에 의한 바가 없지는 않았을 터이다. 그리하여 이제 설화 분야에 있어서도 겨우 손가락으로 꼽을 만큼을 넘지 못하였으되, 아마도 그 최초의 형태는 〈동명왕〉 설화인 것으로 사료된다. 설화를 통상 신화, 전설, 민담으로 분류하는 일반적인 개념 안에서 이는 신화로서 손색이 없어 보인다. 아울러 유일한 고구려의 신화이자, 동시에 이것이 단군 신화와 견주어 꼭 나중에 이룩되었는지는 알 수 없으되 최소한 신화 주인공의 시대적 소재(所在)를 기준해 보았을 때 단군 신화를 잇는다는 의의를 띠기도 한다. 고구려 2대 유리왕(琉

璃王)에게도 〈황조가〉와 관계된 화희·치희 간의 쟁총(爭寵) 설화가 있었고, 이어 제3대 대무신왕(大武神王)의 시간대 안에서도 〈호동(好童)〉과 같은 품격 높은 설화가 존재하였다. 이후 〈교시일(郊豕逸)〉, 〈을불(乙弗)〉 등이 설화로서 조금의 손색이 없었고, 특히 25대 평원왕(平原王) 대를 배경으로 해서는 가히 고구려 설화의 백미라 할 수 있는 〈온달(溫達)〉 설화의 등장을 보게 된다. 원통한 점쟁이의 환생이야기를 다룬 〈추남환생(楸南還生)〉은 고구려와 신라 두 나라에 걸친 설화라 하겠으나, 김부식은 『삼국사기』를 쓸 때 김유신 열전 편에 두어 오히려 신라 편 설화라는 인상을 강하게 풍기기도 했다. 하지만 좀 더 이야기 자체에 집중해 보면 고구려 보장왕과 왕비 및 이 나라의 이름난 점쟁이 추남(楸南)과 신하들을 둘러싸고 벌어진 이야기가 중심을 이룬다. 그 다음 억울하게 죽은 추남이 신라의 김서현과 만명부인 사이에 김유신으로 태어나니, 이를 없애고자 고구려에서 첩자를 보낸 이야기는 보장왕과 추남 일화에 부수된 액자적 성격을 띠고 있으되, 또한 보장왕 왕실 쪽이 이야기의 구심점이 된다. 따라서 여기 고구려 설화에 넣었다. 말미에는 설화 속 주인공의 시간대가 무시되어 있으나 역시 고구려가 공간 배경이 된 두 편의 설화를 배치하였다. 하나는 고구려 〈명주가〉 배경설화인 재자가인의 사랑과 물고기의 보은담이요, 다른 하나는 용왕을 위해 토끼 간을 구하러 육지에 나서는 거북과 거기에 용케 대처한 토끼의 속임수 한판을 다룬 이른바 〈구토지설〉이니, 이들은 후대에 엄청난 파장으로 널리 훤전(喧傳)되었다.

1부의 11 작품은 『삼국사기』, 『삼국유사』, 『고려사』, 『동국이상국집』의 문헌에서 고구려 인물이 중심으로 된 이야기 가운데 설화적 성격을 띤 내용들을 한 자리에 모은 것이다. 최대한 원문에 충실한 번역이고자 힘썼으며, 직역으로 자못 어색한 경우에 한해 약간의 의역을 가미하였다. 또한 원문에서 덧붙여진 주석 내용은 논란이 많아 생략하였다. 아울러 설화 각각에 대한 제목은 저자가 임의로 『삼국사기』거나 『삼국유사』의 원 표제를 현대적 감각에 맞춰 변용을 꾀한 결과이다.

『고구려 문학을 찾아서』에 부쳐

일찍이 연민(淵民) 선생께서 커다란 액자 한 폭을 내게 주신 적 있다.

1985년 9월 초에, 제자가 박사 학위 수득했다는 기념으로 또 하나의 호와 더불어 주신 것인데, 한 눈에도 선생님의 호일(豪逸)의 기풍이 그대로 나타난 '백강(白江)' 두 글자였다. 그리고 선생께서 항상 즐겨 쓰시니 큰 글자 옆의 소자(小字) 들어가는 여백에다가는 이 일을 대견해 하시고 기뻐하신다는 뜻을 특유의 넘치시는 분방의 필치로 가득 낙관해 놓으셨다. 그 글 거의 말미에 하였으되,

余嘉其篤學成名 錫以一號曰 白江 蓋君之鄕 白頭浿江也.

"내 그가 착실한 공부로 이름을 나타낸 것을 어여삐 여겨 한 호를 준다. 일컬어 '白江'이라 하였으니, 대개 군의 고향이 백두산과 대동강의 땅인 까닭이다"고 쓰셨다.

아예 끝의 '也' 자에 닿아서는 분방이 겨운 흐드러짐이 급기야 크기의 파격과 모양의 일탈을 야기한 나머지, 그 자리가 천연히 눈에 두드러지고 말았다. 아마도 '백두 패강(白頭浿江)'의 대목 앞에서 문득 웅건한 기상이 넘치는 저 북방 고구려에의 감개무량한 속뜻이 드러나신 풍운(風韻)이었음을 어렵지 않게 느낄 수 있었다.

그리고 십유오 년의 시간이 더 지나버린 오늘, 나는 그 옛 북방의 문학들에 대한 천착의 졸렬한 묶음들을 또 한 낱의 책으로 내볼 욕심에 눌려 이처럼 힘겨운 공작을 펴고 있다. 암만 이 같은 일이 물질적인 욕망과는 달라 청욕(淸慾)이 될는지는 모르지만, 아무튼 이도 필경 하나의 욕심임엔 틀림없다는 생각이다.

하지만 정녕 초기엔 지금처럼 한 권의 『고구려 문학론』 같은 형태로 묶어 볼 구상 같은 것은 꿈에조차 몰랐는데, 중간에 관심이 끌려 손대어 왔던 글 몇몇을 한 군데 놓고서 보니, 내용들이 그만 어떠한 구심점을 지향하고 있음을 깨달았다.

그야말로 우연히 만나진다는 뜻의 '불기이회(不期而會)'란 이런 것을 두고 하는 말인가 하였다. 아니면 이 또한 어쩌면 사람의 무의식이 어떤 약속된 운명을 따라 호응한 필연의 결과일는지도 몰랐다.

가만히 생각호대, 따로 전공이 아닌 이들에게조차 국문학 가운데 상당한 관심을 끌 만한 분야는 삼국의 문학일 터이요, 삼국의 문학 중에서도 그 인지도가 단연 높고 큰 것은 고구려의 문학이 아닐까 한다.

이 땅에 사는 사람들로 세상에 〈호동왕자와 낙랑공주〉 하며, 〈바보온달과 평강공주〉 이야기를 모르는 사람은 없을 터이다. 저 아득한 옛날부터 연령의 높고 낮음과 사람의 현우 귀천을 막론하여 누구든 친근히 알고 있고 입 언저리에 회자되어진, 이를테면 역사 이야기의 대명사격이라 해도 과언이 아닌 것이다. 〈동명왕신화〉도 이와 크게 다르지 아니하다. 이는 또한 단군 신화와 나란히 이 땅에 전승된 뭇 신화들 위에서, 신화 이야기의 전형과 같은 지위를 누리고 있다. 뿐만 아니라 유리 태자가 부왕 동명과의 극적 상봉, 그리고 화희·치희와의 염사, 또 그의 노래 〈황조가〉 등등…어느 것도 외진 메시지일 수 없다.

혹 그만큼이야 아닐는지 모르지만, 살수대첩이 남긴 〈을지문덕의 시〉와, 고구려 가사 부전의 세 노래인 〈명주가〉, 〈연양가〉, 〈내원성가〉 등이 또한 만만찮은 지명도를 확보하였음이 사실이다. 각별히 〈명주가 배경담〉 같은 것은 그 로맨틱한 화제와 애연(藹然)한 분위기로 인해 여직도 그 사랑을 잃지 않고 있다.

과연 고구려의 문학이야말로 삼국의 문학 중에서도 그 대중적 인지의 폭이 훨씬 넓고 각인의 골이 더욱 깊다는 건 역시 부인하기 힘든 진실인가 한다.

이렇듯 보다 자주 언급되어지는 작품들을 위주로 삼다보니, 고구려의 더 많은 설화 및 역시 이 시대 문학의 편린으로 언급되기도 하는 〈영고석(詠孤石)〉이나 〈인삼찬(人蔘讚)〉 등을 포함시켜 다루지 못한 유주(遺珠)의 아쉬움이 있다. 그것은 후일의 기약에 담고자 한다.

2002년 2월 雨水
景游書屋에서
김창룡

小序

『고구려 문학을 찾아서』를 처음 상재했던 일이 저근덧 2002년 2월이었다. 거슬러 계상(計上)해 보니, 오호라 이미 11년도 훌쩍 넘어 이제 불과 석 달 뒤엔 만 십이진(十二辰) 열두 해 성상(星霜)을 맞게 됨을 깨달았다. 당시에 이 책을 내기 위한 산고(産苦)의 몸부림이 이만저만이 아니었을지나 지금엔 기억 저편에 아득키만 하니, 가뜩이나 소슬(蕭瑟)한 잔추(殘秋)에 깊은 무상감이 차갑게 엄습한다.

기왕의 졸저는 오로지 고구려 문학 전체를 일거에 총람해 보이고 싶은 욕망이 앞서서 장르 류(類)를 따라 구분해 낼 생각까지는 엄감 못하였다. 그러다가 이래 보다 긴 세류에 걸쳐 고구려 문학 쪽에 가는 눈길에 횟수가 쌓이면서 이제는 운문과 산문으로 대분하여 각각의 영역을 확충시켜 보는 일이 보람을 더하겠다는 생각에 이르렀다. 그리하여 운문의 방(房) 안에는 〈황조가(黃鳥歌)〉, 〈여수장우중문시(與隋將于仲文詩)〉, 〈명주가(溟州歌)〉, 〈연양가(延陽歌)〉, 〈내원성가(來遠城歌)〉들이, 그리고 산문의 실내(室內)엔 〈동명왕신화〉, 〈호동왕자와 낙랑공주〉, 〈바보온달과 평강공주〉들이 들어앉았다.

운문 쪽에서는 11년 전에 고구려 초창기의 한시인 〈영고석(詠孤石)〉과 〈인삼찬(人蔘讚)〉 두 편을 포함시켜 다루지 못한 유주(遺珠)의 아쉬움을 남긴 이래 갚지 못한 빚처럼 맘에 걸렸더니, 오늘 비로소 구색 갖춰 한 자리에 아우르면서 저간의 미편한 심사를 덜어내었다.

여기 설화 책에서는 앞자리에 고구려 원전 설화 전반을 실물 감상할 수 있는 터전을 새로 마련했다. 아울러 고전의 분위기를 살리고자 원전의 모양도 최대한 옮겨 왔다. 두 책 모두에 삽도(揷圖)를 보탰으며, 더욱 유연한 독서를 위한 문장의 간소에 공을 들였다.

그리고는 각각의 방에 현액(懸額)하되 전자는 '고구려의 시와 노래', 후자는 '고구려의 설화문학'이라 하였으매, 애오라지 면모 일신(一新)한 셈이 되었다. 특히 시와 노래 책에서는 내 생애의 영대(靈臺)인 보산(寶山) 김진악 오사(吾師)께서 제자(題字)해 주시었고, 설화 책에선 서단의 교초(翹楚)인 나현(蘿峴) 이은설 선생께서 휘호해 주셨다. 앞 책 서문은 우(愚)의 오랜 지인(摯仁)인 어천(語泉) 윤덕진 교수가 호연(浩然) 광담(曠澹)한 필치로 분외의 칭사(稱辭)를 베풀었나니, 민망하여 한동안은 글에 제대로의 눈도 맞추지 못하였다.

『문방열전–한국편』 인행(印行)의 여운이 채 가시기도 전에 연속 출간의 보람을 안겨준 보고사의 김흥국 대표께 감사를 표하고, 단정한 책으로 거듭나게 해준 이유나 선생께 고마움을 남긴다.

癸巳年 동짓날
裕遊軒主
金景游 謹識

목차

1부 ❙ 감상편

2부 | 탐색편

1부

감상편

초인 동명왕

시조 동명성왕(東明聖王)의 성은 고(高), 이름은 주몽(朱蒙)이다.

앞서 부여왕(扶餘王) 해부루(解夫婁)가 늙도록 아들이 없었으므로 산천에 제사 드려 대를 이을 아들을 갖게 해 달라고 빌었다. 그가 탄 말이 곤연(鯤淵)에 이르렀을 때 큰 돌을 보자 마주 대하며 눈물을 흘렸다. 왕이 이상히 여겨 사람을 시켜 그 돌을 굴리게 했더니 금빛 개구리 형상을 한 어린 아이가 있었다.

왕이 기뻐 말하기를,

"이는 곧 하늘이 내게 대를 이을 자식을 주신 것이다!"

하고는 거두어 길렀다. 이름을 금와(金蛙)라 하였거니, 마침내 장성하자 태자로 삼았다.

후에 이 나라의 재상 아란불(阿蘭弗)이 이런 말을 하였다.

"근자에 천제(天帝)께서 제게 내려와 이르시되 '장차 나의 자손으로 이곳에 나라를 세우도록 할지니 그대는 그 자리를 비켜나도록 하라. 동쪽 바닷가에 가섭원(迦葉原)이라는 땅이 있는데, 토양이 기름져 오곡을 심어 가꾸기에 적합하니 도읍으로 삼을 만할 것이다'고 하셨나이다."

아란불이 마침내 왕에게 권하여 그곳으로 도읍을 옮기고, 나라 이름을 동부여(東扶餘)라 했다.

■ 동명성왕(東明聖王)
고구려의 시조 동명왕.
『삼국사기』의 기록상
은 B.C.58년~B.C.19
년. 재위는 B.C.37년~
B.C.19년.

■ 주몽(朱蒙)
주석에는 추모(鄒牟),
중해(衆解)라고도 한
다고 했다.

■ 해부루(解夫婁)
동부여의 시조. 해모수
(解慕漱)의 아들이란
설과 단군과 하백녀 사
이에 태어난 아들이란
설이 있다.

■ 천제(天帝)
하늘을 다스리는 신.
하느님. 제석천(帝釋天)

그 해부루가 있던 도읍에는 어디서 왔는지 알 수 없는 어떤 이가 스스로 천제(天帝)의 아들 해모수(解慕漱)라 칭하면서 거기에 도읍을 정하였다.

해부루가 죽자 금와가 왕위를 이었다. 이때 금와는 대백산(大白山) 남쪽 우발수(優渤水)에서 한 여자를 만났다. 신분을 묻자 그녀가 이렇게 대답하였다.

"저는 하백(河伯)의 딸로, 이름은 유화(柳花)라 합니다. 동생들과 나들이 나갔는데, 마침 한 남자가 자신이 천제의 아들 해모수라 하면서 저를 웅심산(熊心山) 아래 압록강 가에 있는 집으로 유인하여 은근 정을 통하고는 이내 가버리더니 돌아오지 않았지요. 저의 부모는 제가 중매도 없이 남을 따랐노라 꾸짖고는 급기야 벌주어 우발수에 살게 하였답니다."

금와는 이상하다 싶어 그녀를 방안에 가두었다.

유화가 해에 비춰지자 몸을 피하였더니 햇빛이 다시 그녀를 따라가 비추었다. 그 일로 말미암아 잉태하게 되었고, 한 알을 낳았는데 크기가 다섯 되 가량 되었다.

왕이 그 알을 개와 돼지에게 던져 주었으나 모두 먹지 않았다. 다시 길 가운데 버렸으나 소와 말이 피해갔다. 나중에는 들에 버렸으나 새가 날개로 그것을 덮고 감싸 지키었다. 쪼개려 하였지만 깨뜨리지 못하자 왕은 결국 그 어미에게 돌려주었다. 어미는 알을 싸서 따뜻한 곳에 두었더니, 한 사내아이가 껍질을 깨고 나왔는데 골격과 외모가 뛰어났다.

나이 7세에 보통사람과는 빼어나게 달라서 스스로 활과 화살을 만들어 쏘았는데 백발백중이었다. 부여(扶餘) 풍속에 활을 잘 쏘는 사람을 '주몽(朱蒙)'이라 하였기에 그것으로 이름을 삼았다고 한다.

금와에겐 일곱 아들이 있었다. 그들은 항상 주몽과 함께 놀았는데, 모두의 재주가 하나같이 주몽에 미치지 못하였다. 그들 중 맏아들인 대소(帶素)가 왕에게 말했다.

"주몽은 사람에게서 태어나지 않은지라 됨됨이가 두려운 게 없이 과감하므로 만약 일찍 도모하지 않으면 후환이 있을까 두렵나이다. 바라

■ 대백산(大白山)
태백산(太白山). 지금의 평북 연변 묘향산이란 설과 백두산이랑 설이 있다.

■ 하백(河伯)
강(江)을 다스리는 신. 물의 신.

■ 웅심산(熊心山)
검재, 곧 백두산이란 설이 있으나 미상.

옵건대 없애버리소서!"

그러나 왕이 그 말을 듣지 않고, 주몽에게 말 키우는 일을 하게 하였다.

주몽은 여러 말 가운데 준마(駿馬)를 알아보고 먹이를 적게 주어 여위게 하였고, 둔한 말에게는 배불리 먹여 살찌게 하였다. 왕은 살진 말은 자기가 타고 여윈 말은 주몽에게 주었다. 훗날 들판에서 사냥을 하는데, 주몽이 활을 잘 쏜다 하여 그에겐 화살을 적게 주었지만 주몽이 잡은 짐승이 단연 많았다.

왕자들과 여러 신하들이 거듭 주몽을 죽이려고 하자 그 어미가 은밀히 그 사실을 알아내곤 아들에게 말하기를,

"나라 사람들이 장차 너를 해하려 하니 너의 재능과 지략이라면 어디를 간들 못 할 게 있겠느냐? 여기서 주저하며 있다가 욕을 당하느니 차라리 멀리 가서 일을 도모하는 게 낫겠구나."

라고 하니, 주몽은 오이(烏伊)·마리(摩離)·협보(陝父) 등 세 사람과 벗을 삼고 떠나 엄호수(淹㴲水)▪에 이르러 강을 건너려 하였으나 다리가 없었다. 추격하는 병사들에게 붙잡힐까 걱정되자 주몽이 물을 향해 고하기를,

"나는 천제의 아들이요, 하백의 외손이다.▪ 오늘 도주하는 길인데 뒤쫓는 자들이 거의 따라왔으니 어찌하면 좋은가?"

하자, 그때 물고기와 자라들이 물위로 떠올라 다리를 만들어 주몽이 건널 수 있었다. 그리고는 이내 물고기와 자라가 흩어지매 뒤쫓던 기병들은 강을 건너지 못하였다.

주몽이 모둔곡(毛屯谷)에 이르렀을 때 세 사람을 만났는데 한 사람은 삼베옷을 입고 있었고, 또 한 사람은 납의(衲衣)▪를 입었고, 다른 한 사람은 수초로 만든 옷을 입고 있었다. 주몽이 물었다.

"그대들은 어떤 사람들이며, 성과 이름은 무엇이오?"

삼베옷 입은 이는 이름이 재사(再思)라 대답했고, 납의를 입은 이는 무골(武骨)이라 했으며, 수초옷 입은 사람은 묵거(默居)라고 했으되 성은 말하지 아니하였다. 이에 주몽이 재사에게는 극씨(克氏)를, 무골에게는

▪ 엄호수(淹㴲水)
주석에는 일명 '개사수(蓋斯水)'로 압록강 동북쪽에 있다고 하였다.

▪ 하백의 외손
『구삼국사(舊三國史)』에는 천제의 손자요, 하백의 외손으로 되어 있다.

▪ 납의(衲衣)
승려들이 입는 검정이나 회색의 웃옷. 그러나 이때는 불교가 들어오기 전이고, 또한 '衲'은 누덕누덕 기우다는 뜻이니 '누더기 옷'으로서 타당하다.

중실씨(仲室氏)를, 묵거에게는 소실씨(少室氏)라는 성을 내린 뒤에 무리에게 말하였다.

"내가 바야흐로 하늘의 명을 받아 나라의 기틀을 열고자 하는 차에 마침 세 분의 현자를 만났으니 이 어찌 하늘이 내려주신 일이 아니겠는가?"

드디어 그들의 능력을 살펴 각기 일을 맡기고, 모두가 함께 졸본천(卒本川)에 이르렀다.

■ 졸본(卒本)
고구려의 첫 수도로서 지금의 중국 요령성(遼寧省) 환인(桓仁)지역에 비정된다.

일행은 그곳의 토지가 비옥하고 훌륭하며 산하가 준험 굳건한 것을 보고, 마침내 그곳을 도읍으로 정하려 하였다. 하지만 미처 궁실을 지을 겨를이 없어 비류수(沸流水) 가에 초막을 짓고 살았다. 나라를 고구려(高句麗)라 일컫고, 그에 따라 고(高)로써 성씨를 삼았다. 이 해 주몽의 나이 22세였으며, 한나라 효원제(孝元帝) 건소(建昭) 2년, 신라 시조 혁거세 21년 갑신년(甲申年)이었다.

■ 건소(建昭) 2년
건소는 B.C.38년~B. C.34년에 해당하니 건소 2년은 B.C.37년이다. 육십갑자로 하면 계미(癸未)년이 되는데, 여기서는 갑신(甲申)년이라 하였다.

그 때 사방에서 소문을 듣고 와서 이곳에 살고자 하는 자가 많았다. 그곳이 말갈(靺鞨) 부락과 인접해 있었으므로 그들의 침범을 우려하여 물리쳐버리니, 말갈이 두려워서 감히 침범하지 못하였다. 왕은 비류수에 채소가 떠내려 오는 것을 보고, 상류에 사람이 산다는 것을 알았다. 이에 왕은 사냥을 하며 그곳을 찾아 올라가 비류국(沸流國)에 이르렀다. 그 나라의 임금 송양(松讓)이 나와 왕을 보고 말했다.

■ 비류국(沸流國)
다물국(多勿國)이라고도 하며, 비류나(沸流那)는 압록강의 만주 쪽 비류수 상류에 있었던 부족국가이다.

"과인이 바닷가 한 구석에 외따로 살아와서 군자를 만난 적이 없는데, 오늘 우연히 만나게 되었으니 또한 다행스런 일이 아니겠는가! 그대가 어디로부터 왔는지 모르겠구려."

주몽은,

"나는 천제의 아들로서, 모처에 이르러 도읍을 정하였소."

라고 대답하였다. 송양이,

"우리 집안은 누대에 걸쳐 왕 노릇을 하였고 또한 땅이 비좁아 두 임금을 세울 수는 없소. 그대는 도읍을 정한 지가 얼마 되지 않았으니 나의 속국이 되는 것이 어떠하오?"

왕이 그의 말에 분노하여 더불어 논쟁을 벌이다가 아무래도 활쏘기로 재주를 비교하게 되었는데, 송양이 맞서지 못하였다.

❇ 해설

　이상은『삼국사기』권13 고구려 본기1 〈시조동명성왕(始祖東明聖王)〉의 기록이다.『삼국유사』에는 기이(紀異)1 〈고구려(高句麗)〉에 동명왕의 사적(事蹟)이 수록되어 있다.

　천제의 아들이라는 해모수와 하백(河伯)의 딸 유화(柳花)가 정을 통한 뒤 태어난 인물이 동명왕이라 하였다. 동명이 하늘과 땅의 조화와 결합에 따라 생겨난 초월적인 존재임을 암시한 구도이다. 마침 금와왕(金蛙王)이 데려와 방 속에 가두었더니, 일광(日光)이 따라 비치는 가운데 태기가 있어 큰 알 하나를 낳는다. 난생(卵生)의 모티브이니, 알은 하늘을 나는 조류(鳥類)의 산물이며 궁극엔 하늘[天]의 표상(表象)이다. 하늘에서 떨어진 인물임에 날짐승과 길짐승이 비호하고, 깨지지도 않는다. 그 알에서 탄생한 아이는 활쏘기에 특출하니, 그 의미를 살려서 주몽으로 불리웠다. 금와왕의 일곱 아들이 시기하여 죽이고자 하매 주몽은 어머니 유화의 권고를 따라 동부여를 탈출한다. 집안의 천대를 받고 집을 떠나는 이러한 이야기 구조는 나중 조선시대의 소설 〈홍길동전〉에 그 연맥(連脈)이 닿는다. 새로운 땅에다 고구려를 세워 왕이 된다는 것도 홍길동이 새로운 율도국(硉島國)▪의 왕이 된다는 화제와 통한다. 중간에 대강(大江)이 가로막히지만 어별(魚鼈)▪이 다리를 이루어 동부여 탈출에 성공하는 장면은 구약성서에서 이스라엘의 지도자 모세(Moses)가 애굽 탈출 과정에 갈대 바다 앞에서 야훼 신(神)께 기도하여 갈라진 물 사이를 건너는 광경과 방불하다.

　주몽이 고구려를 건국하기까지의 일련의 기록은 합리적인 역사 기술(記述) 이전의 형태이다. 단군과 마찬가지로 주몽이 천손(天孫)임을 강조하고, 또 웅녀가 동굴 속의 시련을 거쳤던 것처럼 유화도 방에 갇혔다는 공통점이 엿보이고 있다. 그러하되, 전반의 체계가 단군 신화에서보다 훨씬 다채롭고 역동적인 구성을 띠고 있다. 고려 때 이규보는 이 신화를 토대로 하여 서사

▪ 율도국(硉島國)
〈홍길동전〉에 나오는 가상의 유토피아. 혹은 오키나와라고도 하고 그 남쪽섬인 궁미도라는 설도 있다.

▪ 어별(魚鼈)
물고기와 자라.

시 〈동명왕편(東明王篇)〉을 만들었다. 근래에는 제석(帝釋) 본풀이와의 연관성에 대하여도 논의되었다.

❈ 원문

始祖東明聖王 姓高氏 諱朱蒙 先是 扶餘王解夫婁老無子 祭山川求
嗣 其所御馬至鯤淵 見大石 相對流淚 王怪之 使人轉其石 有小兒 金
色蛙形 王喜曰 此乃天賚我令胤乎 乃收而養之 名曰金蛙 及其長 立爲
太子 後其相阿蘭弗曰 日者天降我曰 將使吾子孫立國於此 汝其避之
東海之濱有地 號曰迦葉原 土壤膏腴宜五穀 可都也 阿蘭弗遂勸王移
都於彼 國號東扶餘 其舊都有人 不知所從來 自稱天帝子解慕漱 來都
焉 及解夫婁薨 金蛙嗣位 於是時 得女子於太白山南優渤水 問之曰 我
是河伯之女 名柳花 與諸弟出遊 時有一男子 自言天帝子解慕漱 誘我
於熊心山下鴨綠邊室中 私之 卽往不返 父母責我無媒而從人 遂謫居
優渤水 金蛙異之 幽閉於室中 爲日所炤 引身避之 日影又逐而炤之 因
而有孕 生一卵 大如五升許 王棄之 與犬豕 皆不食 又棄之路中 牛馬
避之 後棄之野 鳥覆翼之 王欲剖之 不能破 遂還其母 其母以物裹之
置於暖處 有一男兒 破殼而出 骨表英奇 年甫七歲 嶷然異常 自作弓矢
射之 百發百中 扶餘俗語 善射爲朱蒙 故以名云 金蛙有七子 常與朱蒙
遊戲 其伎能皆不及朱蒙 其長子帶素言於王曰 朱蒙非人所生 其爲人
也勇 若不早圖 恐有後患 請除之 王不聽 使之養馬 朱蒙知其駿者 而
減食令瘦 駑者善養令肥 王以肥者自乘 瘦者給朱蒙 後獵于野 以朱蒙
善射 與其矢小 而朱蒙殪獸甚多 王子及諸臣又謀殺之 朱蒙母陰知之
告曰 國人將害汝 以汝才略 何往而不可 與其遲留而受辱 不若遠適以
有爲 朱蒙乃與烏伊摩離陜父等三人爲友 行至淹㴲水 欲渡無梁 恐爲
追兵所迫 告水曰 我是天帝子 河伯外孫 今日逃走 追者垂及如何 於是
魚鼈浮出成橋 朱蒙得渡 魚鼈乃解 追騎不得渡 朱蒙行至毛屯谷 遇三
人 其一人着麻衣 一人着衲衣 一人着水藻衣 朱蒙問曰 子等何許人也
何姓何名乎 麻衣者曰 名再思 衲衣者曰 名武骨 水藻衣者曰 名默居
而不言姓 朱蒙賜再思姓克氏 武骨仲室氏 默居少室氏 乃告於衆曰 我

方承景命 欲啓元基 而適遇此三賢 豈非天賜乎 遂揆其能 各任以事 與
之俱至卒本川 觀其土壤肥美 山河險固 遂欲都焉 而未遑作宮室 但結
廬於沸流水上居之 國號高句麗 因以高爲氏 朱蒙年二十二歲 是漢孝
元帝建昭二年 新羅始祖赫居世二十一年甲申歲也 四方聞之 來附者
衆 其地連靺鞨部落 恐侵盜爲害 遂攘斥之 靺鞨畏服 不敢犯焉 王見沸
流水中 有菜葉逐流下 知有人在上流者 因以獵往尋 至沸流國 其國王
松讓出見曰 寡人僻在海隅 未嘗得見君子 今日邂逅相遇 不亦幸乎 然
不識吾子自何而來 答曰 我是天帝子 來都於某所 松讓曰 我累世爲王
地小不足容兩主 君立都日淺 爲我附庸可乎 王忿其言 因與之鬪辯 亦
相射以校藝 松讓不能抗.

－『三國史記』高句麗本紀1「始祖東明聖王」

三國史記卷第十三

宣撰

高句麗本紀第一 始祖東明聖王

始祖東明聖王姓高氏諱朱蒙一云鄒牟一云象解

先是扶餘王解夫婁老無子祭山川求嗣其

所御馬至鯤淵見大石相對流淚王怪之使人

轉其石有小兒金色蛙形地一作蝸 王喜曰此乃天

賚我令胤乎乃收而養之名曰金蛙及其長立

爲太子後其相阿蘭弗曰日者天降我曰將使
吾子孫立國於此汝其避之東海之濱有地號
日迦葉原土壤膏腴宜五穀可都也阿蘭弗遂
勸王移都於彼國號東扶餘其舊都有人不知
所從來自稱天帝子解慕漱來都焉及解夫婁
薨金蛙嗣位於是時得女子於大白山南優渤
水間之曰我是河伯之女名柳花與諸弟出遊
時有一男子自言天帝子解慕漱誘我於熊心
山下鴨淥邊室中私之即往不返父母責我無

蟆而從人虻蠚居優渥水金蛙異之幽閉於室
中為日所炤引身避之日影又逐而炤之因而
有孕生一卵大如五升許王棄之與犬豕皆不
食又棄之路中牛馬避之後棄之野鳥覆翼之
王欲剖之不能破遂還其母以物裏之置
於暖處有一男兒破殼而出骨表英奇年甫七
歲嶷然異常自作弓矢射之百發百中扶蘇俗
語善射為朱蒙故以名云金蛙有七子常與朱
蒙遊戲其伎能皆不及朱蒙其長子帶素言於

王曰朱蒙非人所生其為人也勇若不早圖恐
有後患請除之王不聽使之養馬朱蒙知其駿
者而減食令瘦駑者善養令肥王以肥者自乘
瘦者給朱蒙後獵于野以朱蒙善射與其矢小
而朱蒙殪獸甚多王子及諸臣又謀殺之朱蒙
母陰知之告曰國人將害汝以汝才略何往而
不可與其遲留而受辱不若遠適乃有為朱蒙
乃與烏伊摩離陝父等三人為友行至淹淲水
一名蓋斯水在今鴨綠東北 欲渡無梁恐為追兵所迫告水曰

我是天帝子何伯外孫今日逃走者垂及如
何苾是魚鼈浮出成橋朱蒙得渡魚鼈乃解追
騎不得渡朱蒙行至毛屯谷（魏書云至）遇三人其
一人著麻衣一人著衲衣一人著水藻衣朱蒙
問曰子等何許人也何姓何名乎麻衣者曰名
再思衲衣者曰名正骨水藻衣者曰名黙居而
不言姓朱蒙賜再思姓克氏正骨仲室氏黙居
少室氏乃告於衆曰我方承景命欲啓元基而
適遇此三賢豈非天賜乎遂揆其能各任以事

與之俱至卒本川〈魏書云至紇升骨城〉觀其土壤肥美山河
險固遂欲都焉而未遑作宮室但結廬於沸流
水上居之國號高句麗因以為氏〈一云朱蒙至卒本扶餘〉
無子見朱蒙知非常人以其女妻之王薨朱蒙嗣世時朱蒙年二十二歲是漢
孝元帝建昭二年新羅始祖赫居世二十一年
甲申歲也四方聞之來附者眾其地連靺鞨部
落恐侵盜為害遂攘斥之靺鞨畏服不敢犯焉。
王見沸流水中有菜葉。逐流下知有人在上流
者因以獵往尋至沸流國其國王松讓出見曰

寡人僻在海隅未嘗得見君子今日邂逅相遇
不亦幸乎益不識吾子自何而來答曰我是天
帝子來都於其所松讓曰我累世為王地小不
足容兩主君立都曰淺為我附庸可乎王忿其
言因與之鬪辯亦相射以校藝松讓不能抗

『동국이상국집』
東國李相國集

왕이 천제 아들의 비(妃)인 것을 알고 별궁(別宮)에 두었더니 그 여인이 품안으로 햇빛을 품으면서 잉태하여 신작(神雀) 4년ᵇ 계해년 여름 4월에 주몽(朱蒙)을 낳았는데, 우는 소리가 매우 크고 골격이 빼어나며 기이하였다. 처음 낳을 때에 왼편 겨드랑이로 알 하나를 낳았는데 크기가 다섯 되들이쯤 되었다. 왕이 괴이하게 여겨 말하기를,

"사람으로 새의 알을 낳았으니 상서롭지 못하다."

하고, 사람을 시켜 마구간에 두었더니 말들이 밟지 않았다. 깊은 산에 버렸더니 모든 짐승이 다 호위하고 구름 껴 흐린 날에도 알 위엔 한결같이 햇빛이 있었다. 왕이 알을 도로 가져다가 어미에게 보내 기르게 하였더니, 알이 마침내 갈라지면서 한 사내아이를 얻었는데 낳은 지 한 달도 안 되어 언어가 모두 야물었다.

아이는 어머니에게,

"파리들이 눈을 핥아서 잘 수가 없으니 어머니는 날 위해 활과 화살을 만들어 주오."

하니 그 어머니가 댓가지로 활과 화살을 만들어 주자 스스로 물레 위에 앉은 파리를 쏘는데 시위를 당기는 족족 적중시켰다. 부여(扶餘)에서 활 잘 쏘는 것을 주몽(朱蒙)이라고들 하였다.

크게 자라자 재능이 다 갖추어졌다. 금와왕에게는 아들이 일곱 있었는데 항상 주몽과 함께 사냥하며 놀았다. 왕의 아들들과 따르는 사람 40여 인이 고작 사슴 한 마리를 잡았지만 주몽이 쏘아 잡은 사슴은 엄청 많았다. 왕자들이 시기하여 주몽을 붙잡아 나무에 묶고 사슴을 빼앗아 가버렸는데, 주몽은 나무를 뽑아 버리고 돌아왔다. 그러자 태자(太子)인 대소(帶素)가

■ 신작(神雀) 4년
신작(神爵). 중국 전한(前漢) 선제(宣帝)의 네 번째 연호. 신작 4년은 기원전 58년에 해당한다.

왕에게 아뢰었다.

"주몽이란 자는 사람으로선 상상 못할 용기를 지닌 인물인데다 눈초리가 비상하니 만일 일찍 도모하지 않으면 필경 후환이 있을 것입니다."

그러자 왕이 주몽에게 말을 기르게 하여 그 속내를 시험하였다. 주몽이 속으로 한을 품은 채 어머니에게,

"나는 천제의 손자인데 남의 말이나 기르고 있으니 이렇게 살 바엔 죽는 것만 못합니다. 남쪽 땅에 가서 나라를 세우려 하나 어머니가 계셔 마음대로 못합니다."

하였다.

그 어머니가,

"이 일은 내가 밤낮으로 고심하던 일이다. 내 들으니 사나이가 먼 길을 가려면 반드시 준마가 있어야 한다. 내가 말을 골라 주마."

하고, 드디어 목마장(牧馬場)으로 가서 긴 채찍으로 마구 때리니 말들이 모두 놀라 달아나는데 한 마리 붉은 말이 두 길이나 되는 난간을 뛰어넘었다. 주몽은 그 말이 출중하게 빠른 말*임을 알고 몰래 바늘을 혀뿌리에 찔러 넣었다. 말은 혀가 아파 물이며 풀을 먹지 못하면서 심히 야위었다. 왕이 목마장을 순시하다가 말들이 죄다 살찐 것을 보고 크게 기쁜 나머지 야윈 말을 주몽에게 주었다. 주몽이 이 말을 얻고 나서 바늘을 뽑고 제대로 먹였다.

주몽은 남몰래 세 사람의 어진 이들과 벗을 맺었는데 오이(烏伊)·마리(摩離)·협보(陝父)라 했으니 하나같이 지혜가 많았다. 주몽과 그들이 남쪽으로 엄체수(淹滯水)*에 이르렀을제, 건너고자 했으나 배가 없었다. 쫓아오는 군사가 곧 들이닥칠 것이 걱정되어 주몽은 채찍으로 하늘을 가리키며 개연(慨然)*히 탄식하였다.

"나는 천제의 손자에 하백의 외손이오. 지금 어려운 상황을 피해 여기에 이르렀으니 황천후토(皇天后土)*는 이 몸을 불쌍히 여기사 속히 배다리*를 주소서."

말을 마치고 활로 물을 치자 물고기와 자라가 물 위에 떠서 다리를 만들

■ 출중하게 빠른 말
글 안의 주석에 '《통전(通典)》에 주몽이 타던 말은 모두 과하마(果下馬)'라 하였다.

■ 엄체수(淹滯水)
글 안의 주석에 '일명 개사수(蓋斯水)인데 지금의 압록강 동북쪽에 있다'고 하였다.

■ 개연(慨然)
감정이 복받쳐 슬퍼하는 모양. 분개하는 모양.

■ 황천후토(皇天后土)
하늘의 신과 땅의 신을 함께 이르는 말.

■ 배다리
교각(橋脚)을 사용하지 않고 배나 뗏목 등을 이어 그 위에 널빤지를 깔아 만든 다리. 부량(浮梁).

매 주몽이 건널 수 있었고, 한참 만에 뒤쫓는 군사가 당도하였다. 쫓아온 군사가 하수에 이르렀을 때 물고기와 자라의 다리는 즉시 사라졌고 이미 다리 위에 오른 자는 모두 빠져 죽었다.

주몽이 이별할 때 차마 떨어지지 못하니 어머니가 말하기를,
"너는 이 어미 하나로 걱정하지 말거라."
하고 오곡 종자를 싸 주어 보내었다. 주몽이 살아서 이별하는 마음이 애절하여 그만 보리 종자를 잊어두고 왔다. 주몽이 큰 나무 아래서 쉬는데 비둘기 한 쌍이 날아왔다. 주몽이,
"아마도 신모(神母)께서 보리 종자를 보내도록 하신 것이리."
하고, 활을 쏘아 첫째 화살에 모두 떨어뜨리고 목구멍을 벌려 보리 종자를 얻었다. 그리고 나서 물을 뿜어주니 비둘기가 다시 살아나서 날아갔다.
왕이 손수 띠를 묶어 높고 낮음의 석차를 표시해 세운 표에 앉아서 대략 임금과 신하의 위차를 정하였다.
비류왕(沸流王) 송양(松讓)이 사냥을 나왔다가 왕의 용모가 비상함을 보고 이끌어 함께 앉으면서 말을 건네었다.
"바다 한쪽에 치우쳐 있어 한 번도 군자(君子)를 만나보지 못하였는데, 오늘 우연히 만났으니 얼마나 다행한 일인가. 그대는 누구이며, 어디에서 왔는가?"
그러자 왕이,
"과인은 천제의 손자요 서국(西國)의 왕이오. 감히 묻는데 군왕은 누구의 후손이오?"
하니, 송양이,
"나는 선인(仙人)의 후손으로 여러 대 왕 노릇을 하였다오. 지금 땅이 매우 협소하니 두 왕으로 나눌 순 없소. 그대는 나라를 만든 지가 얼마 되지 않았으니, 내게 붙음이 좋을 것이오."
하였다. 왕이,
"과인은 천제의 뒤를 이었지마는 지금 왕은 신(神)의 자손도 아니면서

■ 신모(神母)
모신(母神). 모성(母性)을 인격화한 신. 주로 어머니의 이미지에서 따온 풍요, 출산, 다산(多産), 성적 결합, 양육, 자애(慈愛) 등을 상징한다. 대개 농경(農耕)과 관련시켜 생산력에 중점을 둔 것이 많다. 여신(女神).

억지 왕이라 일컬으니, 만일 내게 귀순하지 않으면 하늘이 반드시 죽일 것이리다."

하였다. 송양은 왕이 여러 번 천제의 손자라 자칭하는 것을 듣고 마음에 의심을 품어 그 재주를 시험하고 싶어졌다.

"왕과 활쏘기를 원하노라."

하고, 사슴 그림을 일백 보 떨어진 곳에 놓고 쏘았는데 그 화살이 사슴 배꼽을 맞추지도 못한 상태에서 손이 풀리고 말았다. 왕이 사람을 시켜 옥가락지를 일백 보 밖에 매달게 하고 쏘았는데 기왓장 부서지듯 깨뜨리자 송양이 크게 놀랐다.

왕이,

"국가의 기틀이 새로 만들어졌지만 고각(鼓角)의 위의(威儀)가 없는지라 비류국(沸流國) 사자가 왕래함에 내가 왕의 예로써 맞고 보내질 못해 우리를 가볍게 여기는 것이다."

하였다. 왕을 모시던 신하 부분노(扶芬奴)▪가 앞에 나와,

"신이 대왕을 위하여 비류의 북을 가져오겠나이다."

함에 왕이,

"다른 나라가 감춰둔 물건을 그대가 어떻게 가져오려오?"

하니, 그가 대답을 드렸다.

"이는 하늘이 내리신 물건이니 어이 가져오지 못하겠습니까? 대왕이 부여(扶餘)에서 곤경을 치루실 때 여기까지 이르시리라고 누가 생각했겠나이까? 지금 대왕께서 갖은 죽음의 위기로부터 몸을 빼쳐 나와 요좌(遼左)▪에 이름을 날리니 이것은 천제의 명으로 하심이라 무슨 일인들 이루지 못하겠습니까?"

하였다. 이에 부분노 등 세 사람이 비류에 가서 북을 가져오니 비류왕이 사자를 보내어 알려왔다. 왕이 비류 쪽에서 와서 고각을 볼까 하여 빛바랜 오랜 것처럼 해 놓으니 송양이 감히 다투지 못하고 돌아갔다.

송양이 도읍을 세운 시간의 선후(先後)를 따져 부속국으로 삼고자 하니,

▪ 부분노(扶芬奴)
동명왕 대부터 유리왕 대까지도 활동한 명신(名臣)으로. 유리왕 대에 전략을 발휘하여 선비족을 무찌른 활약상이 돋보인다.

▪ 요좌(遼左)
요동(遼東). 혹은 요하(遼河)의 왼쪽 땅.

왕이 궁실을 지을 때 썩은 나무로 기둥을 세워 천 년 묵은 것처럼 했다. 송양이 와서 보고 결국은 함부로 도읍을 세운 선후를 따지지 못하였다.

서쪽을 순행하다가 흰 사슴을 잡았는데, 해원(蟹原)에서 거꾸로 달아매고 주문을 외었다.

"하늘이 만일 비를 내려 비류왕의 도읍을 쓸어내지 않는다면 내가 널 놓아주지 않으리라. 이 곤경을 면하려거든 네가 하늘에 호소하라."

그 사슴이 슬피 우는 소리가 하늘에 사무치니 장맛비가 이레를 퍼부어 송양의 도읍을 휩쓸어버렸다, 송양이 갈대 밧줄로 홍수 물을 횡단하고 오리 말을 타니 백성들이 모두 그 밧줄에 매달렸다. 이에 주몽이 채찍으로 물을 긋자 홍수가 곧 줄어들었다. 6월에 송양이 나라를 들어 항복하였다.

🙖

王知天帝子妃 以別宮置之 其女懷中日曜 因以有娠 神雀四年癸亥歲夏
四月 生朱蒙 啼聲甚偉 骨表英奇 初生左腋生一卵 大如五升許 王怪之曰
人生鳥卵 可爲不祥 使人置之馬牧 群馬不踐 棄於深山 百獸皆護 雲陰之
日 卵上恒有日光 王取卵送母養之 卵終乃開得一男 生未經月 言語並實
謂母曰 群蠅嚌目 不能睡 母爲我作弓矢 其母以蓽作弓矢與之 自射紡車
上蠅 發矢卽中 扶余謂善射曰朱蒙 年至長大 才能並備 金蛙有子七人 常
共朱蒙遊獵 王子及從者四十餘人 唯獲一鹿 朱蒙射鹿至多 王子妬之 乃
執朱蒙縛樹 奪鹿而去 朱蒙拔樹而去 太子帶素言於王曰 朱蒙者 神勇之
士 瞻視非常 若不早圖 必有後患 王使朱蒙牧馬 欲試其意 朱蒙內自懷恨
謂母曰 我是天帝之孫 爲人牧馬 生不如死 欲往南土造國家 母在不敢自
專 其母云云 其母曰 此吾之所以日夜腐心也 吾聞士之涉長途者 須憑駿
足 吾能擇馬矣 遂往馬牧 卽以長鞭亂揰 群馬皆驚走 一騂馬跳過二丈之
欄 朱蒙知馬駿逸 潛以針揰馬舌根 其馬舌痛 不食水草 甚瘦悴 王巡行馬
牧 見群馬悉肥大喜 仍以瘦錫朱蒙 朱蒙得之 拔其針加餧云 暗結三賢友
烏伊摩離陜父等三人 其人共多智 南行至淹滯 欲渡無舟 恐追兵奄及 迺
以策指天 慨然嘆曰 我天帝之孫 河伯之甥 今避難至此 皇天后土 憐我孤
子 速致舟橋 言訖 以弓打水 魚鼈浮出成橋 朱蒙乃得渡 良久追兵至 追

兵至河 魚鼈橋卽滅 已上橋者 皆沒死 朱蒙臨別 不忍睽違 其母曰 汝勿
以一母爲念 乃裹五穀種以送之 朱蒙自切生別之心 忘其麥子 朱蒙息大
樹之下 有雙鳩來集 朱蒙曰 應是神母使送麥子 乃引弓射之 一矢俱擧 開
喉得麥子 以水噴鳩 更蘇而飛去云云 王自坐茀蕝之上 略定君臣之位 沸
流王松讓出獵 見王容貌非常 引而與坐曰 僻在海隅 未曾得見君子 今日
邂逅 何其幸乎 君是何人 從何而至 王曰 寡人天帝之孫 西國之王也 敢
問君王繼誰之後 讓曰 予是仙人之後 累世爲王 今地方至小 不可分爲兩
王 君造國日淺 爲我附庸可乎 王曰 寡人繼天之後 今主非神之冑 强號爲
王 若不歸我 天必殛之 松讓以王累稱天孫 內自懷疑 欲試其才 乃曰 願
與王射矣 以畫鹿置百步內射之 其矢不入鹿臍 猶如倒手 王使人以玉指
環 懸於百步之外射之 破如瓦解 松讓大驚云云 王曰 以國業新造 未有鼓
角威儀 沸流使者往來 我不能以王禮迎送 所以輕我也 從臣扶芬奴進曰
臣爲大王取沸流鼓角 王曰 他國藏物 汝何取乎 對曰 此天之與物 何爲不
取乎 夫大王困於扶余 誰謂大王能至於此 今大王奮身於萬死之危 揚名
於遼左 此天帝命而爲之 何事不成 於是扶芬奴等三人 往沸流取鼓而來
沸流王遣使告曰云云 王恐來觀鼓角 色暗如故 松讓不敢爭而去 松讓欲
以立都 先後爲附庸 王造宮室 以朽木爲柱 故如千歲 松讓來見 竟不敢爭
立都先後 西狩獲白鹿 倒懸於蟹原 呪曰 天若不雨而漂沒沸流王都者 我
固不汝放矣 欲免斯難 汝能訴天 其鹿哀鳴 聲徹于天 霖雨七日 漂沒松讓
都 王以葦索橫流 乘鴨馬 百姓皆執其索 朱蒙以鞭畫水 水卽減 六月 松
讓擧國來降云云.

－『東國李相國集』卷3 古律詩「東明王篇」

子如以別宮置之。其女懷中日曜因以有娠。天王知

崔四年癸亥歲夏四月。生朱蒙。啼聲甚偉骨娘神帝

人英奇初生左腋生一卵大如五升許。王怪之曰表

王豪取卵深山送卵百獸皆不護。雲陰之日卵上恒有日光。

益言寶。母姑舉而養經月言語始自言蠅噆目臥不得眠。

不能安睡。母爲作弓矢其弓矢不虛掎。蠅謂母曰羣

能鉤車上蠅彀矢卽中扶余謂善射曰

年至漸長大才能日漸備扶余王太子其心生

妬忌乃言朱蒙者此必非常士若不早自圖其

患誠未已常共朱蒙遊獵王不及従者四十餘人

人。唯被一鹿。朱蒙射庭至多。王子妬之。乃執朱
蒙縛樹藜鹿而去。朱蒙拔樹而去。太子帶素言朱
狀非常。若不朱蒙者。神勇必有後患。瞭
視非常。若不早圖必
帝之孫爲人牧馬生不如死欲往南云。王令往牧馬欲以
試厥志自思天之孫。厮牧良可恥。捫心常竊導。
吾生不如死。竟將往南土立國立城市。爲緣慈
母在離別誡未易。其母聞此
言潜然技清淚。汝幸勿爲念。我亦常痛瘉士之
長途須必憑驛騎。相將徃馬閑即以長鞭撻。
羣馬皆突走。一馬駿色斐跳過二丈櫚始覺。是
駿驪。通典云。朱蒙所乘皆果下也。潜以針刺舌酸痛不受飼。

不曰形甚癯却與駕鴛似甫後王巡觀子馬此

即是得之始抽鍼日夜屢加餧

也吾閒士之速往徙從馬牧
跳過二丈之堋朱蒙知馬駿足
遂徙從馬牧即以長途報知馬駿足潛以
針撤馬舌根其馬舌痛不食水草甚瘦瘁王巡行見馬舌

其毋曰此吾之心也
所以日夜焦心擇一駿馬矣

羣馬悉肥大喜仍以瘦錫朱蒙鍼加餧云

暗結三賢友其人

共多智 父鳥伊摩離陜父等三人

南行至淹滯 一名盖斯水今緣東水

欲渡無舟艤指天慨然嘆曰我天帝之孫河伯之甥
恐追兵及迫以策指天

北 慨然發長喟天孫河伯甥

渡涉舟恐追兵至魚鼈浮出成橋朱蒙乃得渡良久
追兵至

舟橋言訖以弓打水

隸篆指彼蒼慨然發長喟天地其忍棄操弓打

避難至於此哀哀孤子心天地其忍棄操弓打

河水魚鼈騈首尾屹然成橋橃撅始乃得渡矣俄

甫追兵至上橋橃旋圯河魚鼈即宿渡死　雙

鳩含麥飛來作神母使　母朱蒙已上橋橃者宿逸

開是候神母使送麥子以水子噴鳩更蘇而飛去云

麥子未蒙息大樹之下朱蒙有雙鳩自切來集別之一矢俱舉云

乃裹五穀種以送之　母曰蒙臨波勿別以不一忍母曰憫其

開王都山川鬱崒歸自坐蕭蒻上略定君臣位　形勝

王自坐蕭蒻之上　咄哉沸流王何柰不自揆苦

矜仙人後未識帝孫貴徒欲為附庸出語不慎

蔥未中畫鹿臍驚我倒王指　見王容貌非讓出獵

而其幸乎君是何人從何而至王君子今日避迍帝

何典坐曰辭在海隅未曾得見君子王曰嗟人天

觀鼓角變　不敢稱我器

之孫，西國之王也。敢問君王繼統之後君令造國日淺，為我附庸可乎。松讓以王累稱天孫，內自懷疑，欲試其才，乃曰：願與王射矣。以畫鹿置百步內射之，其矢不入鹿臍，猶如倒手。王使人以玉指環懸於百步之外射之，破如瓦解，松讓大驚云云。

王曰：以國業新造，未有鼓角威儀，沸流使者往來，我不能以王禮迎送，所以輕我也。從臣扶芬奴進曰：臣為大王取沸流鼓角。王曰：他國藏物，汝何取乎。對曰：此天之與物，何為不取乎。夫大王困於扶餘，誰謂能至於此。今大王奮身於萬死之危，揚名於遼左，此天帝命而為之，何事不成。於是扶芬奴等三人往沸流取鼓角而來，沸流王遣使告曰云云。王恐來觀鼓角，色暗遲違如故，松讓不敢爭而去。

來觀屋柱故　咋舌還自愧

松讓欲以立都先後，爭為附庸，王造宮室以朽木為柱，故如千歲，松讓來見，竟不敢爭立都先後。

末見。竟不敢。爭立都先後。東明西狩時偶獲雪色麂曰天鹿倒

懸蠏原上敨自呪而謂。天不雨沸流漂沒其都

鄙我固不汲汲可以助我慙鹿鳴聲甚哀上徹

天之耳霖雨七日。霈若傾淮泗松讓甚憂懼

沵流譝橫葦士民竸来攀沵汸相聘眙東明即

以鞭畫水水停沸。松讓舉國降是後莫予譬西狩

獲白鹿倒懸扵蠏原呪曰天若不雨而漂沒女都者我固不汝縱松讓以都鞭王天沸

以其流聲鹿索哀鳴聲徹于天霖雨七日。百姓皆靫

讓盡舉國来即滅水即減云六月。松

玄雲暴鶻嶺不見山遷迤。

有人數千許斷木聲髣髴王曰天爲我築城扵

其趾忽然雲霧散宮闕高嶱嵬嶺

七月玄雲起其山
人不見其起山巔
唯聞數千人聲以起土功王曰天
雲霧自散城郭宮臺自然成
王拜皇天就居七

在位十九年升天不下莅

時秋九年四月十王升天
太子以不所下居

遺玉鞭云莫於
龍山云云

儆儻有奇節元子曰類利得劍繼

父位塞盆止人詈

崔類滿業火見有一奇婦
節戴云盆火金以彈水金彈

之其女怒而器曰盆無孔如故歸家問我母曰
是人誰母以九彈利年火戲之曰父類年面目見人破彈
日人無定父類將何面目見人耳遂欲自刎
為驚止之曰前言戲耳汝父是天帝孫河伯甥
母曰波父篤去人時君有遺言吾藏雖物七才汝蕢七嶺自七山谷挂
對曰波父篤去時君有子遺言人吾臧雖物七才汝蕢七嶺自七山谷挂
搜求之不松能得此倦而還乃類利之聞堂柱類利有悲聲往其山谷挂

乃石上之松木。體有七歧頗利自解之曰。七歧
士谷者。七歧也。石上松者拄起而就視之曰。七歧
月上有高句歟獻歟一以獻一嘉四年夏四有歟
我歟子一有片浮歟神聖之血出頗連為一歟應聲舉身騰空乘儁中賣
王曰大采愒其神聖為太子之異手出我性本質木性不喜奇詭初
看東明事。歟幻又歟毘徐徐漸相涉變化難擬
議況是直筆文一字無虛字神我又神我萬世
之眄韠曰思草劍君以劉媼息大澤
遇神於夢寐雷電塞晦暝晈龍盤怪倪曰之即
有娠乃生聖劉李是惟赤帝子其興多殊祚世
祖始生時蓊室光炳燀自應赤伏符掃除黃巾

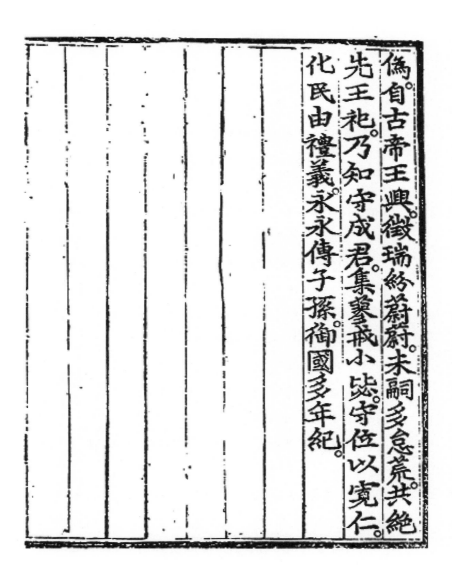

偽自古帝王興徵瑞紛蔚蔚。未嗣多怠荒共絶先王祀乃知守成君集蓼戒小毖守位以寬仁。化民由禮義永永傳子孫禦國多年紀。

『삼국유사』
三國遺事

시조(始祖) 동명성제(東明聖帝)의 성은 고(高)요, 이름은 주몽(朱蒙)이다. 이전에 북부여(北扶餘)의 왕 해부루(解夫婁)가 이미 동부여(東扶餘)로 비켜갔고, 해부루가 죽자 금와(金蛙)가 왕위를 이었다. 마침 금와는 대백산(大伯山) 남쪽 우발수(優渤水)에서 한 여자를 만나게 되었다. 누군가고 물었더니 그 여자가 말하였다.

"저는 하백(河伯)의 딸로, 이름을 유화(柳花)라 하지요. 동생들과 나들이 나갔는데, 마침 한 사내가 오더니 자신이 천제(天帝)의 아들 해모수(解慕漱)라 하면서 저를 웅신산(熊神山) 아래 압록강 가에 있는 집 안으로 유인하여 몰래 정을 통하고 가더니 돌아오지 않았습니다. 부모님은 제가 중매도 없이 남을 따랐노라 꾸짖고는 급기야 죄주어 이곳에 살게 하였답니다."

금와는 이상하다 싶어 그녀를 방안에 가두었다.

유화가 햇빛이 비치자 몸을 피하였더니 햇빛이 다시 그녀를 따라가 비쳤다. 그러면서 잉태하게 되었고, 알 하나를 낳았는데 크기가 다섯 되 가량 되었다.

왕이 그 알을 버려 개와 돼지에게 주었으나 모두들 먹지 않았다. 다시 길에 버렸으나 소와 말이 피해 갔고, 들에 버렸더니 새와 짐승이 덮어 주었다. 왕이 쪼개려 하였지만 깨뜨리지 못하자 그예 그 어미에게 돌려주었다. 어미가 그것을 덮어 싸서 따뜻한 곳에 두었다. 그러자 한 아이가 껍질을 깨고 나왔는데 골격과 외모가 뛰어났다.

나이 7세에 보통사람과 빼어나게 달라서 스스로 활과 화살을 만들어 백번 쏘면 백번을 맞추었다. 나라 풍속에 활 잘 쏘는 사람을 주몽(朱蒙)이라 하였기에 그것으로 이름을 삼았다.

■ 대백산(大伯山)
태백산(太白山)

■ 웅신산(熊神山)
검재 곧 백두산이란 설이 있으나 미상. 『삼국사기』에는 웅신산(熊神山)으로 되어 있다.

금와에게는 일곱 아들이 있었다. 그들은 항상 주몽과 함께 놀았는데, 그 재주가 주몽에 미치지 못하였다. 그러자 맏아들인 대소(帶素)가 왕에게 말했다.

"주몽은 사람에게서 태어나지 않은지라 됨됨이가 두려움 없이 과감합니다. 만일 일찍 도모하지 않았다간 후환이 있을까 두렵나이다."

그러나 왕이 그 말을 듣지 않고 주몽에게 말 키우는 일을 하게 하였다. 주몽은 여러 말 가운데 준걸한 놈을 알아보고 먹이를 적게 주어 여위게 하였고, 둔한 놈은 잘 먹여 살찌게 하였다. 왕은 살찐 놈은 자기가 타고 여윈 놈은 주몽에게 주었다.

왕의 여러 아들과 신하들이 주몽을 모해하려 하자 주몽의 어미가 알아채고서 아들에게 말하였다.

"지금 나라 안 사람들이 널 해치려 하는데 네 재주와 지략을 가지고 어디를 가면 못 살겠느냐. 바삐 대책을 세우는 게 좋겠다."

이에 주몽은 오이(烏伊) 등 세 사람을 벗으로 삼아 엄수(淹水)에 이르러 물에 고하기를,

"나는 천제(天帝)ᵇ의 아들이요, 하백(河伯)ᵇ의 손자이다. 오늘 도망하여 몸을 감추려는데 뒤쫓는 자들이 거의 따라오게 되었으니 어찌하면 좋겠는가."

하자, 그때 물고기와 자라들이 다리를 만들어 주었고 주몽이 건너자마자 다리는 해체되어 뒤쫓던 기병들은 건너지 못하였다.

이에 주몽은 졸본주(卒本州)에 이르러 도읍을 정했다. 그러나 미처 궁실을 세울 겨를이 없어서 비류수(沸流水) 위에 오두막을 짓고 살면서 국호를 고구려(高句麗)라 하고, 인하여 고(高)로써 성씨를 삼았다. 이때의 나이 12세이니ᵇ, 한(漢)나라 효원제(孝元帝) 건소(建昭) 2년 갑신(甲申)년에 즉위하여 왕이라 일컬었다. 고구려가 전성기 때는 21만 508호나 되었다.

ᔆᔆ

始祖東明聖帝姓高氏諱朱蒙 先是北扶餘王解夫婁 旣避地于東扶餘 及夫婁薨 金蛙嗣位 于時得一女子於太伯山南優渤水 問之 云我是河伯之

▪ 천제(天帝)
하느님. 하늘의 신

▪ 하백(河伯)
강(江)의 신. 하신(河神)

▪ 12세이니
『삼국사기』에서는 22세라 하였다.

女 名柳花 與諸弟出遊 時有一男子 自言天帝子解慕漱 誘我於熊神山下
鴨 邊室中私之 而往不返 父母責我無媒而從人 遂謫居于此 金蛙異之 幽
閉於室中 爲日光所照 引身避之 日影又逐而照之 因而有孕 生一卵 大五
升許 王棄之與犬猪 皆不食 又棄之路 牛馬避之 棄之野 鳥獸覆之 王欲
剖之 而不能破 乃還其母 母以物裹之 置於暖處 有一兒破殼而出 骨表英
奇 年甫七歲 岐嶷 異常 自作弓矢 百發百中 國俗謂善射爲朱蒙 故以名
焉 金蛙有七子 常與朱蒙遊戲 技能莫及 長子帶素言於王曰 朱蒙非人所
生 若不早圖 恐有後患 王不聽 使之養馬 朱蒙知其駿者 減食令瘦 駑者
善養令肥 王自乘肥 瘦者給蒙 王之諸子與諸臣將謀害之 蒙母知之 告曰
國人將害汝 以汝才略 何往不可 宜速圖之 於時蒙與烏伊等三人爲友 行
至淹水 告水曰 我是天帝子 河伯孫 今日逃遁 追者垂及 奈何 於是 魚鼈
成橋 得渡而橋解 追騎不得渡 至卒本州 遂都焉 未遑作宮室 但結廬於沸
流水上居之 國號高句麗 因以高爲氏 時年十二歲 漢孝元帝建昭二年甲
申歲 卽位稱王 高麗全盛之日 二十一萬五百八戶.

－『三國遺事』卷1 紀異1「高句麗」

高句麗

高句麗即卒本扶餘也或云今和州又成州等皆誤矣
卒本州在遼東界國史高麗本記云始祖東明聖帝姓
言氏諱朱蒙先是北扶餘王解夫婁既避地于東扶餘
及夫婁薨金蛙嗣位于時得一女子於大伯山南優渤
水問之云我是河伯之女名柳花與諸弟出遊時有一
男子自言天帝子解慕漱誘我於熊神山下鴨渌邊室
中知之而往不返〔檀君記云君與西河伯之女要親
有産子名曰夫婁今按此記則解慕漱私河伯之女而
後産朱蒙壇君記云産子名曰夫婁夫婁與朱蒙異母
兄弟也〕父母責我無
媒而從人遂讁居于此金蛙異之幽閉於室中為日光
所眼引身避之日影又逐而照之因而有孕生一卵大

五升許王弃之與犬猪皆不食又弃之路牛馬避之弃
之野鳥獸覆之王欲剖之而不能破乃還其母母以物
裹之置於暖處有一兒破殼而出骨表英奇年甫七歲
嶷然異常自作弓矢百發百中國俗謂善射為朱蒙故
以名焉金蛙有七子常與朱蒙遊戲技能莫及長子帶
素言於王曰朱蒙非人所生若不早圖恐有後患
聰使之養馬朱蒙知其駿者減食令瘦駑者善養令肥
王自乘肥瘦者給蒙之諸子與諸臣將謀害之蒙母
知之告曰國人將害汝以汝才畧何徃不可宜速圖之
於是蒙與烏伊等三人為友行至淹水今未告水曰我

是天帝子河伯孫今日逃遁追者垂及奈何於是魚鼈

成橋得渡而橋解追騎不得渡至卒本州之界玄菟郡之界郊都

焉未遑作宮室但結盧於沸流水上居之國號高句麗

因以高為氏本姓解也今自言是天帝子承日光而生故自以高為氏時年十二歲

漢孝元帝建昭二年甲申歲即位稱王　高麗金盛之

曰二十一萬五千八戶珠琳傳第二十一卷載昔寧稟

離王侍婢有娠相者占之曰貴而當王王曰非我之胤

也當殺之婢曰氣從天來故我有娠及子之產謂為不

祥指圈則猪噓棄捐則馬乳而得不死本為扶餘之王

即東明帝是卒本扶餘王也東明之別都故云卒本扶餘王也斯由乃夫婁王之異稱也

【참고】

『논형』
論衡

북이(北夷) 탁리국(橐離國) 왕의 시비(侍婢)가 임신을 하였다. 이에 왕이 죽이려 했더니 시비는,

"계란 크기만한 기운이 하늘로부터 내려와 임신이 되었나이다."

라고 대답했다.

나중에 아이를 낳았기에 돼지우리에 버렸지만 돼지가 입으로 숨을 불어 넣어 죽지 않았다. 다시 마구간으로 옮겨 놓고는 말에 밟혀 죽도록 하였으나 말들 역시 입으로 숨을 불어 주어 죽지 않았다. 왕은 어쩌면 상제(上帝)■의 자식일 것이라고 생각하여 생모로 하여금 노비로 거두어 기르게 하였고, 동명(東明)이라 이름하고 소와 말을 치게 하였다.

동명은 활 솜씨가 뛰어났는지라, 왕은 그에게 나라를 뺏길까 두려워 그를 죽이려고 했다. 동명이 남쪽으로 도망가다 엄호수(掩淲水)에 이르러 활로 물을 치니, 물고기와 자라가 떠올라 다리를 만들어 주었다. 동명이 건너가자 물고기와 자라가 흩어지매 추적하던 병사들은 건널 수 없었다.

그는 부여(夫餘)에 도읍하여 왕이 되었다. 이렇게 해서 북이에 부여국이 생겨나게 되었다.

❧

北夷橐離國王侍婢有娠 王欲殺之 婢對曰 有氣大如雞子 從天而下 我故有娠 後産子 捐於猪溷中 猪以口氣噓之不死 復徙置馬欄中 欲使馬藉殺之 馬復以口氣噓之不死 王疑以爲天子 令其母收取 奴畜之 名東明 令牧牛馬 東明善射 王恐奪其國也 欲殺之 東明走南 至掩淲水 以弓擊水 魚鼈浮爲橋 東明得渡 魚鼈解散 追兵不得渡 因都王夫餘 故北夷有夫餘國焉.

－『論衡』 卷2 吉驗篇

北夷橐離國王侍婢有娠、王欲殺之、婢

對曰、有氣大如雞子、從天而下我故有娠、後產子、捐

於猪溷中、猪以口氣噓之不死、復徙置馬欄中、欲使

馬藉殺之、馬復以口氣噓之不死、王疑以爲天子、令

其母收取奴畜之名東明、令牧牛馬、東明善射、王恐

奪其國也、欲殺之、東明走南、至掩淲水以弓擊水魚

鼈浮爲橋、東明得渡魚鼈解散、追兵不得渡、因都王

夫餘、故北夷有夫餘國焉、

『후한서』
後漢書

■ 삭리국(索離國)
본문의 주석에서 '탁리
국(橐離國)'이라고도
한다고 적었다.

처음에 북이(北夷)의 삭리국(索離國)■왕이 밖으로 행차하였더니 그의 후궁(後宮) 시녀가 임신을 하였다. 왕이 돌아와 죽이려 하였더니 시녀가 말하기를,

"지난번 하늘 위에서 달걀만한 크기의 기운이 제게로 내려오는 것을 보았는데, 말미암아 임신이 되었나이다."

왕은 그녀를 가두었고, 그 뒤에 남자 아이를 낳았다.

왕이 그 아이를 돼지우리에 버리게 하였으나, 돼지가 입김을 불어주어 죽지 않았다. 다시 마구간으로 옮겼으나 말도 역시 그대로 하였다. 왕이 그 아이를 아주 신이(神異)하게 여겨 급기야 제 어미가 거두어 기르도록 허락하고, 이름을 동명(東明)이라 하였다.

동명이 장성하여 활을 잘 쏘니 왕이 그의 용맹을 꺼리어 다시 죽이려고 하였다. 이에 동명이 남쪽으로 도망하여 엄호수(掩淲水)■에 이르러, 활로 물을 치니 물고기와 자라들이 모두 모여 물위로 떠올랐다. 동명이 그것을 타고 물을 건너 그대로 부여에 도착하여 왕이 되었다.

■ 엄호수(掩淲水)
본문의 주석에서 '고구
려의 개사수(蓋斯水)
인 듯하다'고 하였다.
이곳이 송화강(松花
江)이라는 설이 있다.

꧁꧂

初北夷索離國王出行 其侍兒於後姙身 王還 欲殺之 侍兒曰 前見天上有氣 大如鷄子 來降我 因以有身 王囚之 後遂生男 王令置於豕牢 豕以口氣噓之 不死 復徙於馬蘭 馬亦如之 王以爲神 乃聽母收養 名曰東明 東明長而善射 王忌其猛 復欲殺之 東明奔走 南至掩淲水 以弓擊水 魚鼈皆聚浮水上 東明乘之得度 因至夫餘而王之焉.

－『後漢書』卷85 東夷列傳 第75「夫餘國」

夫餘國在玄菟北千里南與高句驪東與挹
婁西與鮮卑接北有弱水地方二千里本濊
地也初北夷索離國王出行（音素或作橐音度洛反）其侍
兒於後姙身（姙音人鵠反）王還欲殺之侍兒曰前
見天上有氣大如雞子來降我因以有身王
囚之後遂生男王令置於豕牢豕以口（圉也）
氣噓之不死復徙於馬蘭（蘭即欄也）馬亦如之王
以為神乃聽母收養名曰東明東明長而善
射王忌其猛復欲殺之東明奔走南至掩淲
水（水今高麗中有蓋斯水疑此水是也）以弓擊水魚鼈皆聚浮
水上東明乘之得度因至夫餘而王之焉

『삼국지』
三國志

■ 고리지국(藁離之國)
지금의 북경 남쪽에 잇
는 고안현(固安縣)으
로 고대에는 고리국이
었고, 고리국에서 분리
된 것이 부여라는 설이
있다.

옛 북방에는 고리지국(藁離之國)■이 있었는데, 그 왕의 시비(侍婢)가 임신을 하였다. 왕이 죽이려고 하자 시비는,

"계란같은 기운이 내려와 제가 임신하게 되었습니다."

라고 대답했다.

나중에 아이를 낳자 왕이 뒷간에 버렸더니 돼지가 입으로 숨을 불어넣었다. 마구간으로 옮겨 놓았더니 말들이 입으로 숨을 불어넣어 죽지 않았다. 왕은 아마도 하늘의 자식일 것이라고 생각하여 아이의 어미에게 거두어 기르게 했고, 동명(東明)이라 부르며 항상 말을 기르게 하였다.

동명은 활을 잘 쏘았거니, 왕은 그가 나라를 빼앗을까 두려워 그를 죽이려고 했다. 동명이 남쪽으로 도망가다가 시엄수(施掩水)에 이르러 활로 물을 치매, 물고기와 자라가 떠올라 다리를 만들어 주었다. 동명이 건너가자 물고기와 자라가 이내 흩어졌고 추격하던 병사들은 건널 수 없었다.

그는 도읍을 이루어 부여(夫餘) 땅에서 임금 노릇을 하였다.

☙

昔北方有藁離之國者 其王者侍婢有身 王欲殺之 婢云 有氣如鷄子來
下 我故有身 後生子 王捐之於溷中 猪以喙噓之 徙至馬閑 馬以氣噓之
不死 王疑以爲天子也 乃令其母收畜之 名曰東明 常令牧馬 東明善射
王恐奪其國也 欲殺之 東明走 南至施掩水 以弓擊水 魚鼈浮爲橋 東明
得度 魚鼈乃解散 追兵不得渡 東明因都 王夫餘之地.

－『三國志』卷30 魏書 東夷傳「夫餘」

魏略曰、舊志又言昔北方有高離之國者、其王者
侍婢有身、王欲殺之、婢言、有氣如雞子來下我、故
有身後生子、王捐之於溷中豬以喙噓之、徙至馬
閑、馬以氣噓之、不死、王疑以為天子也、乃令其母
收畜之、名曰東明、常令牧馬、東明善射、王恐奪其
國也、欲殺之、東明走、南至施掩水、以弓擊水、魚鼈
浮為橋、東明得度、魚鼈乃解散、追兵不得渡、東明
因都王夫餘之地、

『위서』
魏書

　고구려(高句麗)는 부여(夫餘)에서 나왔거니, 그들은 스스로 선조가 주몽(朱蒙)이라고 말한다. 주몽(朱蒙)의 어미는 하백(河伯)의 딸이다. 부여 왕에 의해 방 안에 갇히게 되었는데, 해를 받게 되자 몸을 움직여 피했더니 햇빛이 계속 쫓아왔다. 이윽고 잉태하면서 알 하나를 낳았는데 크기가 닷 되만 했다. 부여 왕이 그것을 개한테 버렸으나 개가 먹지 않고, 돼지한테 버렸으나 돼지도 먹지 않았다. 길에 버렸더니 소와 말이 모두 피하였다. 나중에는 들에 버렸더니 뭇 새가 날아와 깃털로 감쌌다. 부여 왕이 가르고자 했으나 부서뜨리지 못하자 마침내 어미에게 돌려주었다. 어미가 물건에 싸서 따뜻한 곳에 두었더니 한 사내아이가 껍질을 깨고 나왔다. 자라자 이름을 주몽(朱蒙)이라고 하였으니, 그 나라의 풍습에 주몽(朱蒙)은 활을 잘 쏜다는 뜻이다. 부여 사람들은 주몽이 사람에게서 태어난 이가 아니기 때문에 머잖아 다른 뜻을 품을 것이라 생각하고 없애버릴 것을 청하였으나 왕은 듣지 않고 주몽에게 말을 기르라고 명하였다. 주몽은 매번 남몰래 말들을 시험하여 좋은 놈과 못한 놈을 알고 있었다. 준수한 말은 먹이를 적게 주어 여위게 하였고, 노둔한 말은 잘 먹여 살찌게 하였더니, 부여 왕이 살찐 말은 자기가 타고 야윈 말은 주몽에게 주었다. 나중에 너른 터에서 사냥을 했는데, 주몽은 활을 잘 쏜다는 구실로 화살을 한 개 씩만 주었다. 주몽은 비록 화살이 적었으나 잡은 짐승이 아주 많으매 부여의 신하들이 다시금 주몽을 죽이려는 음모를 꾸몄다. 주몽의 어미가 은밀히 그 사실을 알고는 주몽에게,

"온 나라가 네게 해코지하려 하는구나. 네 지략으로 멀리 천하 사방으로 찾아 나섬이 마땅하다"

고 말했다. 이에 주몽이 오인(烏引), 오위(烏違) 두 사람과 함께 부여를 버리고 동남쪽으로 달아났다. 중도에 큰 강을 만나 건너려 했지만 다리가 없었다. 부여 사람들이 쫓아오는 형세가 매우 급박하자 주몽이 물에 대고 고하였다. "나는 태양의 아들이요, 하백의 외손자다. 지금 달아나는 중인데 추격 병들이 거의 다 쫓아왔다. 어찌하면 이 물을 건널 수 있을꼬?" 이때 물고기와 자라가 떠받치면서 다리를 만들매 주몽이 건너갈 수 있게 되고, 물고기와 자라도 이내 흩어져 버리니 추격하던 기마병들은 건너지 못했다. 주몽이 마침내 보술수(普述水)▪에 이르자 그곳에서 세 사람을 우연히 만났다. 한 사람은 삼베옷을 입었고, 또 한 사람은 기운 옷을 입었으며, 나머지 한 사람은 마름 옷을 입었다. 그들 모두 주몽과 함께 흘승골성(紇升骨城)▪에 이르러 마침내 머물러 살게 되었다. 이에 나라 이름을 고구려(高句麗)라 하였고, 말미암아 고(高)로써 성을 삼았다.

▪ 보술수(普述水)
오늘날 만주 혼강(混江)의 지류로 추정되기도 한다.

▪ 흘승골성(紇升骨城)
주몽이 고구려 건국과 함께 처음 도읍한 성. 오늘날 만주 혼강(渾江) 유역의 환인(桓仁) 지방으로 추정하기도 한다.

⅋⅋⅋

高句麗者 出於夫餘 自言先祖朱蒙 朱蒙母河伯女 爲夫餘王閉於室中 爲日所照 引身避之 日影又逐 旣而有孕 生一卵 大如五升 夫餘王棄之與犬 犬不食 棄之與豕 豕又不食 棄之於路 牛馬避之 後棄之野 衆鳥以毛茹之 夫餘王割剖之 不能破 遂還其母 其母以物裹之 置於暖處 有一男破殼而出 及其長也 字之曰朱蒙 其俗言 朱蒙者善射也 夫餘人以朱蒙非人所生 將有異志 請除之 王不聽 命之養馬 朱蒙每私試 知有善惡 駿者減食令瘦 駑者善養令肥 夫餘王以肥者自乘 以瘦者給朱蒙 後狩於田 以朱蒙善射 限之一矢 朱蒙雖矢少 殪獸甚多 夫餘之臣又謀殺之 朱蒙母陰知告朱蒙曰 國將害汝 以汝才略 宜遠適四方 朱蒙乃與烏引烏違等二人 棄夫餘 東南走 中道遇一大水 欲濟無梁 夫餘人追之甚急 朱蒙告水曰 我是日子 河伯外孫 今日逃走 追兵垂及 如何得濟 於是魚鼈拄浮 爲之成橋 朱蒙得渡 魚鼈乃解 追騎不得渡 朱蒙遂至普述水 遇見三人 其一人著麻衣 一人著衲衣 一人著水藻衣 與朱蒙至紇升骨城 遂居焉 號曰高句麗 因以爲氏焉.

－『魏書』卷100 列傳88 「高句麗」

魏書卷一百
列傳第八十八
　高句麗

高句麗者出於夫餘自言先祖朱蒙朱蒙母河伯女為夫餘王閉
於室中為日所照引身避之日影又逐既而有孕生一卵大如五
升夫餘王棄之與犬犬不食棄之與豕豕又不食棄之於路牛馬
避之後棄之野眾鳥以毛茹之夫餘王割剖之不能破遂還其母
其母以物裹之置於暖處有一男破殼而出及其長也字之曰朱
蒙其俗言朱蒙者善射也夫餘人以朱蒙非人所生將有異志請
除之王不聽命之養馬朱蒙每私試知有善惡駿者減食令瘦
駑者善養令肥夫餘王以肥者自乘以瘦者給朱蒙後狩于田以朱
蒙善射限之一矢朱蒙雖少殪獸甚多夫餘之臣又謀殺之朱
蒙母陰知告朱蒙曰國將害汝以汝才略宜遠適四方朱蒙乃與
烏引烏違等二人東南走中道遇一大水欲濟無梁夫餘
人追之甚急朱蒙告水曰我是日子河伯外孫今日逃走追兵垂
及如何得濟於是魚鱉並浮為之成橋朱蒙得渡魚鱉乃解追騎
不得渡朱蒙遂至普述水遇見三人其一人著麻衣一人著衲
一人著水藻衣與朱蒙至紇升骨城遂居焉號曰高句麗因以為
氏焉初朱蒙在夫餘時妻懷孕朱蒙逃後生一子字始閭諧及長

『법원주림』
法苑珠琳

옛날 영품리왕(寧稟離王)의 시비(侍婢)가 임신을 했다. 이에 상(相) 보는 자가 점을 쳐 아뢰었다.

"귀하게 되어 왕이 될 것입니다."

왕이

"내 아들이 아니니 마땅히 죽여야 한다."

고 하자, 시비(侍婢)가 말하기를

"무슨 이상한 기운이 하늘로부터 내려오더니 임신한 것입니다."

했다. 드디어 아이를 낳자 왕은 상서롭지 못한 일이라 하여 돼지우리에 내다버리니 돼지가 입김을 불어 보호해 주었다. 마구간에 내다 버리니 말이 젖을 먹여 죽지 않게 해주었다. 이 아이가 자라서 마침내 부여(夫餘)의 왕이 되었다.■

❧

昔寧稟離王侍婢有娠 相者占之 貴而當王 王曰 非我之胤 便欲殺之 婢曰 氣從天來 故我有娠 及子之産 王謂不祥 捐圈則豬噓 棄欄則馬乳 而得不死 卒爲夫餘之王.

－『法苑珠琳』卷21

■ '바로 동명제(東明帝)가 졸본부여(卒本扶餘)의 왕이 된 것을 말한 것이다. 이 졸본부여는 다름 아닌 북부여(北扶餘)에서 갈라진 도읍이다. 때문에 부여왕이라 이른 것이다. 영품리(寧稟離)는 부루왕(夫婁王)의 다른 칭호이다.'라 하였다.

法苑珠林卷第二十一　第十篇　魏譯

可以斷微惑斯道顯然昇沈目觀數
見愚夫不信葉因能生報果謂貧富
自然苦樂天性好醜不由忍惠貴賤
非關恭情衆生自感釁同草木好惡
自然豈由庵恭佛經不同外道
愚果報好醜定之於佛可換身故經
云懸之於天以此言之軍民葉命相
夫論貧富皆由葉緣貴賤非關葉貧命
與之而弗得必其相富者任置而常
豐故漢文帝必夢而寵鄧通相者占
通貧而餓死帝曰能富在我何謂貧
平與之銅山住其冶鑄後遣運避
餓死人家又寧稟雜王待婢有姤相
者占之貴而當王王曰非我之甗
便欲殺之婢曰氣從天來故我有娠
及子之産王謂不祥捎圍則豬嘘葉
攔則馬乳而得不死卒爲夫餘之王
故知葉緣命遠定於貞禁終然不改
可與奪也故知作善得福爲惡受殃
葉果不昔武丁之時毫有桑穀共生
不寤又昔斯理暎然如何封恩抱迷
于朝太史占曰野草生朝朝其亡矣

法苑珠林卷第二十一　勞主損次　魏譯

武丁恐懼側身修善桑穀枯死商道
中興豈非爲善而有福也又帝辛之
時有雀生烏在城之閒太史占曰以
小生大國家必昌帝辛驕暴不修善
政商國遂亡豈非爲惡之有殃也如
是史籍具引非一如何頑固頓乘經
史共觀春時下種冬則收藏如
施有來報感胎轂之與掌鏡德必現
酬致衡平之與負鹿又昔人一瓢以濟
餞天尚得扶輪相報今供一蕎必施大
衆靈平無福祿相酬矣
小誠部第二
如涅槃經佛言衆生有二者有信
一者無信有信之人則名可治定得
涅槃瘡疣無故無信之人名一闡提
名不可治又雜阿含經世尊爲波羅
門說耕田偈云

信心爲種子
智慧爲時軛
正念自守護
保藏身口葉
真實爲直乘
葉果爲時雨
慚愧心爲轅
是則善御者
知食處內藏
樂住爲偸息
安隱爲遠進
精進爲廢荒

苦行爲時雨

유리태자의 극적인 부자 상봉

유리(琉璃)*는 어려서부터 기특한 행실이 있었다 한다. 소년시절 참새 쏘기를 일삼았는데 한 부인이 물동이를 이고 가는 것을 보고 쏘아서 뚫었다. 그러자 여자가 노하여 욕설을 하였다.

"애비 없는 자식이 내 물동이를 뚫었구나!"

그러자 유리가 너무 부끄러운 나머지 진흙 탄환으로 쏘아 물동이의 구멍을 이전대로 막아놓고는 집에 돌아와서 어머니에게 물었다.

"내 아버지는 누구오니까?"

어머니는 유리가 나이 어리기 때문에 놀려 말하기를,

"네게는 정해진 아버지가 없단다."

하였다. 유리가 울며,

"인간으로 정해진 아버지가 없으면 장차 무슨 낯으로 다른 사람들을 대하리까?"

하고 끝내 스스로 목을 찌르려 하였다. 어머니가 깜짝 놀라 말리면서,

"아까 한 말은 장난삼아 한 말이다. 네 아버지는 천제(天帝)*의 손자이고 하백(河伯)*의 외손인데 부여의 신하되는 것을 원망하다가 도망하여 남쪽 땅에 가서 나라를 세웠나니라. 네가 가보려느냐?"

하였다. 이에 유리가 대답하기를,

* 유리(琉璃)
고구려 시조 주몽의 원자(元子). 유류(孺留)라고도 한다. 유리명왕의 휘(諱)이다. 어머니는 예씨(禮氏). 호태왕비(好太王碑)에는 유류(孺留), 『삼국유사』에는 누리(累利), 『위서』에는 초명(初名) 여해(閭諧), 후명(後名) 여달(閭達)이라 했다.

* 천제(天帝)
하늘의 신. 천신(天神)

* 하백(河伯)
물을 다스리는 신. 강(江)의 신.

"아버지는 임금이 되었는데 아들은 남의 신하가 되었으니, 내가 비록 재주 없으나 어찌 부끄럽지 않겠어요?"

하자, 어머니가 일러주었다.

"너의 아버지가 갈 때 말을 남기기를 '내가 일곱 고개 일곱 골짜기의 돌 위 소나무에 물건을 감추어 둔 것이 있으니 이것을 찾아 얻는 자가 내 자식이라' 하였느니라."

유리가 혼자 산골짜기로 가서 찾다가 얻지 못하고 지쳐 돌아왔다. 그러다 문득 마루 기둥에서 슬픈 소리가 나는 것을 들었는데, 그 기둥은 돌 위로 난 소나무이고, 일곱 모서리 모양을 띠었다. 유리가 이에 스스로 그 수수께끼를 풀되,

"일곱 고개 일곱 골짜기라는 것은 일곱 모서리이고, 돌 위 소나무라는 것은 기둥이다!"

하고는, 일어나 가 보니 기둥 위에 구멍이 있었고 거기서 부러진 칼 한 조각을 발견하고는 대단히 기뻐하였다.

유리는 전한(前漢) 홍가(鴻嘉) 4년■ 여름 4월에 고구려(高句麗)로 달려가 칼 한 조각을 왕께 받들어 올렸다. 왕이 지니고 있던 부러진 칼 한 조각을 내어 붙이자 피가 흐르면서 서로 연결되어 한 칼이 되었다. 왕이 유리에게,

"네가 실로 내 자식이라면 어떤 영검함이 있느냐?"

하는 말이 끝나기 무섭게 유리가 몸을 날리어 공중에 솟구쳐 창구멍으로 새어드는 햇빛을 막아 비범한 신성함을 나타내니 왕이 크게 기뻐하며 태자로 삼았다.

『동국이상국집』

■ 홍가(鴻嘉) 4년
홍가는 전한(前漢) 성제(成帝)가 네 번째로 쓴 연호.
홍가 4년은 B.C.17년에 해당한다.

✠ 해설

오늘날은 볼 수 없는 책이지만 이규보가 〈동명왕편〉을 창작하는 과정에 옮긴 『구삼국사(舊三國史)』의 해당 내용 일부를 열심히 옮겨놓은 덕분에 동명왕의 신화와 유리왕의 전설 상당부를 전할 수 있었다. 이 안에서의 유리왕은 어려서부터 기절(奇節), 곧 기특(奇特)한 절개가 있었다 했고, 이 규보 또한 직접 〈동명왕편〉 안에서 '뜻이 크고 기이한 절개 있으니, 원자의 이름은 유리[倜儻有奇節 元子曰類利]'라 하며 동명왕의 계승자 유리왕을 칭찬하였다.

유리가 아버지 동명이 남기고 간 수수께끼 같은 일곱 고개 일곱 골짜기 및 돌 위 소나무의 비밀을 해득한다는 내용이라든가, 동명왕 부자가 부러진 칼 조각을 내어 합치자 피가 흐르면서 이어져 한 칼이 되었다는 일화, 나아가 왕이 진정 자기 자식이라면 신성한 효험을 보이라고 했을 때 몸을 날려 공중으로 솟구쳐서 창문에 들어오는 햇빛을 막는 신기(神技)를 보이매 기뻐하여 태자로 삼았다는 화소(話素) 등등이 하나같이 허구적 성분 아님이 없다.

『삼국사기』 고구려 본기 유리왕 조의 허두에 실린 바, 유리가 고구려 땅의 동명왕을 찾아가 칼을 맞추고 부자임을 확인, 극적인 상봉을 하고 마침내 왕위를 계승하였다는 이야기 자체에 적잖은 논자들이 진즉부터 설화성을 부여하고 있었다. 『삼국사기』의 기록을 그 자체로 신임하는 입장에 있는 장덕순도 '그의 왕이 된 경위부터가 신화적이며 … 훌륭한 하나의 설화'라고 하였고, 정병욱도 '유리왕은 신화적 인물임에 주목하지 않을 수 없다. 그가 왕위에 오르게 된 경위부터가 신화적 요소가 매우 짙기 때문이다'고 하면서 이모저모로 『삼국사기』의 기록을 전적으로 믿는 데에는 얼마큼 검토할 여지가 있다고 보인다'고 하였다.

그럼에도 그의 신화는 아버지인 동명왕에 견주면 초라하기 그지없는 것이었다. 동명왕이 무소불능의 전인적(全人的) 슈퍼맨임에 비해, 정작 『삼국사기』의 유리왕조에 보이는 유리왕의 면모는 철저히 인간적 한계에 시달리는 비극적 형국을 면치 못하였다. 실상 신화시대는 아버지 동명왕 일인(一人)으로 충분하다 하여 막을 내린 셈 되었다.

다음 장에 나오는 「유리왕과 두 여인의 총애다툼」도 초인적(超人的) 능력이 거세된 평범한 한 인간의 편모(片貌)에 지나지 않았던 것이다.

⊠ 원문

類利少有奇節云云 少以彈雀爲業 見一婦戴水盆 彈破之 其女怒而
詈曰 無父之兒 彈破我盆 類利大慙 以泥丸彈之 塞盆孔如故 歸家問母
曰 我父是誰 母以類利年少戱之曰 汝無定父 類利泣曰 人無定父 將何
面目見人乎 遂欲自刎 母大驚止之曰 前言戱耳 汝父是天帝孫 河伯甥
怨爲扶餘之臣 逃往南土 始造國家 汝往見之乎 對曰 父爲人君 子爲人
臣 吾雖不才 豈不愧乎 母曰 汝父去時有遺言 吾有藏物七嶺七谷石上
之松 能得此者 乃我之子也 類利自往山谷 搜求不得 疲倦而還 類利聞
堂柱有悲聲 其柱乃石上之松木 體有七稜 類利自解之曰 七嶺七谷者
七稜也 石上松者 柱也 起而就視之 柱上有孔 得毁劍一片 大喜 前漢鴻
嘉四年夏四月 奔高句麗 以劍一片 奉之於王 王出所有毁劍一片合之
血出連爲一劍 王謂類利曰 汝實我子 有何神聖乎 類利應聲 擧身聳空
乘牖中日 示其神聖之異 王大悅 立爲太子.

-『東國李相國集』卷3 古律詩「東明王篇」

類利少以彈雀爲業 見一婦戴水盆 彈破之 其女怒而詈曰 無父之兒彈破我盆 類利大慙 以泥丸彈之 塞盆孔如故 歸謂母曰 我父是誰 母以類利年少 戲之曰 汝無定父 類利泣曰 人無定父 將何面目見人乎 遂欲自刎 母大驚止之曰 前言戲耳 汝父是天帝孫河伯甥 怨爲人臣 逃往南土 始造國家 汝往見之乎 對曰 父爲人君 子爲人臣 吾雖不才 豈不愧乎 母曰 汝父去時有遺言 吾有藏物七嶺七谷石上之松 能得此者 乃吾子也 類利自往山谷 搜求不得 疲倦而還 類利聞堂柱有悲聲 其柱乃石上之松木體有七稜 類利自解之曰 七嶺七谷者 七稜也 石上松者 柱也 起而就視之 柱上有孔 得斷劍一片 大喜 前漢鴻嘉四年夏四月 奔高句麗 以劍一片 奉之於王 王出所有斷劍一片合之 血出連爲一劍 王謂類利曰 汝實我子 有何神聖乎 類利應聲 擧身聳空 乘牖中日 示其神聖之異 王大悅 立爲太子

『삼국사기』의 〈유리명왕〉
三國史記　瑠璃明王

　유리명왕(瑠璃明王)이 왕위에 올랐다. 그의 이름은 유리(類利)인데, 혹은 유류(孺留)라고도 하였다. 주몽의 맏아들이고, 그의 어머니는 예씨(禮氏)이다. 예전에 주몽이 부여에 있을 때 예씨와 혼인을 하였다. 그녀는 임신을 하였고, 주몽이 떠난 뒤에 아이를 낳았는데 이 아이가 유리였다.

　유리가 어렸을 때 거리에 나가 놀면서 참새를 쏘다가 물긷는 부인의 물동이를 잘못 쏘아 깨뜨렸다. 그 부인이 꾸짖어 말하기를,

"이 아이가 애비가 없어서 이렇게 노는구나!"

라고 하였다. 유리가 부끄럽게 여기고 돌아와서 어머니에게 물었다.

"내 아버지는 어떤 사람이며 지금은 어디에 계시오?"

　어머니가 대답하였다.

"너의 아버지는 비범한 사람인지라 나라에서 용납하지 않았기에, 남쪽 땅으로 도망하여 나라를 세우고 왕이 되었다. 아버지가 떠날 때 내게 말하기를, '당신이 만약 아들을 낳으면, 나의 유물이 칠각형의 돌 위에 있는 소나무 밑에 숨겨져 있다고 말하시오. 만일 이것을 가질 수 있다면 곧 나의 아들일 것이오'라고 말씀했단다."

　유리가 이 말을 듣고 바로 산골로 들어가 그것을 찾았으나 실패하고 지친 상태로 돌아왔다. 하루는 마루에 앉아 있는데 기둥과 주춧돌 사이에서 무슨 소리가 나는듯하여 다가가 보니, 주춧돌에 일곱 모가 나있었다. 그는 곧 기둥 밑을 뒤져서 부러진 칼 조각을 찾아냈다. 드디어 이것을 가지고 옥지(屋智)·구추(句鄒)·도조(都祖) 등의 세 사람과 함께 졸본(卒本)으로 가서 부왕을 만나 부러진 칼을 바쳤다. 왕이 자기가 가졌던 부러진 칼 조각을 꺼내어 맞추어 보니 하나의 칼로 이어졌다. 왕이 기뻐하여 태자로

삼았으니, 이에 이르러 왕위를 잇게 된 것이다.

❧

瑠璃明王立 諱類利 或云孺留 朱蒙元子 母禮氏 初朱蒙在扶餘 娶禮氏
女有娠 朱蒙歸後乃生 是爲類利 幼年出遊陌上彈雀 誤破汲水婦人瓦器
婦人罵曰 此兒無父 故頑如此 類利慙歸 問母氏 我父何人 今在何處 母
曰 汝父非常人也 不見容於國 逃歸南地 開國稱王 歸時謂子曰 汝若生男
子 則言我有遺物 藏在七稜石上松下 若能得此者 乃吾子也 類利聞之 乃
往山谷 索之不得 倦而還 一旦在堂上 聞柱礎間若有聲 就而見之 礎石有
七稜 乃搜於柱下 得斷劍一段 遂持之 與屋智句鄒都祖等三人 行至卒本
見父王 以斷劍奉之 王出己所有斷劍 合之 連爲一劍 王悅之 立爲太子
至是繼位.

-『三國史記』卷13 高句麗本紀1「瑠璃王」元年

瑠璃明王立諱類利或云孺留朱蒙元子母禮
氏初朱蒙在扶餘娶禮氏女有娠朱蒙歸後乃
生是爲類利幼年出遊陌上彈雀誤破汲水婦
人瓦器婦人罵曰此兒無父故頑如此類利慚
歸問母氏我父何人今在何處母曰汝父非常
人也不見容於國逃歸南地開國稱王歸時謂

孝日汝若生男子則言我有遺物藏在七稜石

上松下若能得此者刀吾子也顗利聞之乃往

山谷索之不得俛而還一旦在堂上聞桂礎間

耑有聲就覓之硯石有七稜乃搜於桂下得

斷劒一戾遂持之與屋智句鄒都祖等三人行

至卒本見父王以斷劒奉之王出巳所有斷劒

合之連爲一劒王悅之立爲太子至是繼位

유리왕과 두 여인의 총애 다툼

겨울 10월에 왕비 송씨(松氏)가 돌아갔으므로 왕은 다시 두 여자를 계실(繼室)로 얻었다. 하나는 화희(禾姬)로 골천(鶻川) 사람의 딸이고 하나는 치희(雉姬)로 중국 한(漢)나라 사람의 딸이었다. 두 여자는 총애를 다투어 서로 화목하지 못하였기에 왕은 양곡(涼谷)의 동쪽과 서쪽에 두 궁을 지어 각각 살게 하였다.

뒷날 왕이 기산(箕山)에 사냥을 나가서 7일 동안 돌아오지 않았다. 이에 두 여자가 어느새 만나 서로 다투었는데, 화희가 치희에게 꾸짖어 말하기를,

"너는 한나라의 천한 계집이 어찌 이다지 무례한가?"

하자, 치희는 부끄러워하면서 원한을 품고 제 땅으로 돌아가 버렸다.

왕이 사냥에서 돌아와 이 말을 듣고는 곧 말을 채찍질하여 뒤쫓아 갔으나, 치희는 노하여 돌아오지 아니하였다.

왕이 일찍이 나무 아래에서 쉬다가 꾀꼬리가 날아 모여드는 것을 보고는 이에 느꺼워 노래하였다.

펄펄 나는 꾀꼬리는   암수 서로 정다운데
외로울사 이 내 몸은   뉘와 함께 가단말가

■ 계실(繼室)
두 번째로 얻은 정실(正室) 부인.

■ 양곡(涼谷)
위치 미상.

■ 기산(箕山)
위치 미상.

■ 황조가(黃鳥歌)
翩翩黃鳥　雌雄相依
念我之獨　誰其與歸

❋ 해설

『삼국사기』고구려본기 1 〈유리왕(琉璃王)〉 3년(B.C.17) 조에 실려 있는 배경담과 한역 가사이다.

유리왕이 일찍이 숲속의 나무 아래 쉬다가 꾀꼬리들이 비집(飛集)하는 것을 보고는 그에 감응하여 부른 노래라고 하였다. 노래의 내용은, 꾀꼬리도 짝이 있는데 사람으로 함께 할 누구도 없음을 탄식한 것이다.

짓고 노래 불렀다[作歌曰]는 표현 대신, 단지 불렀다[歌曰]고 함에 유의된다. 아울러 바로 왕비 송씨(松氏)를 여읜 유리왕을 둘러싼 고구려 여인 화희(禾姬)와 한(漢)나라 여인 치희(雉姬) 사이의 쟁총담(爭寵談)을 정치적으로 해석, 두 나라 사이의 대립과 갈등으로 보는 관점도 있다. 동시에 유리왕이 가버린 치희를 돌이키지 못하였다는 데서 유리왕의 통치자로서의 한계를 추론하기도 한다.

한편 이 삼각 치정담과 꾀꼬리 노래 양자 간의 인과적 연속성 여부가 꾸준히 논의되어 왔고, 비연속임을 주장하는 측면에서는 그 외로움의 의미를 죽은 송씨에 두거나 그 이전 미장(未丈) 시절에 두는 견해 등이 있다. 나아가, 아예 직접 유리왕이 지었다거나 가창했다거나 한 일과는 무관한 꾀꼬리 노래를 후인(後人)들이 유리왕의 사적(事蹟) 안에 결부시킨 것으로 이해하려는 논지가 설득의 기반을 굳혀 왔다.

이 경우 그런데 왜 하필 유리왕이었나에 대한 필연성 근거에 대한 설명도 필수되어야만 한다. 대개 〈황조가〉의 주인공을 책정할 필요에 당해 지명도 있는 고구려의 인사(人士)들 가운데 유리왕이 가장 어울리는 인물로 물색되었을 것이다.

또한, 이 한역시는 고대 『시경(詩經)』 구절의 체재를 잘 본받고 있음을 미루어 한국의 한문학이 사뭇 원숙해진 단계에 지식인 누군가에 의해 수행되었음이 자명하다.

❊ 원문

冬十月 王妃松氏薨 王更娶二女以繼室 一曰禾姬 鶻川人之女也 一
曰雉姬 漢人之女也 二女爭寵不相和 王於凉谷 造東西二宮 各置之 後
王田於箕山 七日不返 二女爭鬪 禾姬罵雉姬曰 汝漢家婢妾 何無禮之
甚乎 雉姬慚恨亡歸 王聞之 策馬追之 雉姬怒不還 王嘗息樹下 見黃鳥
飛集 乃感而歌曰 翩翩黃鳥 雌雄相依 念我之獨 誰其與歸.

-『三國史記』卷13 高句麗本紀1「琉璃王」3年

冬十月王妃松氏
薨王更娶二女以繼室一曰禾姫鶻川人之女
一曰雉姫漢人之女也二女爭寵不相和王
於涼谷造東西二宮各置之後王田於箕山七
日不返二女爭鬪禾姫罵雉姫曰汝漢家婢妾
何無禮之甚乎雉姫慚恨亡歸王聞之策馬追
之雉姫怒不還王嘗息樹下見黃鳥飛集乃感
而歌曰翩翩黃鳥雌雄相依念我之獨誰其
與歸

비운의 왕자 호동

대무신왕(大武神王) 15년 여름 4월[■]에 왕자 호동(好童)이 옥저(沃沮) 땅을 두루 돌아보았는데, 마침 낙랑왕(樂浪王)[■] 최리(崔理)가 그곳으로 행차 하였다가 그를 보게 되었다.

이에 최리가 말을 건네기를,

"그대의 안색을 보니 예사 사람이 아니로다. 저 북쪽 나라 대무신왕(大武神王)의 아들이 아니겠는가?"

하고, 드디어는 함께 자기 나라로 돌아가 자신의 딸을 아내로 삼게 하였다.

후에 호동이 귀국하여 은밀히 사람을 보내어 최씨의 딸에게 말하였다.

"이녁이 그대 나라 무기고에 들어가 북과 뿔피리를 부수면 내가 예로써 맞이할 것이지만, 그렇지 않다면 맞지 않겠소."

앞서 낙랑에는 북과 뿔피리가 있었는데, 적병이 오면 저절로 울었다. 까닭에 그것을 부수도록 시킨 것이다. 이에 최씨의 딸은 예리한 칼을 가지고 몰래 무기 창고에 들어가 북의 옆면과 뿔피리의 주둥이를 베어 버리고는 호동에게 알렸다.

호동은 부왕께 권하여 낙랑을 기습하였고, 최리는 북과 뿔피리가 울지 않았으므로 대비하지 않고 있다가 이쪽 고구려 군사가 성 아래에 닥

■ 대무신왕(大武神王)
15년 여름 4월
『삼국사기』의 연표상
A.D 32년. 음력으로 4,
5, 6월이 여름이다.

■ 낙랑(樂浪)
낙랑군(樂浪郡) 산하
의 한 작은 부족국가.

- 말미의 주석에 '혹은 이르되, 고구려왕이 낙랑을 멸하려고 혼인을 청하여 그 딸을 데려다가 며느리를 삼았고, 후에 그녀를 본국에 돌려보내 병기를 파괴하게 한 것이라고 한다.'고 적혀있다.

- 갈사왕(曷思王) 동부여 금와왕(金蛙王)의 막내아들. 형인 대소(帶素)가 대무신왕에게 죽임을 당하자 갈사수(曷思水)에 도읍을 정하고, 그로써 국명을 삼았다.

- 적자(嫡子) 정실 태생의 아들. 여기서는 정통을 이어받을 사람의 뜻.

친 뒤에야 북과 뿔피리가 모두 망가진 것을 알았다. 마침내 딸을 죽이고는 나와 항복하였다.▮

겨울 11월에 왕자 호동이 스스로 목숨을 끊었다. 호동은 왕의 둘째 부인 갈사왕(曷思王)▮ 손녀의 소생이다. 얼굴이 곱고 아름다워 왕이 매우 사랑한 나머지 호동이라고 이름 하였다.

첫째 왕비는 호동이 계통을 이을 적자(嫡子)▮ 자리를 빼앗아 태자가 될까 우려하여 왕에게 이렇게 참언하였다.

"호동이 첩을 예로써 대접하지 않으니 아마 제게 다른 마음을 품은 듯 하여이다."

그러자 왕은,

"그대가 다른 사람의 소생이라 하여 미워하는 건가?"

하였다. 왕비는 왕이 믿지 않는 것을 알고 화가 장차 자신에게 미칠까 염려하여 이에 눈물을 흘리면서 고하였다.

"청컨대 대왕께서는 은밀히 알아봐 주세요. 만약 이런 일이 없다면 첩이 스스로 죄를 받겠나이다."

이 마당에 왕은 의심하지 않을 수 없었고 바야흐로 호동을 벌하려 하였다.

어떤 사람이 호동에게 물었다.

"그대께선 어찌 스스로 해명하려 않나요?"

그러자 호동이 대답하였다.

"내가 만약 해명을 하면 이는 어머니의 악함을 드러내고 부왕께 근심을 끼치는 것이니 어찌 효도라고 할 수 있겠소?"

그리고는 칼에 엎어져 죽었다.

※ 해설

『삼국사기』권14 고구려 본기2 〈대무신왕(大武神王)〉 15년 조에 수록되어 있다. 대무신왕 15년은 서기 42년에 해당한다.

왕자 호동과 관련된 두 가지의 화두(話頭)는 그것이 비록 정사(正史)의 본기(本紀) 안에 수록돼 있다고는 하지만, 오히려 그 자체 완연한 한 편의 설화로서 뛰어난 정채미를 발하고 있다. 옥저(沃沮) 땅에 간 호동이 낙랑왕(樂浪王) 최리(崔理)와의 만남으로 낙랑공주와 결연한 다음, 공주를 사주하여 낙랑 호국(護國)의 영물(靈物)인 자명고(自鳴鼓)와 자명각(自鳴角)을 파쇄시킨다. 호동의 그들 부녀와의 만남이 처음부터 모두 계획적으로 계산된 결과임을 감지케 한다. 결국 고구려의 습격을 미리 알지 못한 최리는 자기 딸을 죽이고 고구려에 항복하였다.

이같은 간략한 메시지 안에서도 낙랑국의 정체에 대한 역사적 접근 및, 자명고각 모티브에 대한 설화적 모색이 동시에 요구되어진다. 정사(正史)인 『삼국사기』의 열전도 아닌 본기 안에 이렇듯 주옥같은 설화가 스며있다는 사실 또한 괄목할 만한 것이다.

연이어, 11월 기사에 호동의 최후에 관한 이야기가 또한 다분히 설화적인 것이었다. 대무신왕의 원비(元妃)는 자신의 아들이 차비(次妃) 소생인 호동 때문에 태자 책봉을 받지 못할 것을 걱정하고 고민한 끝에 호동이 자신을 유혹한다는 말로 왕 앞에 참언하였다. 호동은 결국 변명 대신 자살을 선택하고 만다.

외모가 수려하여 왕이 사랑했다던 호동, 사랑의 순수 대신 지모를 앞세워 사랑에 눈이 먼 한 여인을 죽음의 불행으로 몰아갔고, 그 일로 더욱 부왕의 총애를 얻었겠지만 오히려 그것이 또 다른 화근이 되어 다른 여인의 모함을 입어 죽어가야만 했던 그는 비극적 운명의 주인공으로서 불멸의 이름을 남겼다.

✠ 원문

夏四月 王子好童遊於沃沮 樂浪王崔理出行 因見之 問曰 觀君顏色
非常人 豈非北國神王之子乎 遂同歸 以女妻之 後好童還國 潛遣人 告
崔氏女曰 若能入而國武庫 割破鼓角 則我以禮迎 不然則否 先是 樂浪
有鼓角 若有敵兵則自鳴 故令破之 於是 崔女將利刀 潛入庫中 割鼓面
角口 以報好童 好童勸王襲樂浪 崔理以鼓角不鳴不備 我兵掩至城下
然後知鼓角皆破 遂殺女子 出降

冬十一月 王子好童自殺 好童 王之次妃曷思王孫女所生也 顏容美
麗 王甚愛之 故名好童 元妃恐奪嫡爲太子 乃讒於王曰 好童不以禮待
妾 殆欲亂乎 王曰 若以他兒憎疾乎 妃知王不信 恐禍將及 乃涕泣而告
曰 請大王密候 若無此事 妾自伏罪 於是 大王不能不疑 將罪之 或謂好
童曰 子何不自釋乎 答曰 我若釋之 是顯母之惡 貽王之憂 可謂孝乎 乃
伏劍而死.

-『三國史記』卷14 高句麗本紀2「大武神王」

夏四月王子好童遊於沃沮樂浪王
崔理出行因見之問曰觀君顏色非常人豈非
北國神王之子乎遂同歸以女妻之後好童還
國潛遣人告崔氏女曰若能入而國正庫割破
鼓角則我以禮迎不然則否先是樂浪有鼓角
若有敵兵則自鳴故令破之於是崔女將利刀
潛入庫中割鼓面角口以報好童好童勸王龍
樂浪崔理以鼓角不鳴不備我兵掩至城下然
後知鼓角皆破遂殺女子出降 或云欲滅樂浪遂請婚娶其女爲子妻後

使歸本國
懷其兵物
冬十一月王子好童自殺好童王之次

妃曷思王孫女所生也顏容美麗王甚愛之故

名好童元妃恐奪嫡為太子乃譖於王曰好童

不以禮待妾殆欲亂乎王曰若以他見憎疾乎

妃知王不信恐禍將及乃涕泣而告曰請大王

密候若無此事妾自伏罪於是大王不能不

疑將罪之或謂好童曰子何不自釋乎答曰我

若釋之是顯母之惡貽王之憂可謂孝乎乃伏

劍而死

해괴한 폭군 모본왕

모본왕(慕本王)의 이름은 해우(解憂)이니, 대무신왕(大武神王)의 맏아들이다. 민중왕(閔中王)이 별세하면서 왕위에 올랐는데, 사람됨이 포악하고 어질지 못한데다 나라 일을 돌보지 않았기 때문에 백성들이 그를 원망하였다.

즉위 원년 가을 8월에 홍수가 나서 20여 개 넘는 산이 무너졌다. 이 해 겨울 10월에 왕자 익(翊)을 왕태자로 삼았다.

2년 되던 봄에 장수를 보내 한(漢)나라의 북평(北平)·어양(漁陽)·상곡(上谷)·태원(太原)을 습격하였다. 그러나 요동태수(遼東太守) 제융(祭肜)이 은혜와 신의로써 대접하매 다시 화친하였다. 3월에 폭풍이 불어 나무가 뽑혔고, 여름 4월에는 서리와 우박이 내렸다. 가을 8월에 사신을 보내 국내의 굶주리는 백성들을 구제하였다.

즉위한 지 4년이 되던 해에 왕이 날이 갈수록 포악해지니 앉을 때는 사람을 깔고 앉으며 누울 때는 사람을 베고 누웠다. 만약 조금만 움직여도 여지없이 죽였으며, 신하 가운데 이에 대해 간하는 자가 있으면 그에게 활을 쏘았다.

6년 되던 해 겨울 11월에 두노(杜魯)가 임금을 죽였다. 원래 두노는 모본 사람으로 왕의 측근 신하였었는데, 자신이 해를 당할까봐 전전긍

■ 모본왕(慕本王)
대무신왕의 아들로 고구려 제5대 왕

■ 민중왕(閔中王)
대무신왕의 계승자인 태자가 연소하니, 그 아우로서 고구려 4대 왕이 된 인물.

■ 원년 가을 8월
음력으로 7, 8, 9월이 가을의 절기에 해당한다.

■ 겨울 10월
음력으로 10, 11, 12월이 겨울의 절기에 해당한다.

궁하면서 통곡하였다. 어떤 사람이 그에게 말하기를,

"대장부가 어찌 우는가? 옛 사람의 말에 '나를 사랑하면 임금이요, 나를 학대하면 원수'라고 하였다. 이제 왕이 포악한 짓거리로 사람을 죽이니, 이는 백성의 원수인 것이다. 그대는 왕을 처치하라!"

고 하였다. 두노는 품에 칼을 품고 왕 앞으로 갔다. 왕이 그를 끌어당겨 깔고 앉자, 그 틈에 두노가 칼을 빼어 왕을 죽였다.

왕을 모본(慕本) 언덕에 장사지냈고, 모본왕이라 일컬었다.

■ 주(周)나라의 무왕(武王)이 폭군 주(紂)를 정벌하러 나갈 때 진왕(秦王)과 나눈 서약 중에 나오는 말.

  폭군 설화의 원조라 할 만하니, 폭군의 역사는 멀리 하(夏)나라 말의 걸(桀) 임금과 은(殷)나라 말의 주(紂) 임금까지 거슬러 올라간다.

  걸왕은 애첩 말희(妹嬉)의 환심을 사기 위해 보석과 상아로 장식한 초호화 궁전을 지어 바치는가하면, 궁중에 연못을 파서 미주(美酒)를 채우고 연못 주위의 나뭇가지에는 안주용 고기를 잔뜩 걸어놓게 했다. 『사기(史記)』의 「은본기(殷本記)」 출전이니, 훗날에 이른바 '주지육림(酒池肉林)'▪ 고사의 당사자이다.

  주왕은 북방 오랑캐인 유소씨국(有蘇氏國)에서 공물(貢物)로 바친 달기(妲己)라는 요녀(妖女)의 환심을 얻기 위해 기름칠한 구리 기둥을 숯불 위에 걸쳐 놓고 죄인을 그 위로 건너가게 하는 형벌을 만들었으니, 이른바 '포락지형(炮烙之刑)'▪ 고사의 장본인이다. 주왕은 달기를 멀리하라고 간언하는 신하들마다 처형하였다. 숙부인 비간(比干)도 주왕에게 정치를 바로잡을 것을 충언하였다. 그러자 주왕은 화를 내며, "성인(聖人)의 심장에는 구멍이 일곱 개나 있다고 들었다"라는 말과 함께 정말로 그런지 확인하겠다며 비간의 심장을 꺼내도록 했다는 일화도 전한다.

  우리 역사 속에서는 백제 21대 개로왕(蓋鹵王)이 궁전을 크게 짓는 등 사치를 일삼다가 내습한 고구려 장수왕(長壽王)에게 사로잡혀 목이 베여 죽었다. 고려 21대 의종(毅宗) 역시 사치와 향락을 일삼다가 무신의 난을 당해 최후를 맞았다. 특히 조선왕조 제10대 왕으로 등극한 연산군(燕山君)은 한국 역사상 최악의 폭군으로 기록된다. 사화(士禍)를 일으켜 신하들을 무자비하게 숙청했을 뿐 아니라, 여염가의 여자를 약탈하는가 하면, 금표(禁標)▪와 사냥, 끝없는 진상 요구를 일삼아 백성부터 신하들 및 왕의 측근들까지 그의 비위에 맞지 않으면 무자비하게 살해하였다. 내시 김처선(金處善)이 직간하였을 때, 활을 한껏 당겨 김처선의 갈빗대를 쏘아 맞혔다. 그래

▪ 주지육림(酒池肉林)
술의 연못에 고기 숲.
사치한 놀이거나 잔치
를 뜻한다.

▪ 포락지형(炮烙之刑)
숯불 위에 기름칠을 한
구리 기둥 위로 건너가
게 하던 형벌.

▪ 금표(禁標)
일정한 지역 안으로의
출입을 금지하는 푯말.

도 계속 직간하매 화살 하나를 더 쏘고, 그것도 모자라 땅에 넘어진 김처선의 다리를 잘라버리고 혀를 자르고 배를 갈라 창자를 끄집어낸 뒤 시체를 호랑이 먹이로 던졌다고 전한다.

설화의 조건이 '꾸며진 이야기'라는 조건 외에도 '널리 회자된' 조건까지마저 포함 가능하다고 했을 때 위의 폭군들 이야기도 설화의 권역(圈域)에 넣을 수 있다. 그리하여 이 땅에서는 고구려의 모본왕 사화(史話)가 폭군설화의 원조를 장식한 셈이 되었다.

⊠ 원문

慕本王 諱解憂 大武神王元子 閔中王薨 繼而卽位 爲人暴戾不仁 不恤國事 百姓怨之 元年秋八月 大水 山崩二十餘所 冬十月 立王子翊爲王大子 二年春 遣將襲漢北平漁陽上谷太原 而遼東大守祭肜 以恩信待之 乃復和親 三月 暴風拔樹 夏四月 殞霜雨雹 秋八月 發使賑恤國內饑民 四年 王日增暴虐 居常坐人 臥則枕人 人或動搖 殺無赦 臣有諫者 彎弓射之 六年 冬十一月 杜魯弑其君 杜魯慕本人 侍王左右 慮其見殺 乃哭 或曰 大丈夫何哭爲 古人曰 撫我則后 虐我則讐 今王行虐以殺人 百姓之讐也 爾其圖之 杜魯藏刀以進王前 王引而坐 於是 拔刀害之 遂葬於慕本原 號爲慕本王.

–『三國史記』卷14 高句麗本紀2「慕本王」

慕本王諱解憂 一云解愛婁 大武神王元子閔中王
薨繼而即位 爲人暴戾不仁 不恤國事 百姓怨之
元年秋八月大水 山崩二十餘所 冬十月立王
子翊爲王太子
二年春 遣將襲漢北平漁陽上谷太原 而遼東大
守蔡肜 以恩信待之 乃復和親 三月暴風拔樹
夏四月殞霜雨雹 秋八月發使賑恤國內饑民
四年王日增暴虐 居常坐人 卧則枕人 人或動

三國史本紀十四　八

搶殺無救臣有諫者彎弓射之

六年冬十一月杜魯弑其君杜魯慕本人侍王

左右慮其見殺乃哭或曰大丈夫何哭為古人

曰撫我則后虐我則讎今王行虐必殺人百姓

之讎也爾其圖之杜魯藏刀以進王前王引而

坐於是拔力害之遂葬於慕本原號為慕本王

三國史記卷第十四

형수와 촌여자를 왕비로 삼은 산상왕

형수를 아내로 맞다

산상왕(山上王)의 이름은 연우(延憂)이다. 고국천왕(故國川王)의 아우로서, 고국천왕에게 아들이 없었기에 연우가 그 뒤를 이어 즉위하였다.

고국천왕이 막 별세하였을 때, 왕후 우씨(于氏)는 왕이 서거한 사실을 비밀로 한 채 밤에 왕의 아우 발기(發岐)의 집으로 가서,

"왕에게 아들이 없으니 그대가 왕의 뒤를 이어야 하겠지요."

라고 말하였다.

발기는 왕이 죽은 것을 알지 못하고 대답하였다.

"하늘의 운수는 가는 방향이 정해져 있는 것이니 경솔하게 논의할 수 없지요. 하물며 부인으로서 밤에 드나듦이 어찌 예절에 맞는다 하겠소."

왕후가 부끄러워하며 곧장 연우의 집으로 갔다. 연우는 일어나 의관을 정제하고 문밖까지 나와 왕후를 맞아들여 자리에 앉히고 잔치를 베풀었다. 왕후가 말했다.

"대왕이 돌아가셨는데 아들이 없으니 발기가 맏아우로서 마땅히 뒤를 이어야 되겠으나, 그는 나에게 딴 마음이 있다고 생각했는지 오만방자하며 예절이 없더군요. 그래서 시아주비에게 온 것이라오."

■ 산상왕(山上王)
고구려 제10대 임금(?~227). 이름은 연우(延優) 또는 이이모(伊夷模). 13년(209)에 도읍을 환도성으로 옮겼다. 재위 197~227.

■ 연우(延憂)
본문의 주석에 위궁(位宮)이라고도 하였다.

■ 고국천왕(故國川王)
고구려 제9대 왕(?~197). 이름은 남무(男武). 을파소를 재상으로 등용하여 선정을 베풀었으며 빈민 구제책으로 진대법을 실시하였다. 재위 179~197.

이참에 연우는 더욱 예절을 극진히 하였다. 친히 칼을 들어 왕후에게 고기를 썰어주다가 실수하여 손가락을 다쳤다. 그러자 왕후가 허리띠를 풀어 그의 다친 손가락을 감싸주었다. 왕후가 환궁하려 할 때 연우에게,

"밤이 깊어 뜻하지 않은 일이 생길까 염려되니, 그대가 나를 대궐까지 데려다주오."

하매 연우가 그렇게 하였다. 왕후는 연우의 손을 잡고 대궐로 들어갔다. 이튿날 날이 샐 무렵 왕후는 거짓으로 선왕께서 돌아가시면서 남기신 명(命)이라고 하면서 군신들로 하여금 연우를 왕으로 삼게 하였다.

발기가 듣고 크게 노하여, 군사로 왕궁을 포위하고 외쳤다.

"형이 죽으면 왕위는 아우한테 돌아감이 법도거늘, 네가 순서를 어기고 왕위를 찬탈하는 것은 큰 죄악이니 빨리 나오라. 그렇지 않으면 너의 처자들까지 죽이겠노라!"

연우는 3일 동안 성문을 닫고 나오지 않았다. 백성들조차 발기를 따르는 자가 없자, 발기는 성사되기 어려움을 알고 처자들과 함께 요동으로 도주하였다. 그는 요동태수 공손도(公孫度)▪를 만나 말했다.

"나는 고구려왕 남무(男武)의 친아우요. 남무가 죽고 아들이 없으매 동생인 연우가 형수 우씨와 공모하여 왕위에 올라 천륜 대의를 어겼소. 내이에 분개하여 상국(上國)으로 귀순해 온 것이외다. 원컨대 군사 3만 명만 빌려주어 연우를 친다면 고구려의 분란을 평정할 수 있으리다."

공손도가 그 말을 들어주었다. 이에 연우가 아우 계수(罽須)에게 군사를 주어 요동으로부터 오는 군사를 막으니 한나라 군사가 크게 패하였다. 계수가 스스로 선봉이 되어서 패배하여 도망가는 군사를 추격하던 중 발기가 계수에게 말했다.

"네가 오늘 감히 나이든 형을 죽이려는가?"

계수가 형제간의 정의를 저버릴 수 없어 감히 그를 죽이지 못하고 말했다.

"연우가 왕위를 사양하지 않은 것은 비록 정당한 행동은 아니었으되,

▪ 공손도(公孫度)
기울어가는 한나라를 등지고 요동 땅에 독자적인 요동국을 세운 인물. 고구려 영토인 요동을 엿보던 중 발기의 투항을 빌미로 고구려를 공격한 것이다.

형이 일시의 분한 마음을 못 이겨 나라를 멸하려 함은 이 무슨 영문이오? 죽은 뒤에 무슨 면목으로 선조들을 뵈려 하오?"

발기가 이 말을 듣고 부끄러움과 뉘우침을 이길 수 없었다. 도주하여 배천(裴川)에 이르렀을 때 스스로 목을 찔러 자결하였다. 계수가 슬피 울면서 발기의 시체를 거두어 초빈(草殯)을 하고 돌아왔다.

왕은 슬펐으나 일면 기뻐하면서 계수를 궐내로 불러들여 잔치를 베풀고 형제의 예로 대하며 말했다.

"발기가 타국에 군대를 요청하여 국가를 침범하였으니, 죄가 이보다 더 클 수 없다. 이제 네가 이기고도 발기를 풀어주어 죽이지 않은 일만 해도 어딘데, 그의 자결을 몹시도 애통해하니 너는 오히려 나를 무도하다고 생각하는 것이 아닌가?"

계수가 서글피 눈물을 머금으며 대답하였다.

"제가 지금 한 마디 말을 하고 죽기를 청합니다."

왕이,

"무슨 말인가?"

묻자 계수가 말했다.

"왕후가 비록 선왕의 유명(遺命)으로 대왕을 즉위토록 했으나 대왕께선 예로써 사양하지 않았으니, 이미 형제간에 우애하고 공손해야 한다는 의리는 사라진 것입니다. 저는 대왕의 미덕을 이루고자 짐짓 발기의 시신을 거두어 초빈을 한 것인데, 그 때문에 대왕의 노여움을 살 줄이야 어찌 알았겠습니까? 대왕께서 만약 어진 마음을 베풀어 발기의 죄는 잊어두고 가형(家兄)에 대한 상례를 갖춰 장사 지내 주신다면 누군들 대왕을 떳떳하지 않다고 하겠나이까? 제가 이제 이 말을 한 마당이니 죽음을 당해도 사는 셈이요. 나아가 형리의 처형을 받도록 해 주사이다."

왕이 그 말을 듣고 앞으로 다가앉으며 온화한 표정으로 위로하며 달래었다.

"과인(寡人) 불초하여 미혹함이 없을 수 없는 터, 이제 너의 말을 들으

■ 초빈(草殯)
장례 전에 임시 관을 보관해 두는 일.

니 정녕 과인의 잘못을 알게 되었구나. 너는 날 탓하지 말라."

아우가 왕에게 절하고, 왕도 또한 그에게 절을 하여 마음껏 즐기다 헤어졌다.

가을 9월에 관리에게 명하여 발기의 상례를 지내되, 왕의 예를 갖춰 배령(裴嶺)에 장사하게 하였다.

왕은 원래 우씨 덕분에 왕위를 얻게 되었으므로, 새로 장가들지 않고 우씨를 왕후로 삼았다.

촌여자와 혼인하다

재위 7년 되던 해의 봄 3월에 왕이 아들이 없어 산천에 기도하였는데, 그 달 15일 밤 꿈에 하늘이 왕에게 말하였다.

"내가 그대의 소후(小后)로 하여금 아들을 낳게 할 것이니 걱정하지 말라."

왕이 잠에서 깬 뒤에 여러 신하들 앞에 말하기를,

"꿈에 하늘이 내게 이처럼 간곡하게 말씀하였지만, 소후가 없으니 어찌하면 좋을꼬?"

하니, 을파소(乙巴素)가 대답하였다.

"천명(天命)이란 헤아릴 수 없으니 왕께서는 기다리시지요."

그 해 가을 8월에 재상 을파소가 죽으니 나라사람들이 통곡하며 슬퍼하였다. 왕은 고우루(高優婁)를 재상으로 삼았다.

12년 되는 겨울 11월에 제사 지내는 데 잡을 돼지가 달아났다. 관리하는 이가 주통촌(酒桶村)까지 쫓아갔으나 워낙 이리저리 날뛰는 통에 잡을 수 없었다.

그때 스무 살 가량의 곱고 아름답게 생긴 한 여자가 웃으면서 돼지의 앞을 가로질러 잡아주니 쫓던 자가 돼지를 받아 올 수 있었다.

■ 소후(小后)
왕의 첩.

■ 을파소(乙巴素)
서압록곡(西鴨淥谷)의 좌물촌(左勿村) 출신으로 원래는 농사로 생계를 유지하였다 할 정도로 그 존재가 뚜렷하지 못했으나 191년(고국천왕 13)에 안류(晏留)의 추천으로 고구려 국상(國相)으로 발탁되었다.

■ 주통촌(酒桶村)
왕공과 귀족을 위해 술을 빚어 바치던 곳. 여기의 술맛이 훌륭하고 술통도 특색이 있어 붙여진 이름이라 한다.

왕이 이 말을 듣고 기이하다 여기면서 그 여자가 궁금해졌다. 급기야 밤에 몰래 신분을 감추고 남루한 옷차림으로 변장해서는 여자의 집으로 갔다. 시종을 시켜 말했더니 그 집에서 왕이 온 것을 알고 감히 마다하지 못하였다. 왕이 방안으로 들어가 그 여자를 불러 어르면서 다루려 하매 여자가 말하기를,

"대왕의 명령을 감히 피할 수 없으나, 만약 요행으로 아이가 생기게 되면 버림받는 일이 없기를 소원합니다."

라고 했더니 왕이 그러마 승낙하였다. 밤중이 깊어서야 왕은 일어나 궁으로 돌아갔다.

13년 되던 이듬해 춘삼월이었다. 왕후는 왕이 주통촌의 여자와 관계했다는 사실을 알고 시기하여 몰래 병사를 보내 죽이려 했다. 여자가 이 소식을 듣고는 남자의 차림새로 도주하였다. 병사들이 추격 끝에 죽이려 하자 그 여자가 따져 말하였다.

"너희들이 이제 와서 날 죽이고자 함은 왕의 명령인가, 왕후의 명령인가? 이제 내 뱃속에 아이도 있거니, 실상 이 아이는 왕의 핏줄이다. 이 몸을 죽이는 것은 그렇다하고 왕의 자식도 죽일 셈인가?"

병사들이 그 여자를 감히 해치지 못하고 돌아와 여자의 말 그대로를 보고하였다. 왕후가 노하여 기어이 죽이려 하였으나 성사치 못하였다. 왕이 이 소문을 듣고 곧장 다시금 그 여자의 집에 행차하여 물었다.

"네가 지금 잉태한 것이 누구의 아이인가?"

그러자 여자가 대답하되,

"제가 평생에 형제와도 함께 누운 적이 없었는데, 하물며 성별이 다른 남자와 가까이 했겠습니까? 지금 제 뱃속에 있는 아이는 진정코 대왕의 혈육이나이다."

고 하자 왕이 여자를 위로하고 선물을 후하게 주었다. 그리고는 이내 돌아와 왕후에게 말하니 왕후가 결국 여자를 해치지 못하였다.

가을 9월에 주통촌의 여자가 아들을 낳으니 왕이 기뻐 말하였다.

"이 아이는 하늘이 내게 주신 후계자로다!"

제사에 쓸 돼지인 교시(郊豕)로 말미암아 그 어미와 가까워질 수 있었다 하여 아이의 이름을 교체(郊彘)라 하고, 그 어미를 소후(小后)로 삼았다. 애당초 소후의 어머니가 그녀를 임신하고 아직 해산하지 않았을 당시 무당이 점을 쳤는데,

"반드시 왕후를 낳으리라!"

고 해서 그녀가 기뻐하였고, 아이가 태어났을 때 이름을 후녀(后女)라고 했던 것이다.

이해 겨울 10월에 왕이 환도성(丸都城)으로 도읍을 옮겼고, 17년 봄 정월에 교체를 세워 태자로 삼았다.

▪ 환도성(丸都城)
고구려가 졸본성과 국내성에 이어 국내성 북쪽 산지에 축조한 산성(山城).
평양으로 천도하기 이전의 고구려의 도읍지로 압록강 중류의 서안(西岸)에 위치한다.

❈ 해설

『삼국사기』 권16 고구려 본기4 〈산상왕(山上王)〉 원년과 12년에 수록되어 있다.

원년의 것은 즉위 및 혼인 설화이고, 12년의 것은 혼인 및 쟁총(爭寵) 설화라 할 수 있다. 우선 고국천왕(故國川王)의 둘째 아우인 그가 왕위에 오르기까지의 일련의 과정이 다분히 설화적이었다. 서기 197년, 왕비 우씨(于氏)와의 사이에 후계자 아들이 없는 상태에서 고국천왕이 갑자기 죽게된 상황이 이야기의 발단을 형성한다.

왕의 급작스런 죽음 뒤에 그 사실을 숨긴 왕후의 발빠른 움직임과 임금 자리를 가운데 놓고 형제 사이가 순식간에 갈등과 대결의 관계로 변하는 그 전개가 이채롭다. 또한 발기, 연우, 계수 세 형제가 보여주는 각기 다른 세계관과 거기에 따른 대화, 아울러 그들의 동선(動線)이 긴장감을 유발하기에 충분하다. 종말에 우씨가 2대에 걸쳐 왕후를 한 것도 특이하고, 하물며 산상왕이 형인 고국천왕의 부인을 아내로 취했거니, 이른바 '형사취수(兄死娶嫂)'의 양상은 더욱 희한하다.

후반부는 극적으로 왕이 된 이후 두 번째 부인을 맞는 과정을 그리고 있다. 샤머니즘 시대에 돼지는 신성한 제물인데 바로 그 돼지로 연(緣)하여 혼인이 성사되었다는 것과, 역사의 이른 시대에 벌써 신분의 극복 상승 내지 처첩 간 갈등까지 함께 엿볼 수 있어 흥미롭다.

최종의 이 메시지는 두 사람의 결연이 운명적이고 필연적인 것임을 강조한 것이다. 그런데 이 필연성은 서술의 끝부분만 아니라 앞부분에도 복선의 형태를 띤 채 이미 제대로의 준비가 갖추어져 있었다. 곧 왕이 재위 7년(203) 주통촌의 후녀를 만나기 5년 전, 아들을 얻기 위한 기도를 산천에 드렸을 때 거기 호응하여 왕의 몸을 통해 소후로 하여금 생남케 하리라는 하늘의 계시가 이미 있었던 것이다. 요컨대 수미(首尾)가 상응하는 필연성의 구도

■ 형사취수(兄死娶嫂) 형이 죽게 되면 동생이 형수와 함께 사는 혼인 제도. 고구려·부여·흉노 등의 유목민족에게서 볼 수 있으니, 형수가 다른 집안사람과 결혼할 경우 집안재산의 유출을 방지하기 위한 방편이었다고 한다.

안에서 입체감 있는 전개를 나타낸다는 사실이다.

혼인을 성사케 한 중개자 역할을 희생의 돼지 즉 교시(郊豕)가 맡은 사실 또한 다분히 설화적이다. 이러한 연유에 따라 낳은 아들이 이름도 교시(郊豕)의 다른 말인 교체(郊彘)로 하였다는 것이니, 그가 바로 11대 동천왕(東川王)이다. 결국 후궁의 아들이 왕이 된 것인데, 산상왕 사이에서조차 자식을 갖지 못했던 우씨 왕비가 산상왕의 능 옆에 장사 지내달라는 유언을 남기고 죽었다는 기록도 볼 수 있다.

조선초에 양촌(陽村) 권근(權近)은 「동국사략론(東國史略論)」 안에서 연우와 우씨의 행위는 개·돼지보다 심해 천리(天理)와 인도(人道)가 다 무너지고 멸한 것이라고 혹평하였다. 조선 후기의 실학자 안정복도 『동사강목(東史綱目)』 안에서 우씨를 완악·음탕하고 수치를 모르기로 고금천하에 이 하나뿐이라며 신랄하게 비난하기도 했다. 비록 고구려와 조선시대 사이에 윤리 기준의 차이를 인정하고 감안한다 하더라도 연우와 우씨의 행적에서 혈연 및 의리보다 권력과 사리(私利)를 앞세우는 시대 초월의 인간상을 실감나게 엿볼 수 있다.

山上王 諱延優 故國川王之弟也 魏書云 朱蒙裔孫宮 生而開目能視 是爲大祖 今王是大祖曾孫 亦生而視人 似曾祖宮 高句麗呼相似爲位 故名位宮云 故國川王無子 故延優嗣立 初故國川王之薨也 王后于氏 秘不發喪 夜往王弟發歧宅曰 王無後 子宜嗣之 發歧不知王薨 對曰 天 之曆數有所歸 不可輕議 況婦人而夜行 豈禮云乎 后慙 便往延優之宅 優起衣冠 迎門入座宴飮 王后曰 大王薨 無子 發歧作長當嗣 而謂妾有 異心 暴慢無禮 是以見叔 於是 延優加禮 親自操刀割肉 誤傷其指 后解 裙帶 裹其傷指 將歸 謂延優曰 夜深恐有不虞 子其送我至宮 延優從之 王后執手入宮 至翌日質明 矯先王命 令群臣 立延優爲王 發歧聞之大 怒 以兵圍王宮 呼曰 兄死弟及 禮也 汝越次簒奪 大罪也 宜速出 不然 則誅及妻孥 延優閉門三日 國人又無從發歧者 發歧知難 以妻子奔遼 東 見大守公孫度 告曰 某高句麗王男武之母弟也 男武死 無子 某之弟 延優與嫂于氏謀 卽位以廢天倫之義 是用憤恚 來投上國 伏願假兵三 萬 令擊之 得以平亂 公孫度從之 延優遣弟罽須 將兵禦之 漢兵大敗 罽 須自爲先鋒追北 發歧告罽須曰 汝今忍害老兄乎 罽須不能無情於兄弟 不敢害之曰 延優不以國讓 雖非義也 爾以一時之憤 欲滅宗國 是何意 耶 身沒之後 何面目以見先人乎 發歧聞之 不勝慙悔 奔至裴川 自刎死 罽須哀哭 收其屍 草葬訖而還 王悲喜 引罽須內中宴 見以家人之禮 且 曰 發歧請兵異國 以侵國家 罪莫大焉 今子克之 縱而不殺 足矣 及其自 死 哭甚哀 反謂寡人無道乎 罽須愀然銜淚而對曰 臣今請一言而死 王 曰 何也 罽須曰 王后雖以先王遺命立大王 大王不以禮讓之 曾無兄弟 友恭之義 臣欲成大王之美 故收屍殯之 豈圖緣此 逢大王之怒乎 大王 若以仁忘惡 以兄喪禮葬之 孰謂大王不義乎 臣旣以言之 雖死猶生 請 出受誅有司 王聞其言 前席而坐 溫顔慰諭曰 寡人不肖 不能無惑 今聞 子之言 誠知過矣 願子無責 王子拜之 王亦拜之 盡歡而罷 秋九月 命有

司 奉迎發歧之喪 以王禮葬於裴嶺 王本因于氏得位 不復更娶 立于氏爲后.

七年 春三月 王以無子 禱於山川 是月十五夜夢 天謂曰 吾令汝少后生男 勿憂 王覺語群臣曰 夢天語我 諄諄如此 而無少后 奈何 巴素對曰 天命不可測 王其待之 秋八月 國相乙巴素卒 國人哭之慟 王以高優婁爲國相 十二年 冬十一月 郊豕逸 掌者追之 至酒桶村 蹢躅不能捉 有一女子 年二十許 色美而艶 笑而前執之 然後追者得之 王聞而異之 欲見其女 微行夜至女家 使侍人說之 其家知王來不敢拒 王入室 召其女 欲御之 女告曰 大王之命 不敢避 若幸而有子 願不見遺 王諾之 至丙夜 王起還宮 十三年 春三月 王后知王幸酒桶村女 妬之 陰遣兵士殺之 其女聞知 衣男服逃走 追及欲害之 其女問曰 爾等今來殺我 王命乎 王后命乎 今妾腹有子 實王之遺體也 殺妾身可也 亦殺王子乎 兵士不敢害 來以女所言告之 王后怒 必欲殺之 而未果 王聞之 乃復幸女家問曰 汝今有娠 是誰之子 對曰 妾平生不與兄弟同席 況敢近異姓男子乎 今在腹之子 實大王之遺體也 王慰籍贈與甚厚 乃還告王后 竟不敢害 秋九月 酒桶女生男 王喜曰 此天賚子嗣胤也 始自郊豕之事 得以幸其母 乃名其子曰郊彘 立其母爲小后 初小后母孕未産 巫卜之曰 必生王后 母喜 及生 名曰后女 冬十月 王移都於丸都 十七年春正月 立郊彘爲王大子.

－『三國史記』卷16 高句麗本紀4「山上王」

山上王諱延優 一名位宮 故國川王之弟也魏書云
朱蒙裔孫宮生而開目能視是爲大祖今王是
大祖曾孫亦生而視人似曾祖宮高句麗呼相
似爲位故名位宮云故國川王無子故延優嗣
立初故國川王之薨也王后于氏秘不發喪夜
徃王弟發歧宅曰王無後子宜嗣之發歧不知
王薨對曰天之曆數有所歸不可輕議况婦人
而夜行豈禮乎后慙便徃延優之宅優起衣
冠迎門入座宴飮王后曰大王薨無子發歧作

長當嗣而謂姜有異心暴慢無禮是以見殺於

是延優加禮親自操刀割肉誤傷其指右解裙

帶裹其傷指將歸謂延優曰夜深恐有不虞乎

其送我至宮延優從之王后執手入宮至翌日

賀明矯先王命令羣臣立延優爲王發歧聞之

大怒以兵圍王宮呼曰兄死弟及禮也從越次

篡奪大罪也宜速出不然則誅及妻孥延優閉

門三日國人又無從發歧者發歧知難妻子

奔遼東見大守公孫度告曰其高句麗王男武

之母兄也男正死無子其之弟延優與嫂子氏
謀即位以廢天倫之義是用憤恚來投上國伏
願假兵三萬令擊之得以平亂公孫度從之延
優遣弟罽須將兵禦之漢兵大敗罽須自爲先
鋒追北發歧告罽須曰汝今忍害老兄予罽須
不能無情於兄予不敢害之曰延優不以國讓
雖非義也爾以一時之憤欲滅宗國是何意耶
身沒之後何面目以見先人乎發歧聞之不勝
慙悔奔至裴川自刎死罽須哀哭收其屍草葬

詑而還王悲喜引厠須內中宴見以家人之禮

且曰發歧請共異國以侵國家罪莫大焉今子

克之縱而不殺足矣及其自死哭甚哀又謂寡

人無道乎厠須愀然衘涙而對曰臣今請一言

而死王曰何也厠須曰王后雖以先王遺命立

大王大王不以禮讓之曾無兄弟友恭之義臣

欲成大王之美故枕屍殯之豈圖綠此逢大王

之怒乎大王若以仁存惡以兄喪禮葬之孰謂

大王不義乎臣旣以言之雖死猶生請出受

誅有司王聞其言前席而坐溫顔慰誚曰寡人
不肖不能無惑今聞子之言誠知過矣願子無
責王子拜之王亦拜之盡歡而罷秋九月命有
司奉迎發歧之妻以王禮葬於裴嶺王本因于
氏得位不復更要立于氏爲后
二年春二月築丸都城夏四月赦國内二罪巳下
三年秋九月王畋于質陽
七年春三月王以無子禱於山川是月十五夜
夢天謂曰吾令汝少后生男勿憂王覺語羣臣

日夢天語我謣謣姬此而無少后奈何巴妻對

日天命不可測至其待之秋八月國相乙巴素

翠國人哭之慟王以高優婁為國相

十二年冬十一月郊豕逸掌者追之至酒桶村

躑躅不能提有一女子年二十許色美而艷笑

而前執之然後追者得之王聞而異之欲見其

女微行夜至女家使侍人說之其家知王來不

敢拒王入室召其女欲御之女告曰天王之命

不敢避若幸而有子願不見遺王諾之至丙夜

王起還宮

十三年春三月王后知王幸酒桶村女妬之陰
遣兵士殺之其女聞知衣男服逃走追及欲害
之其女問曰爾等今來殺我王命乎王后命乎
今妾腹有子實王之遺體也殺妾身可也亦殺
王子乎兵士不敢害來以女所言告之王后怒
必欲殺之而未果王聞之乃復幸女家問曰汝
今有娠是誰之子對曰妾平生不與兄弟同牀
況敢近異姓男子乎今在腹之子實大王之遺

體也王慰籍贈與甚厚乃還告王右竟不歌害

秋九月酒桶女生男王喜曰此天資子嗣亂也

始自郊豕之事得以幸其母乃名其子曰郊豕

立其母為小右初小右母孕未產豕卜之曰必

生王右母喜又生名曰右女冬十月王移都於

九都

十七年春正月立郊豕為王太子

소금장수를 했던 미천왕

미천왕(美川王)▪, 이름은 을불(乙弗)▪이다. 서천왕(西川王)의 아들로 고추가(古鄒加)▪ 출신인 돌고(咄固)의 아들이다.

처음에 봉상왕(烽上王)은 아우 돌고가 딴 마음을 품었다고 의심하여 그를 죽였다. 이에 돌고의 아들 을불은 자신에게도 해가 미칠까 두려운 나머지 도망쳐 나오니, 처음에는 수실촌(水室村)▪ 사람 음모(陰牟)의 집에서 머슴살이를 하였다. 음모는 을불이 어떤 사람인지를 알지 못하고 모진 일을 시켰다.

그 집 곁에 있는 연못에서 개구리가 시끄럽게 울면, 음모는 밤엔 을불로 하여금 기와 조각이나 돌을 던져 개구리가 울지 못하도록 시켰고, 낮이면 나무를 해오라고 독촉하며 잠시도 쉴 수 없게 했다. 이에 을불은 괴로움을 견디지 못해 일 년 만에 그 집을 나와 동촌(東村) 사는 재모(再牟)란 사람과 함께 소금 장사를 하였다. 을불은 배를 타고 압록(鴨淥)까지 가서 소금을 가지고 뭍에 내려 강 동쪽에 사는 사수촌(思收村) 사람 집에 기탁하며 지냈다.

그런데 그 집 노파가 소금을 요구하기로 한 말 가량을 주었는데, 또 달라고 하길래 주지 않았다. 그러자 노파가 앙심을 품고 몰래 자기의 신발을 소금 속에 묻어두었다. 을불은 그런 줄도 모르고 소금 짐을 지고

▪ 미천왕(美川王)
고구려 제15대왕.
재위 300~331.
주석에 호양왕(好壤王)
이라고도 하였다.

▪ 을불(乙弗)
주석에 우불(憂弗)이
라고도 했다.

▪ 고추가(古鄒加)
고구려 때 왕족 및 왕비
족의 고위계층에게 주
어진 호칭.

▪ 수실촌(水室村)
압록강 가에 집을 짓고
사는 마을로 보인다.

■ 북부(北部)
고구려 오부(五部) 중
절노부(絕奴部)가 바
뀐 명칭.

■ 동부(東部)
고구려 오부(五部) 중
순노부(順奴部)가 바
뀐 명칭.

■ 비류하(沸流河)
압록강의 지류로, 오늘
날의 혼강(渾江).
비류수(沸流水).

길을 가는데 노파가 쫓아와 신을 찾으며 을불이 자기 신발을 감추었다고 압록 고을의 원님 앞에 무고하였다. 원님은 신발값 대신에 소금을 받아 노파에게 주고, 을불은 태형(笞刑)에 처한 뒤 놓아주었다. 이 당시 을불은 얼굴이 비쩍 마르고 옷이 남루하였기에 어느 누구도 그가 왕손(王孫)인줄 알지 못하였다.

이때 국상(國相) 창조리(倉助利)가 바야흐로 봉상왕을 폐하고자 먼저 북부(北部)■의 조불(祖弗)과 동부(東部)■의 소우(蕭友) 등을 파견하여 산으로 들로 을불을 찾아다녔다. 비류하(沸流河)■ 가에 이르렀을 때 배 위에 한 건장한 남자가 있는 것을 보았는데, 얼굴은 비록 초췌하나 몸가짐이 예사롭지 않았다. 소우 등은 이 사람이 바로 을불이 아닌가 생각하고 나아가 절하며 말하였다.

"지금 국왕이 무도(無道)하므로 국상께서 여러 신하들과 함께 왕을 폐하고자 하십니다. 왕손께서는 몸가짐이 검소하고 인자하시며 사람을 사랑하시므로 조상의 유업을 이을 수 있다 하여 저희들을 보내 맞아오도록 하셨습니다."

이에 을불은 의심이 나서 말했다.

"나는 일개 평민이지 왕손이 아닙니다. 다시 알아보시지요."

소우 등이 말했다.

"지금 왕이 인심을 잃은 지 오래이라 진정 나라의 주인이 되기에 부족합니다. 이로 인해 많은 신하들이 왕손을 간절히 바라고 있습니다. 부디 의심치 마소서!"

드디어 을불을 받들어 돌아왔다. 창조리가 기뻐하여 그를 조맥(鳥陌) 남쪽의 한 집에 모셔두고 다른 사람들이 알지 못하도록 했다.

그 해 가을 9월에 봉상왕이 후산(侯山) 북쪽으로 사냥을 나갔는데, 국상 창조리가 수행하였다가 여럿의 앞에 말하였다.

"나와 마음을 같이하는 자는 날 따라하시오!"

하고 이내 갈맷잎을 모자 위에 꽂으니■, 여러 사람들이 모두 그를 따라

■ 고구려의 귀족 조우
관(鳥羽冠)이라 하
여 고깔 모양의 관모
좌우에 새 깃을 장식
하였다. 새 깃은 수령
의 표장인 것인데 갈
대로 대신함은 수렵
외적인 의도를 나타
낸 표시로 추정된다.

갈댓잎을 꽂았다.

창조리는 무리의 마음이 모두 같다는 것을 알고, 드디어 그들과 함께 왕을 폐하여 별실에 가두고 군사들로 하여금 지키게 하였다. 그리고는 바로 왕손을 모셔다가 옥새를 올려 왕위에 오르게 하였다.

❊ 해설

『삼국사기』권17 고구려 본기5 〈미천왕(美川王)〉조에 수록되어 있다.

본래 이름은 고을불(高乙弗, 300~331)이다. 백부(伯父)인 봉상왕(烽上王)이 그의 아버지를 반역 혐의로 죽이자 도망하여 남의 집 머슴살이를 하게 되었다. 이후 마주치는 인물마다 그의 신분을 알지 못하매, 주인공이 제자리를 찾기까지 겪어야만 하는 고난과 시련의 이야기들이 차례로 전개된다. 흡사 동명왕이 알에서 태어나 핍박을 당하고 급기야 생명의 위협 때문에 집을 벗어나는 과정과 다소 닮아 있다. 핍박을 당하다 못 견디고 1년 만에 나와서 소금 장사를 하다가 압록강 근처에서는 신발 도둑으로 몰려 태형(笞刑)을 당할 때 수난은 절정에 도달한다.

그 무렵 국상(國相)으로 있는 창조리(倉助利)가 봉상왕을 폐하고자, 조불과 소우 두 사람을 파견하여 을불을 찾게 하였다. 그들은 비류(沸流) 강가에서 배 위에 있는, 거동이 비상한 남자를 을불이라 판단하고 절하며 그를 모셔 갔다고 했으니 초창기 고구려의 이른바 '지인지감(知人之鑑)' 모티브라 할 수 있다. 9월에 창조리는 봉상왕이 후산(侯山) 북쪽으로 사냥 가는 것을 기화로 상왕을 폐하고 왕손인 을불을 맞아 국새를 올려 왕위에 오르게 하니, 성공적인 혁명담(革命談)의 표본으로 삼을 만하다.

미천왕 을불의 피신 시절의 행적은 후대에 이따금씩 보이는 군왕 잠저(潛邸)담의 원조격이라 할 만하고, 가장 비천한 신분에서 왕까지 올라가는 과정에서 전형적인 신분상승의 모티브를 발견하게 된다.

청소년기에 크나큰 역경을 체험했던 때문인지 미천왕은 재위 30여 년 동안 백성들의 생업 대책을 위해 누구보다 노력을 들였다. 군사적으로도 중국의 한사군을 제압하고, 또한 그 시대 강자였던 선비족 모용부(慕容部)를 팽팽한 세력 대결 속에서 최대한 견제하였는데, 훗날 모용씨의 환도성(丸都城) 침공 때 시신이 파헤쳐져 실려 가는 수난을 겪기도 하였다.

또한 〈미천왕〉 이야기는 3세기 후반의 고구려 정치 및 사회상을 엿볼 수 있는 생동감 넘치는 자료 가치도 만만치 않은 특징을 지녀 있다.

✳ 원문

　　美川王 諱乙弗 西川王之子古鄒加咄固之子 初烽上王疑弟咄固有異心 殺之 子乙弗畏害出遁 始就水室村人陰牟家傭作 陰牟不知其何許人 使之甚苦 其家側草澤蛙鳴 使乙弗夜投瓦石禁其聲 晝日督之樵採 不許暫息 不勝艱苦 周年乃去 與東村人再牟販鹽 乘舟抵鴨淥 將鹽下寄江東思收村人家 其家老嫗請鹽 許之斗許 再請不與 其嫗恨恚 潛以屨置之鹽中 乙弗不知 負而上道 嫗追索之 誣以庾屨 告鴨淥宰 宰以屨直 取鹽與嫗 決笞放之 於是 形容枯槁 衣裳藍縷 人見之 不知其爲王孫也 是時 國相倉助利將廢王 先遣北部祖弗東部蕭友等 物色訪乙弗於山野 至沸流河邊 見一丈夫在船上 雖形貌憔悴 而動止非常 蕭友等疑是乙弗 就而拜之曰 今國王無道 國相與羣臣陰謀廢之 以王孫操行儉約 仁慈愛人 可以嗣祖業 故遣臣等奉迎 乙弗疑曰 予野人 非王孫也 請更審之 蕭友等曰 今上失人心久矣 固不足爲國主 故羣臣望王孫甚勤 請無疑 遂奉引以歸 助利喜 致於鳥陌南家 不令人知 秋九月 王獵於侯山之陰 國相助利從之 謂衆人曰 與我同心者 効我 乃以蘆葉揷冠 衆人皆揷之 助利知衆心皆同 遂共廢王 幽之別室 以兵周衛 遂迎王孫 上璽綬 卽王位.

-『三國史記』卷17 高句麗本紀5「美川王」

美川王壞[云好]王諱乙弗[或云憂弗]西川王之子古鄒加
咄固之子初烽上王疑弗咄固有異心殺之子
乙弗畏害出遁始就水室村人陰牟家傭作陰
牟不知其何許人使之甚苦其家側草澤蛙鳴
使乙弗夜投瓦石禁其聲晝日督之樵採不許
暫息不勝艱苦周年乃去與東村人再牟販鹽
乘舟抵鴨淥將臨下寄江東思牧村人家其家
老嫗請鹽許之斗許再請不與其嫗恨恚潛以
屨置之鹽中乙弗不知負而上道嫗追索之誣

以庾優皆鴨淥宰以優直取鹽酢媼決答放

之於是形容枯槁衣裳藍縷人見之不知其爲

王孫也是時國相翁助利將廢王先遣北部祖

弗東部蕭友物色訪乙弗於山野至沸流河

邊見一丈夫在舡上雖飛貌憔悴而動止非常

蕭友等疑是乙弗乾而拜之曰今國王無道國

相與君臣陰謀廢之以王孫操行儉約仁慈愛

人可以嗣祖業故遣臣等奉迎乙弗疑曰予野

人非王孫也請更審之蕭友等曰今上失人心

文英固不足爲國主故群臣望王孫其勤請無
疑遂奉引以歸助利喜致於烏陌南家不令人
知秋九月王獵於侯山之陰國相助利從之謂
狠人曰與我同心者效我乃以蘆葉挿冠狠人
皆挿之助利知衆心皆同遂共廢王幽之別室
以兵周衛遂迎王孫上璽綬即王位

바보온달과 평강공주

온달(溫達)은 고구려 평강왕(平岡王)▪ 때 사람이다. 얼굴이 꾀죄죄하여 우스꽝스러웠으나 마음씨는 순수했다. 집이 몹시 가난하여 항상 밥을 빌어다가 어머니를 봉양하였다. 떨어진 옷과 해진 신으로 저잣거리를 왕래하니, 당시 사람들이 그를 보고 바보 온달이라 불렀다.

평강왕의 어린 딸이 울기를 잘하매 왕이 놀려 말하였다.

"네가 항시 울면서 내 귀를 시끄럽게 하니, 커서 사대부의 아내가 될 순 없겠다. 바보 온달한테나 시집보내야겠다."

왕은 늘 그렇게 말하곤 했다.

딸의 나이 열여섯이 되었을 때 왕은 상부(上部)▪ 고씨(高氏)에게 시집 보내려 하였다. 그러자 공주가 대답해 말하였다.

"대왕께서 항상 말씀하시오대, '너는 반드시 온달의 아내가 되리라' 하셨는데, 지금은 무슨 까닭으로 앞서의 말씀을 바꾸시나이까? 필부도 외려 식언(食言)하지 않으려 하거늘, 하물며 지존하신 분께서 이십니까? 옛말에 '임금 된 이는 실없는 말을 하지 않는다'고 했는데, 지금 대왕의 명은 그릇되었사와 소녀는 감히 받들지 못하겠어요."

그러자 왕이 노하여 말하였다.

"네가 나의 지시를 따르지 않으니 정녕 내 딸이 될 수 없다. 어찌 함께

▪ 평강왕(平岡王)
고구려 25대 왕. 재위 559~590. 고구려 본기(本紀)에서의 평원왕(平原王)이다. 동인이칭(同人異稱), 곧 한 인물에 두 가지 호칭인 경우이니, '岡'과 '原'은 똑같이 언덕의 뜻이다. 신라 '文武王=文虎王'과 백제 '武寧王=武康王'도 같은 사례이다.

▪ 상부(上部)
고구려를 형성하는 다섯 부족인 오부(五部)의 하나로, 동부(東部) 또는 순노부(順奴部)라고도 한다.

살 수 있겠느냐? 네 갈 데로 가거라!"

이에 공주는 보물 팔찌 수십 개를 팔꿈치에 매고는 궁궐을 나와 혼자 길을 나섰다. 길에서 마주친 사람에게 온달의 집을 물어 그 집에 이르렀더니 거기서 앞 못 보는 노모가 있음을 보고 가까이 나아가 절하였다. 그리고는 그 아들이 있는 곳을 물으니 노모가 대답하였다.

"우리 아들은 가난하고 누추하여 귀하신 분이 가까이 할 인물이 못됩니다. 지금 그대의 몸내를 맡으니 향기가 남다르고, 손을 잡아보매 부드럽기 풀솜과 같으니 필경 천하의 귀인이십니다. 누구의 말에 가려 여기까지 오시게 되었습니까? 그나저나 내 자식은 굶주림을 못 견뎌 숲에 느릅나무 껍질을 벗기러 간 지 오래되었는데 아직 돌아오지 않았군요."

공주가 집에서 나와 걸어 산 밑에 이르렀을 때 온달이 느릅나무 껍질을 지고 오는 것을 보았다. 공주가 그에게 속마음을 말하니, 온달이 성을 내며 말하기를,

"이곳은 어린 여자가 다닐만한 데가 아니다. 너는 분명 사람이 아니라 여우가 둔갑한 귀신이렷다. 내게 가까이 오지 말라!"

하고는 뒤도 안돌아보고 가버렸다.

공주는 하릴없이 혼자 돌아와 사립문 아래에서 잤다. 이튿날 아침 다시 들어가 그들 모자에게 전후 간 사정을 자세히 말하였다. 이에 온달이 우물쭈물 결정을 내리지 못하자 그 어머니가 말하였다.

"제 아들은 너무도 초라해서 귀하신 분의 배필이 될 수 없고, 저희 집은 지지리 가난하여 귀하신 분께서 거처할 데가 못 된답니다."

이에 공주가 대답하였다.

"옛 사람의 말에 '한 말 곡식만으로도 방아를 찧어 먹을 수 있고, 한 자 베만으로도 바느질 해 입을 수 있다'고 했으니, 진정 마음만 같이 할 수 있다면 어찌 반드시 부귀해진 뒤에라야 함께 살 수 있겠습니까?"

이에 공주는 금팔찌를 팔아다가 농토와 집, 노비, 말과 소, 그릇 등을 사들이니 살림살이가 제대로 갖추어졌다.

처음에 말을 살 때 공주가 온달에게 이르기를,

"시장 사람들이 내놓은 말은 사지 않도록 조심하고, 반드시 나라에서 기른 말 중에 병들고 야위어 버려진 것을 골라 사오세요."

하였고, 온달이 그 말대로 하였다. 공주가 그 말 먹이고 기르기를 매우 부지런히 했더니 말은 나날이 살찌고 건장해졌다.

고구려에서는 항상 봄 3월 3일▪이면 낙랑(樂浪)의 언덕에 모여 사냥을 하고, 그 날 잡은 돼지와 사슴으로 하늘과 산천(山川)의 신에게 제사를 지냈다. 그 날이 되어 왕이 사냥을 나서자 여러 신하와 오부(五部)▪의 병사들이 모두 뒤를 따랐다.

이에 온달도 그간 기르던 말을 타고 따라갔는데, 그 달리는 품이 항시 앞장섰고 사로잡은 짐승도 제일 많아 어느 누구도 따를 이가 없었다. 왕이 불러다 보고 그 이름을 묻는 순간 놀라고 기이하게 여겼다.

때마침 후주(後周)의 무제(武帝)▪가 군사를 일으켜 요동(遼東)으로 쳐들어왔다. 왕은 군사를 거느리고 이산(肄山)▪ 들판에서 맞아 싸웠는데, 온달은 선봉이 되어 날쌔게 싸우며 수십여 명을 베어 죽이니 모든 군사들이 승세를 타고 분발하여 쳐서 크게 이기었다. 세운 공을 논하는 마당에 온달을 제일로 삼지 않는 이가 없었다.

왕이 가상히 여기고 찬탄하여 말하기를,

"이 사람이 나의 사위로다!"

하고는 예를 갖추어 맞아들이고, 벼슬을 주어 대형(大兄)▪을 삼도록 하였다. 이로부터 총애와 영화가 한층 두터워졌고, 위엄과 권세는 날로 성하게 되었다.

양강왕(陽岡王)▪이 즉위하자 온달이 아뢰어 말하였다.

"저 신라가 우리 한강 이북의 땅을 빼앗아 군현(郡縣)을 삼으매 우리 백성들이 원통히 여기고 한스러워 어느 한때 부모의 나라를 잊은 적이 없습니다. 바라옵건대 대왕께서 저를 어리석어 불초하다 여기지 않으시와 군사를 내주시면 한 차례 나아가 반드시 우리의 땅을 되찾겠나이다."

▪ 3월 3일
상사일(上巳日), 계욕일(禊浴日)이라 하여 고대에 신성하게 여기는 날이다.

▪ 오부(五部)
고구려를 형성한 다섯 집단. 계루부, 소노부, 절노부, 순노부, 관노부. 또는, 고구려 시절 서울을 다섯 부로 나눈 행정 구역.

▪ 후주(後周)의 무제(武帝)
남북조시대 북주(北周)의 임금. 이름은 우문옹(宇文邕). 재위 560~578.

▪ 이산(肄山)
배산(拜山)으로 된 문헌도 있다.

▪ 대형(大兄)
고구려 후기에 넷째나 다섯째 등급이 되는 벼슬. 국가의 기밀과 법 개정, 징발, 관리 선정의 일 따위를 맡아보았다.

▪ 양강왕(陽岡王)
영양왕(嬰陽王). 앞서 평원왕이 평강왕인 것처럼 동인이칭이다.

계립현(鷄立峴)
조령(鳥嶺) 일명 새재
는 문경시와 충청북도
괴산군 사이의 고개인
바, 바로 그 동북쪽에
있는 고개. 계립령(鷄
立嶺)이라고도 한다.

죽령(竹嶺)
경상북도 영주시 풍기
읍(豐基邑)과 충청북
도 단양군 대강면(大
崗面)의 경계에 있는
고개.

아단성(阿旦城)
현재 서울 광장동 소재
의 산인 '아차성(阿且
城)'이라 한 본(本)도
있다.

원전에 '踣而死'를 번
역한 것이지만, '路而
死', 즉 '중로(中路) −싸
우던 중간− 에 죽고 말
았다'로 된 문헌도 있다.

이에 왕이 허락하였다. 온달이 떠나면서 맹세하여 말하기를,

"계립현(鷄立峴)과 죽령(竹嶺) 서쪽의 땅을 우리 쪽으로 되돌리지 못한다면 나 또한 돌아오지 않으리라!"

하고는 드디어 나가 신라 군사들과 아단성(阿旦城) 아래에서 싸우다가 빗나간 화살에 맞아 엎드려져 죽고 말았다.

온달을 장사 지내려는데 널이 움직이지 않았다. 이에 공주가 와서 관을 어루만지며 말하였다.

"죽고 사는 것이 이미 정해졌으니, 오오 돌아가소서!"

그러자 드디어 관이 들리면서 하관(下棺)하였다. 대왕이 그 소식을 듣고 비통해 하였다.

✽ 해설

『삼국사기』 권45 열전(列傳)5에 수록되어 있다.

25대 평강왕(平岡王)은 평원왕(平原王)의 다른 이름이다. 이야기 속에 개자(丐者)의 행색으로 눈이 먼 어머니를 봉양하며 살던 온달은 가난한 효자의 이미지이다. 이야기 전체에 걸쳐 그 어디에도 바보로 처신하는 온달의 모습은 없는데도 그를 '우온달(愚溫達)' 즉 바보온달로 표현함은 어딘가 이상하다.

그런 온달의 앞에 평강왕의 공주가 찾아와 청혼한다. 어릴 때부터 울기를 잘했던 공주는 결국 부왕의 혼인 명령을 거역하고 온달을 고집하다가 출궁을 당한 것이다. 이렇게 아버지에게 쫓겨난 딸의 이야기 소재는 고구려뿐 아니라 신라 진평왕의 딸인 선화공주(善化公主)를 모델로 한 〈서동요(薯童謠)〉 배경설화에서도 나타난다. 훨씬 더 멀리는 샤머니즘의 무조신화(巫祖神話) 가운데 아버지 뜻에 거슬려 쫓겨난 셋째 딸이 마를 캐는 3형제 중 셋째 아들과 혼인한다는 〈삼공본풀이〉에서 근원을 찾을 수 있다.

이것의 출현이 아득히 삼국시대의 시간 안에서 이루어진 것임에도, 온갖 시대의 장벽을 초월한 채 설화 대중의 애호를 입으면서 〈온달〉은 오늘날 고구려 설화의 백미가 되었다. 여기의 온달을 평원왕 시절에 왕권을 위협하던 지방의 호족(豪族)으로 보는 견지가 있으니, 곧 왕이 그 세력을 견제하기 위한 정략적 혼인을 이와 같은 내용으로 재구(再構)시켰다는 해석이다. 그런데 이상한 것은 평원왕 본기에는 온달의 존재가 전혀 그림자도 비치지 않고 있다는 사실이다. 그가 평원왕의 사위라는 기사는 물론이고, 중국 주(周)나라와의 전쟁, 영양왕 즉위 초년에 신라와의 전쟁 기록조차 그 어떤 한중의 사서(史書) 안에서도 포착되지 않는다.

역시 이 이야기를 무격신화 중 〈삼공본풀이〉 등으로 대표되는 전통적인 여인 발복(女人發福) 유형의 한 갈래로 재창출된 설화라는 해석 안에서 비로소 모든 의혹들이 해소될 수 있는 계기가 마련된다.

※ 원문

溫達高句麗平岡王時人也 容貌龍鍾可笑 中心則晬然 家甚貧常 乞食以養母 破衫弊履往來於市井間 時人目之爲愚溫達 平岡王少女兒好啼 王戲日 汝常啼 聒我耳 長必不得爲士大夫妻 當歸之愚溫達 王每言之 及女年二八 欲下嫁於上部高氏 公主對日 大王常語 汝必爲溫達之婦 今何故改前言乎 匹夫猶不欲食言 況至尊乎 故日 王者無戲言 今大王之命謬矣 妾不敢祇承 王怒日 汝不從我敎 則固不得爲吾女也 安用同居 宜從汝所適矣 於是 公主以寶釧數十枚繫肘後 出宮獨行 路遇一人 問溫達之家 乃行至其家 見盲老母 近前拜 問其子所在 老母對日 吾子貧且陋 非貴人之所可近 今聞子之臭 芬馥異常 接子之手 柔滑如綿 必天下之貴人也 因誰之俑 以至於此乎 惟我息 不忍饑 取楡皮於山林 久而未還 公主出行 至山下 見溫達負楡皮而來 公主與之言懷 溫達悖然日 此非幼女子所宜行 必非人也 狐鬼也 勿迫我也 遂行不顧 公主獨歸 宿柴門下 明朝更入 與母子備言之 溫達依違未決 其母日 吾息至陋 不足爲貴人匹 吾家至窶 固不宜貴人居 公主對日 古人言 一斗粟猶可春 一尺布 猶可縫 則苟爲同心 何必富貴然後可共乎 乃賣金釧 買得田宅奴婢牛馬器物 資用完具 初買馬 公主語溫達日 愼勿買市人馬 須擇國馬 病瘦而見放者 而後換之 溫達如其言 公主養飼甚勤 馬日肥且壯 高句麗 常以春三月三日 會獵樂浪之丘 以所獲猪鹿 祭天及山川神 至其日 王出獵 群臣及五部兵士皆從 於是 溫達以所養之馬隨行 其馳騁常在前 所獲亦多 他無若者 王召來 問姓名 驚且異之 時後周武帝 出師伐遼東 王領軍逆戰於肄山之野 溫達爲先鋒 疾鬪斬數十餘級 諸軍乘勝奮擊大克 及論功 無不以溫達爲第一 王嘉歎之日 是吾女壻也 備禮迎之 賜爵爲大兄 由此寵榮尤渥 威權日盛 及陽岡王卽位 溫達奏日 惟新羅 割我漢北之地爲郡縣 百姓痛恨 未嘗忘父母之國 願大王 不以臣愚不肖 授之以兵 一往必還吾地 王許焉 溫達臨行誓日 鷄立峴竹嶺以

西 不歸於我 則不返也 遂行 與新羅軍戰於阿旦城之下 爲流矢所中 踣
而死 欲葬 柩不肯動 公主來撫棺曰 死生決矣 於乎歸矣 遂擧而窆 大王
聞之悲慟.

－『三國史記』卷45 列傳5「溫達」

『삼국사기』 권45 열전5 – 온달

溫達高句麗平岡王時人也容貌龍鍾可笑中
心則曄然家甚貧常乞食以養母破衫弊履往
來於市井間時人目之爲愚溫達平岡王少女
兒好啼王戲曰汝常啼聒我耳長必不得爲士
大夫妻當歸之愚溫達王每言之及女年二八
欲下嫁於上部高氏公主對曰大王常語彼必

爲溫達之婦余何故政前言予匹夫猶不欲食
言況至尊乎故曰王者無戲言今大王之命謬
矣妾不敢抵承王怒曰汝不從我教則固不得
爲吾女也安用同居宜從汝所適矣於是公主
以實釧數十枚繫肘後出宮獨行路遇一人問
溫達之家乃行至其家見盲老母近前拜問其
子所在老母對曰吾子貧且陋非貴人之所可
近今聞子之臭芬馥異常攀子之手柔滑如綿
少天下之貴人也因誰之俑以至於此乎惟我

息不忍饑取楡皮於山林久而未還公主出行
至山下見溫達負楡皮而来公主與之言懷溫
達悖然曰此非幼女子所宜行必非人也狐鬼
也勿迫我也遂行不顧公主獨歸宿柴門下明
朝更入與母子備言之溫達依違未決其母曰
吾息至陋不足為貴人匹吾家至寠固不宜貴
人居公主對曰古人言一斗粟猶可舂一尺布
猶可縫別苟為同心何必富貴然後可共乎乃
賣金釧買得田宅奴婢牛馬器物資用完具初

買馬公主語溫達曰愼勿買市人馬湏擇國馬
病瘦而見放者而後換之溫達如其言公主養
飼甚勤馬日肥且壯高句麗常以春三月三日
會獵樂浪之丘以所獲猪鹿祭天及山川神至
其日王出獵羣臣及五部兵士皆從於是溫達
以所養之馬隨行其馳騁常在前後獲亦多他
無若者王召來問姓名驚且異之時後周武帝
出師伐遼東王領軍逆戰於拜山之野溫達為
先鋒疾鬭斬數十餘級諸軍乗勝奮擊大克及

論功無不以溫達為第一王嘉歎之曰是吾女
壻也備禮迎之賜爵為大兄由此寵榮尤渥威
權日盛及陽岡王即位溫達奏曰惟新羅割我
漢北之地為郡縣百姓痛恨未嘗忘父母之國
願大王不以愚不肖授之以兵一徃必還吾地
王許焉臨行誓曰鷄立峴竹嶺巳西不歸於我
則不返也遂行與羅軍戰於阿旦城之下為流
矢所中路而死欲葬柩不肯動公主來撫棺曰
死生決矣於乎歸矣遂舉而窆大王聞之悲慟

원통한 점쟁이의 김유신 환생

호력(虎力) 이간(伊干)■의 아들 각간(角干) 서현(舒玄) 김(金)씨의 맏아들은 유신(庾信)이고, 그 아우는 흠순(欽純)이다. 큰누이는 보희(寶姬)로 아이 때 이름은 아해(阿海)이며, 작은누이는 문희(文姬)로 아이 때 이름은 아지(阿之)이다. 유신 공(公)은 진평왕(眞平王) 17년 을묘(595)년에 났는데, 해와 달과 다섯 개 별의 정기를 타고났기 때문에 등에 일곱 별의 무늬가 있었다. 그에게는 신기하고 이상한 일이 많았다.

나이 열여덟 되던 임신(壬申)년■에 검술을 깨쳐 국선(國仙)이 되었다. 그 무렵 백석(白石)이란 자가 있었는데 어디서 왔는지 알 수 없었지만 낭도(郎徒)의 무리에 소속된 지 여러 해였다. 유신랑은 고구려와 백제의 두 나라를 치려고 밤낮으로 깊이 궁리하고 있었는데, 백석이 그 계획을 알고서 유신에게 고하였다.

"제가 공과 함께 먼저 은밀히 저들 적국에 가서 그들의 실정을 정탐한 연후에 일을 도모하는 것이 어떻겠습니까?"

유신랑은 기뻐하여 친히 백석을 데리고 밤에 떠났다. 고개 위에서 쉬고 있노라니 아가씨 둘이 그를 따라왔다. 골화천(骨火川)■에 이르러 유숙하려는데 느닷없이 또 한 아가씨가 찾아 왔다. 공이 세 낭자와 더불어 즐거이 이야기할 제에 낭자들은 맛있는 과일을 그에게 대접했다. 유신

■ 이간(伊干)
신라 17관등(官等) 중 둘째 등급의 벼슬. 각간은 첫째 등급.

■ 임신(壬申)년
진평왕 34년, 서기 612년이다.

■ 골화천(骨火川)
『동국여지승람』 권22의 영천군(永川郡)의 고적(古跡)조에서 영천(永川)과 동일지명으로 보았다.

은 그것을 받아먹으면서 마음을 열고 자신의 실상을 말하였다. 그러자 여인들이 말하였다.

"공의 말씀은 알겠습니다. 바라건대 공께서는 백석을 놓아두고 저희와 함께 숲속으로 들어가면 다시금 속내를 여쭙지요."

그렇게 해서 함께 들어갔더니 낭자들이 문득 신(神)의 모습을 나타내면서 말하였다.

■ 내림(奈林)·혈례(穴禮)·골화(骨火)
각각 경주의 낭산(狼山), 청도(淸道)의 부산(鳧山), 영천(永川)의 금강산이다.

"우리들은 내림(奈林)·혈례(穴禮)·골화(骨火)■ 세 곳의 호국신(護國神)이니라. 지금 적국의 사람이 그대를 유인해 가는데도 그대는 모르고 따라가기에 우리가 말리고자 여기까지 온 것이니라."

말을 마치는 순간 자취를 감추었다. 공은 그 말을 듣고 놀라 쓰러졌다가 두 번 절하고 나와서는 골화관(骨火館)에 묵으면서 백석에게 말했다.

"내가 지금 다른 나라에 가면서 중요한 문서를 잊고 왔네. 같이 집으로 돌아가 가져오도록 하자."

드디어 함께 집에 돌아오자 백석을 결박지어 고문하면서 내막 실상을 캤더니 백석이 자백하였다.

■ 추남(楸南)
일연의 주석에 옛 책에는 백제사람이라 했지만 그릇된 것이라 했다. 또한 춘남(春南)으로 되어 있으나 역시 잘못이라 했다.

■ 대왕
일연은 주석에서 고구려의 마지막(28대) 임금인 보장왕(寶藏王, 재위 642~668) 때의 일이라 하였다.

"나는 본래 고구려 사람이오. 우리나라 신하들이 말하기를, 신라의 유신은 원래 우리나라 점쟁이 추남(楸南)■이었다 하오. 국경지대에 거꾸로 흐르는 물이 있기에 그에게 점을 치게 했었소. 이에 추남이 아뢰기를, '대왕■의 부인께서 음양(陰陽)의 도를 역행한 까닭에 이러한 징후가 나타난 것입니다' 했소. 이에 대왕은 놀라면서 괴이하게 여기었고, 왕비는 대단히 노하며 이는 필시 요망한 여우의 말이라면서 왕에게 고해 다른 일을 가지고 시험해 보아 맞지 않으면 중형(重刑)에 처하자고 했소. 그래서 쥐 한 마리를 함 속에 감춰두고 무엇인가고 물었더니 그 사람은, '이는 필경 쥐일 테요, 그 수가 여덟입니다' 했소. 이에 헛소리였다고 죽이려 하자 그 사람이 맹세하며 말하기를, '내가 죽은 뒤에 대장이 되어 반드시 고구려 멸망하길 빌 것이다' 했소. 곧바로 그를 죽이고 쥐의 배를 갈라보니 새끼 일곱 마리가 있었소. 그제야 앞서 했던 말이 맞는 것을 알았지요.

그날 밤 대왕의 꿈에 추남이 신라 서현공(舒玄公) 부인*의 품안에 들어가는 것을 보고 여러 신하들에게 물었더니 모두 '추남이 맹세하고 죽더니 과연 그런가봅니다' 했소. 그래서 날 이곳에 보내 도모하려던 것이오."

이에 유신공이 백석을 처형하고, 갖은 음식을 갖춰서 현신했던 세 분 신(神)에게 제사지내니 모두 모습을 나타내 제물을 흠향하였다.

■ 서현공(舒玄公) 부인
김유신의 어머니인 만
명부인(萬明夫人). 김서
현(金舒玄) 장군의 부
인이다.

✳ 해설

『삼국유사』에는 〈김유신(金庾信)〉이라는 제목 하에 있지만 '김유신'이라고만 하면 사건의 특색이 드러나지 않기에 제목을 '추남환생(楸南還生)'이라 한 경우가 많다. 18세(612)에 국선(國仙)이 된 김유신이 화랑의 일원인 백석(白石)이라는 이의 권유에 따라 고구려를 정탐하러 가던 중 낭자의 모습으로 나타난 세 호국 산신의 덕분에 백석의 정체를 알게 된다. 유신이 돌아와 백석을 신문하자 자신은 고구려 첩자이고, 유신은 고구려 점쟁이 추남(楸南)의 환생임을 자백하였다. 『삼국유사』에서는 신라 중심으로 다루었지만, 가만 그 내용을 음색하여 보면 전체 이야기의 주축은 고구려라 할 수 있다. 다시 말해 김유신은 추남환생 원화(原話)의 바깥 언저리에 해당하는 부분에서만 그 역할이 나타날 뿐이고, 그나마도 고구려 첩자인 백석과의 대척적인 관계 안에서 엇비슷한 비중을 보인다. 하물며 구심이 되는 이야기는 온전히 고구려 보장왕(寶藏王)을 둘러싸고 벌어지는바 고구려 편에 더 큰 비중이 있는 설화임을 명백히 강조하지 않을 수 없다.

보장왕 세력과 추남 간의 갈등 및 파국담이 고구려 첩자인 백석의 자백 안에서 진행되니, 액자형 설화라고도 할 수 있다. 일반적으로 환생의 개념은 불교의 윤회 사상과 관계가 많으면서 동시에 뿌리 깊은 민간 신앙의 한 형태를 이루고 있다. 그리고 환생 설화 가운데는 동물 환생 유형의 비율이 높은 듯싶거니와, 이 경우만큼 특별히 사람이 사람으로 다시 태어나는 인간 환생의 전형을 보이고 있다. 따라서 환생에 대한 민간적 관심이 높던 시기에 신라인들의 상상력이 잘 발휘되어진 설화로 간주된다.

또한 이것은 고구려 보장왕과 신라 김유신의 관계 안에서 파생된 〈구토지설(龜兎之說)〉과 더불어 고구려와 신라, 두 나라의 연계 안에서 이루어진 설화라는 사실로서도 특이하다 하겠다. 더구나 똑같이 고구려의 보장왕을 시대 배경으로 삼고 있다는 점도 단순한 우연으로만 돌리기 어렵

다. 〈구토지설〉에서는 측근 신하의 말을, 여기서는 부인의 말을 줏대 없
이 따르다가 그만 적잖은 낭패를 보는 보장왕의 모습이 그려졌다. 그같은
암시 속에서 고구려의 사양(斜陽)과 신라 통일의 서광(瑞光)이 기약되어
있다.

　　虎力伊干之子舒玄角干金氏之長子曰庾信 弟曰欽純 姉曰寶姬小名
阿海 妹曰文姬 小名阿之 庾信公以眞平王十七年乙卯生 稟精七曜 故
背有七星文 又多神異 年至十八壬申 修劍得術爲國仙 時有白石者 不
知其所自來 屬於徒中有年 郎以伐麗濟之事 日夜深謀 白石知其謀 告
於郎曰 僕請與公密先探於彼 然後圖之何如 郎喜 親率白石夜出行 方
憩於峴上 有二女隨郎而行 至骨火川留宿 又有一女忽然而至 公與三
娘子喜話之時 娘等以美菓饁之 郎受而啖之 心諾相許 乃說其情 娘等
告云 公之所言已聞命矣 願公謝白石而共入林中 更陳情實 乃與俱入
娘等便現神形曰 我等奈林穴禮骨火等三所護國之神 今敵國之人誘郎
引之 郎不知而進途 我欲留郎而至此矣 言訖而隱 公聞之驚仆 再拜而
出 宿於骨火館 謂白石曰 今歸他國 忘其要文 請與爾還家取來 遂與還
至家 拷縛白石而問其情 曰 我本高麗人 我國群臣曰 新羅庾信是我國
卜筮之士楸南也 國界有逆流之水 使其卜之 奏曰 大王夫人逆行陰陽
之道 其瑞如此 大王驚怪 而王妃大怒 謂是妖狐之語 告於王 更以他事
驗問之 失言則加重刑 乃以一鼠藏於合中 問是何物 其人奏曰 是必鼠
其命有八 乃以謂失言 將加斬罪 其人誓曰 吾死之後 願爲大將 必滅高
麗矣 卽斬之 剖鼠腹視之 其命有七 於是知前言有中 其日夜大王夢 楸
南入于新羅舒玄公夫人之懷 以告於群臣 皆曰 楸南誓心而死 是其果
然 故遣我至此謀之爾 公乃刑白石 備百味祀三神 皆現身受奠

－『三國遺事』紀異1「金庾信」

『삼국유사』 권1 기이1 – 김유신

虎力伊干之子舒玄角干金氏之長子曰庾信弟曰欽
純姊妹曰寶姬小名阿海妹曰文姬小名阿之庾信公
以眞平王十七年乙卯生禀精七曜故背有七星文又
多神異年至十八壬申修鈌得術爲國仙時有白石
金庾信

不知其所自來屬於徒中有年郎以代慮褓之事日夜
深謀白石知其謀告於郎曰僕請與公密先探方彼然
後圖之仃如郎喜親率白石夜出行方融於峴上有二
女隨郎而行至骨火川留宿又有一女忽然而至公與
三娘子喜話之時娘等以美菓餽之郎愛而唉之心諾
相許乃說其情娘等告云公之所言已聞命吳願公謝
白石而共入林中更陳情責乃與俱入娘事便現神形
曰我等柰林穴禮骨火等三所護國之神今敵國之人
誘郎引之郎不知而進途我欲留郎而至此吳言訖而
隱公聞之驚仆再拜而出宿於骨火館謂白石曰本歸

他國忘其要文請與兩還家取來遂血還至家拷縛白

石而問其情曰我本高麗人古本云百濟誤矣高麗之士又逆行陰陽亦

是寶藏王事我國群臣曰新羅庾信是我國卜筮之士逆行陰陽

也南誤矣　國界有逆流之水反覆之事　或云雄雉九使其卜之

蓋曰大王之人逆行陰陽之道其端如此大王驚愕而

王妃大怒謂是妖狐之語告於王更以他事驗問之史

言則加重刑乃以一鼠藏於合中間是何物其人蓋曰

是必鼠其命有八乃以謂史言將加斬罪其人誓曰吾

死之後顧爲大將必滅高麗矣即斬之剖鼠腹而視之

其命有七於是知前言有中其日夜大王夢揪南入于

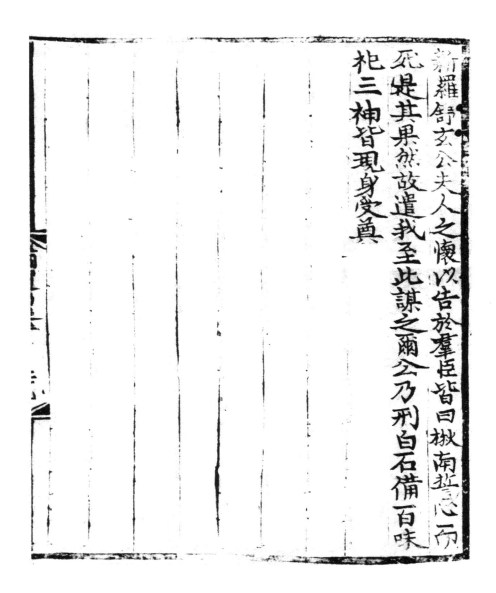

新羅舒玄公夫人之懷以告於羣臣皆曰橃南誓心而死是其果然故遣我至此謀之兩公乃刑白石備百味杞三神皆現身受奠

재자가인의 사랑과 물고기의 보은

세상에 전해지기로는, 한 서생(書生)이 외지(外地)로 공부하러 갔다가 명주(溟州)에 이르러 한 양가(良家)의 딸을 만났다. 아가씨는 아름다운 자색에 자못 글을 아는지라, 서생은 번번이 시로써 그녀를 유혹하였다. 그녀는 말하기를,

"여자는 함부로 남자를 따르지 아니합니다. 당신께서 과거에 급제하시고 부모님께서도 허락하시는 명이 있기를 기다려서야 일이 이루어질 테지요."

하였다.

서생은 이내 서울로 돌아가 과거시험 공부를 했다. 그 무렵 여자의 집에서는 바야흐로 다른 사람으로 사위를 맞으려 하였다. 아가씨는 평소 연못가에 나아가 물고기를 길렀는데, 물고기들은 그녀의 기침소리를 들으면 반드시 다가와 먹이를 먹곤 하였다. 그녀는 물고기들에게 먹이를 주며 말하였다.

"내가 너희들을 키운 지 오래이니 너희는 의당 내가 품은 생각을 알겠지!"

그리고는 비단 위에 쓴 글을 그 앞에 던졌더니 한 마리 큰 물고기가 펄쩍 뛰어올라 그 서신을 물고는 유유히 가버렸다.

▪ 명주(溟州)
오늘날 강릉(江陵)의 옛 지명(地名).

■ 서울
고구려의 첫 번째 수
도는 비류강(沸流江)
유역의 흘승골성(紇升
骨城), 두 번째 수도는
국내성(國內城)으로
옮겼고, 세 번째로 장
수왕이 427년에 압록
강을 건너 평양으로
옮겼다.

서생이 서울▪에서 하루는 부모의 찬거리를 위해 물고기를 사 가지고 집에 돌아왔다. 그리고 요리를 하는 중에 물고기의 뱃속에서 비단 편지가 나오매 깜짝 놀랐다.

그는 즉시 비단 편지와 아버지의 서한을 가지고 곧장 그녀의 집으로 갔다. 그때 사위 될 사람은 이미 아가씨의 집 문에 당도해 있었다. 서생은 편지들을 그녀의 가족들 앞에 보여주고는 뒤미처 이 곡을 노래하였다. 아가씨의 부모들은 이 일을 기이하게 여기며 말하였다.

"이는 정성이 하늘에 감응한 일이지, 사람의 힘으로 할 수 있는 바가 아니다!"

마침내 그 사위를 돌려보내고 서생을 맞이해 들었다.

✖ 해설

『고려사』 악지(樂志) 삼국속악(三國俗樂) 조에 제목과 배경담이 소개되어 있고, 가사는 전하지 않는다.

고구려 시대 가사 부전(歌詞不傳)의 세 노래인 〈명주가(溟州歌)〉·〈연양가(延陽歌)〉·〈내원성가(來遠城歌)〉 가운데 여기 〈명주가〉의 배경설화가 제일로 소상하여 제대로 된 한 편의 설화로서의 면모를 잘 갖추고 있었다. 게다가 그 실제 내용에 있어서 또한 낭만적이고도 극적인 특성이 다분하여 문예다운 소질을 꽤 해비(該備)하였으니, 이것의 전반적인 구성이 흡사 후대의 〈춘향전〉의 그것과 은근한 연상을 불러일으킴도 또한 우연이 아닐 듯싶다.

그러한 이면에는 특별히 이 〈명주가〉 노래 및 배경설화에 관련하여 그것의 고구려 시대설이 쉽게 수긍되지 않았던 국면이 있어 왔다. 곧 조선조의 『증보문헌비고(增補文獻備考)』(1796) 속악부 '명주(溟州)'에서는 명주의 지명 연혁과 과거제도 설립의 시기를 들어 고려악(高麗樂)일 것으로 추측했다. 한편 『강릉김씨파보(江陵金氏派譜)』의 '유사(遺事)' 조 및, 유득공의 《이십일도회고시(二十一都懷古詩)》(1785)의 〈명주(溟州)〉에서 또한 그 지명의 연력 및 『강계지(疆界志)』를 고증한바, '명주곡(溟州曲)'이 신라왕의 아우 무월랑(無月郞)과 연화부인(蓮花夫人)의 염사(艷史)에 따라 나온 신라악으로 이해하였거니, 지금까지 이 노래에 대한 시대 논의는 그치지 않은 상태이다.

그러나 신라 때의 노래라는 〈목주가(木州歌)〉·〈동경가(東京歌)〉와, 백제 시대의 노래라는 〈정읍사(井邑詞)〉 등에서 목주·동경·정읍은 모두 고려 이후의 명칭인바에 모두 자가당착을 면할 수가 없게 된다. 뿐만 아니라 『고려사』 악지에서 신라의 노래로 소개된 〈여나산(余那山)〉의 배경담 가운데도 과거급제 모티브가 들어있으니 이 또한 같은 수준에서 의심의 대상일 수밖에 없고, 또 고려의 것으로 알려진 〈예성강(禮成江)〉 배경담에 송상(宋商)이라 하는 대신 당상(唐商)으로 표현된 것 역시 문제점으로 대두될 수밖에 없다.

世傳 書生遊學 至溟州 見一良家女 美姿色 頗知書 生每以詩挑之 女
曰 婦人不妄從人 待生擢第 父母有命 則事可諧矣 生卽歸京師 習擧業
女家將納壻 女平日臨池養魚 魚聞警咳聲 必來就食 女食魚謂曰 吾養
汝久 宜知我意 將帛書投之 有一大魚 跳躍含書 悠然而逝 生在京師 一
日爲父母具饌 市魚而歸 剝之得帛書驚異 卽持帛書及父書 徑詣女家
壻已及門矣 生以書示女家 遂歌此曲 父母異之曰 此精誠所感 非人力
所能爲也 遣其壻而納生焉.

-『高麗史』卷71 樂志 三國俗樂「高句麗」

溟州

世傳書生遊學至溟州見一良家女美姿色
頗知書生每以詩桃之女曰婦人不妄從人
待生擢第父母有命則事可諧矣生即歸京
師習學業女家將納壻女平日臨池養魚魚
聞警咳聲必來就食女食魚謂曰吾養汝久
宜知我意將帛書投之有一大魚跳躍含書
悠然而逝生在京師一日為父母具饌市魚
而歸剖之得帛書驚異即持帛書及父書徑
詣女家壻已及門矣生以書示女家遂歌此
曲父母異之曰此精誠所感非人力所能為
也遂其壻而納生焉

거북과 토끼의 잔꾀 대결

신라 선덕왕(宣德王) 11년 임인(壬寅)■에 백제가 대량주(大樑州)■를 침공할 때 신라군이 패하니 김춘추(金春秋) 공의 딸 고타소(古陁炤)도 그 남편 품석(品釋)■에 뒤이어 죽었다. 춘추는 이를 원통히 여겨 고구려 쪽에 군사를 청하여 백제에 대한 원수를 갚고자 하매 왕이 이를 허락하였다.

길을 떠나려는 차에 춘추가 유신(庾信)에게 말했다.

"나와 공(公)은 일심동체로서 나라의 기둥이오. 나라의 수족이 되어 왔는데, 이번에 내가 만약 고구려에 들어가 불행한 일을 당한다면 그대도 무심(無心)할 수만은 없겠지요?"

유신이 대답하였다.

"공이 만일 돌아오지 못한다면 나의 말발굽이 반드시 고구려·백제 두 왕의 궁정을 짓밟을 것이오. 만약 그렇게 하지 못할바에 무슨 면목으로 백성들을 대하겠소?"

춘추가 감격하고 기뻐하였다. 공과 함께 서로 손가락을 깨물어 피를 내어 마시고 맹세하면서 말하기를,

"계획대로라면 내가 60일 안에 돌아올 것이오. 만일 이 기한이 지나도록 오지 않는다면 다시 만날 기약은 없으리이다."

하고 두 사람은 드디어 작별하였다. 뒤에 유신은 압량주(押梁州)의 군주가

■ 임인(壬寅)
여기서는 서기 642년에 해당한다.

■ 대량주(大樑州)
오늘날의 경상남도 합천군.

■ 품석(品釋)
김품석(金品釋). 대야성(大耶城)의 성주로서, 642년에 백제에 의해 함락 당하면서 전사하였다.

되었다.

춘추는 사간(沙干) 훈신(訓信)과 고구려에 사절로 가는 도중 대매현(代買縣)에 이르렀다. 그때 고을 사람 사간(沙干) 두사지(豆斯支)가 푸른색 베 3백 보(步)를 그에게 주었다.

고구려 경내에 들어가니 고구려왕은 태대대로(太大對盧) 개금(蓋金)을 보내 객관(客館)을 정해주고 춘추공을 맞아들여 연회도 베푸는 등 대접이 극진하였다. 그런데 고구려의 누군가가 왕에게 넌짓 일렀다.

"지금 신라의 사자(使者)는 보통 사람이 아닙니다. 이번에 그가 온 것은 우리의 형세를 염탐하려는 듯싶으니 왕께서는 그를 없애어 후환이 없게 하소서."

왕이 그 말을 듣고 엉뚱한 질문으로 대답하기 난처하게 만들어 수모를 줄 생각으로 그에게 물었다.

"마목현(麻木峴)과 죽령(竹嶺)은 본시 우리나라 땅이오. 만약 이걸 돌려주지 않으면 돌아가지 못할 것이오."

춘추가 이에 대답하였다.

"국가의 영토는 신하 한 사람이 마음대로 할 수 있는 것이 아니옵기 감히 명을 받들 수 없습니다."

크게 노한 왕은 그를 옥에 가두어 죽일 마음으로 가만히 기회만 보고 있었다.

춘추는 앞서 사간 두사지한테서 받아가지고 온 청포(靑布) 3백 보(步)를 비밀리에 왕이 총애하는 신하인 선도해(先道解)에게 선사해 두었다. 도해가 음식을 준비하고 감옥으로 찾아와 함께 술을 마셨다. 술이 취하자 도해는 농담 삼아 춘추에게 말하였다.

"그대는 진즉 거북과 토끼 이야기를 듣지 못했는가요? 옛날 동해 용왕의 딸이 심장에 병이 났는데, 의원의 말이 토끼의 간을 얻어다 약에 써야만 병을 고칠 수 있을 것이라 하였지요. 하지만 바다에는 토끼가 없으니 어쩔 도리가 없었겠지요. 그때 마침 거북 한 마리가 용왕에게 아뢰었답니

■ 베 3백 보(步)
베 한 필(疋)은 대략 너비가 32~36cm, 길이가 20m 정도인데, 신라 문무왕 때 비단 한 필의 길이를 7보(步)로 하였다는 기록이 있다.

■ 개금(蓋金)
연개소문(淵蓋蘇文). 보장왕을 옹립하고 나중에는 대막리지가 되어 정권을 장악했다.

■ 마목현(麻木峴)
조령(鳥嶺). 〈온달〉에 나온 계립현(鷄立峴) 곧 계립령(鷄立嶺)이다.

다. '제가 토끼의 간을 구할 수 있나이다!' 그리고 드디어는 육지로 올라가 토끼를 만나서 말했답니다. '바다 가운데 한 섬이 있는데, 맑은 샘과 깨끗한 돌이 있고 무성한 숲에 맛있는 과실도 많이 열리지. 추위나 더위 따위 있을 리 없고 매 독수리 따위도 감히 침범할 수 없는 곳이야. 만약 거기에 가기곤 하면 아무런 걱정 없이 편안하게 살 수 있을 것이란다.' 마침내 토끼를 등에 업고 이삼 리쯤 헤엄쳐 갔을 때 거북이 토끼를 돌아보면서 말을 했지요. '지금 용왕의 따님이 병에 걸렸는데 반드시 토끼의 간을 약으로 써야만 낫겠다고 하는 까닭에 내가 수고로움을 마다않고 널 업고 오는 것이란다'라고 말이지요. 이 말을 들은 토끼가, '이런! 나는 천지신명의 후예인지라 오장(五臟)을 꺼내 씻었다가 다시 넣을 수 있거든. 그런데 요사이에 속이 좀 답답한 듯싶어 간을 꺼내어 씻고는 잠깐 바위 밑에 놓아두었었지. 그러다가 네가 하는 달콤한 말만 듣고 곧장 오고 말았네그려. 간은 아직 거기에 있으니 돌아가서 간을 가지고 올 밖에. 그리되면 너는 구하려는 약을 얻게 되고, 나야 간이 없더라도 살 수 있으니 어찌 서로한테 좋은 일이 아니겠니?' 하자, 거북이 그 말을 곧이듣고 오던 길로 되돌아갔지요. 그리고는 언덕에 오르기가 무섭게 토끼란 놈이 풀 속으로 뛰어 들어가면서 거북더러 말했답니다. '어리석구나. 네 녀석은! 간 없이 사는 자가 어디 있겠니?' 거북은 이 말을 듣고 민망해져 아무 말도 못하고 물러갔다는 이야기입니다."

하였다.

춘추는 이 말을 듣고 그 이야기의 의미를 알아차리고는 곧장 왕에게 글을 보내었다.

"마목현과 죽령의 두 언저리는 본래 대국 고구려의 땅이므로, 신이 귀국하면 우리 왕께 이를 돌려보내도록 청을 올리겠나이다. 못 미더울진대 동녘에 뜨는 밝은 해를 두고 맹세하겠나이다."

그러자 왕이 흐뭇해하였다.

한편, 춘추가 고구려에 돌아간 지 60일이 지나도록 돌아오지 않자 유신은 나라 안의 용사 3천 명을 뽑아 놓고 왕께 고구려를 치기 위한 출전의 때를 청하였다.

그때 고구려의 첩자 덕창(德昌)이란 중이 이 일을 본국의 고구려왕에게 보고토록 하니 고구려왕은 앞서 춘추가 맹세한 말도 있고 게다가 첩자로부터 이런 말까지 듣게 되자 더 이상 함부로 춘추를 계속 잡아둘 수가 없어 후하게 예를 갖춰 돌려보내 주었다.

춘추가 국경을 넘는 마당에 전송 나온 이에게 말하였다.

"내가 백제에 대한 원한을 풀고자 고구려로 와서 군사를 요청하였던 것인데, 대왕은 허락은커녕 오히려 땅을 요구하니 이런 일은 신하의 처지에서 마음대로 할 수 있는 바가 아니오. 지난번 대왕에게 글을 보낸 건 죽음을 모면코자 했던 뿐이오."

신라의 김춘추가 자기 딸과 사위의 원수를 갚고자 고구려 보장왕(寶藏王, 재위 642~668)에게 함께 백제를 치자고 제안하러 갔다가, 오히려 고구려 옛 땅에 대한 반환 문제를 빌미로 감금되었다. 그때 왕의 충신인 선도해(先道解)가 술을 가지고 거북과 토끼의 이야기를 아는가 하며 넌짓 제시하여 주니, 김춘추가 그 들은 바를 이용하여 탈출을 도모했다는 이야기이다. 이야기의 뒷부분에 김유신이 삼천 명 용사들과 김춘추를 구할 일에 결사(決死)의 의지를 주고받은 부분이 여러 줄에 걸쳐 있지만 이는 두 사람의 의리를 각별 강조한 부분으로, 설화 내용과의 직접성은 없으므로 여기선 생략하였다.

이 토끼와 거북 이야기는 설화의 세 가지 분류인 신화, 전설, 민담 가운데 전형적인 민담에 속한다. 동시에, 민담이 삼국 간의 외교와 정쟁이 긴박하게 돌아가는 역사 속 중요한 와중(渦中)에 동반 접목되었다는 점에서 특이한 사례가 된다. 다시 말해 신라의 외교 사절인 김춘추와 그와 첨예하게 대치하는 고구려 보장왕 사이의 정치적 갈등의 한 중간에 선도해라는 인물이 전해 주는 이야기가 또 다른 이야기의 출발점이 되는 짜임새를 이루고 있다. 이에 김춘추와 보장왕이 액자틀 안에서의 주인공이라면 거북이와 토끼는 그림 속 주인공이라 하겠다. 이를테면 '액자형설화(額子型說話)'라 할 수 있다. 고전과 현대의 이른바 액자소설(額子小說) 작품들과 대비해도 하등 손색이 없으니, 진작부터 참신한 플롯에 성공한 고전 설화의 사례로서 위상을 세울만하다.

이 설화가 삼국시대의 7세기라는 시간대 안에서 수수된 것으로 되어 있으되, 소급해서 한반도 안에 언제 유입되었고 또 정착이 되었는지 모색해볼 길은 막연하다.

하지만 최소한 그 공간적 소종래(所從來)에 대하여는 파악이 불가능하지 않았다. 곧 1960년대에 인권환에 의해 이것의 원천이 인도의『자타카경』·『대도집경(大度集經)』과 같은 불경 설화집 안의 악어가 원숭이의 심장을 구하려다가 낭패 보는 이야기 유형 속에 있었음이 밝혀졌다. 아울러 이 설화 유형이 중국으로 유입되어서는 용 또는 도롱뇽이 원숭이의 심장을 노리는 것으로 슬그머니 바뀌어 든다. 그리고 한국으로 건너와서는 거북이 토끼의 간을 구하는 이야기로 변개를 나타낸다. 각자 자기 나라의 환경과 풍토에 맞추어서 적절한 변양(變樣)이 이루어졌음을 알 수 있다. 다만 뺏으려 하고 빼앗기지 않으려 하는 목표물이 원래 심장이었지만 한반도 안으로 들어오자 잔혹감이 덜해지는 간(肝)으로 변용된 점을 주목할 만하다. 이것이 일본으로 들어가서는 다시 심장으로 환원되고 있는 점도 이 사실을 잘 반영한다. 덧붙여 이 쟁탈의 화두를 띤 이 설화가 이 땅에 수용 정착되면서 용궁 모티브 및 용왕 관련의 화제도 보다 친숙한 이미지로 다가왔을 터이다.

이야기는 이렇게 설화 한 마당으로만 그치지 않고, 조선조 후기에 '수궁가'로 대표되는 판소리로 확대되고, 다시 '토끼전'으로 대변되는 소설의 형태로 옮겨간다. 그러면서 주제도 새로운 국면을 확보한다. 곧 토끼간을 구하려는 이유가 원래 설화에서는 용왕이 딸의 심장병을 고치기 위한 것이었는데, 이 마당에 이르러는 용왕 당사자의 주색(酒色) 끓기에 따른 심장병을 고치기 위한 것으로 바뀌었다. 일부의 이본에서 자라의 충성이 강조되기도 했지만, 대부분은 그의 우직함을 비웃는 쪽이었다. 토끼의 욕구 또한 편히 살 만한 곳[安居]을 찾는 데서, 높은 벼슬에 대한 욕망 등으로 의미 변화를 일으켰던 바, 조선 후기 사회의 갈등 구조를 아는 일에 요긴한 단서로 작용한다. 초창기에 흥미 내지는 교훈적 주제의 차원에 머물렀던 토끼와 거북 이야기가 일약 시대와 사회에 대한 풍자 패러다임이라는 또 다른 판도를 마련한 것이다. 그리고 이와 같은 다양한 확장 변화들은 인도와 중국에서는 볼 수 없는, 이 땅 고유한 특징을 이룬다.

※ 원문

　善德大王十一年壬寅 百濟敗大梁州 春秋公女子古陁炤娘從夫品釋
死焉 春秋恨之 欲請高句麗兵以報百濟之怨 王許之 將行 謂庾信曰 吾
與公同體 爲國股肱 今我若入彼見害 則公其無心乎 庾信曰 公若往而
不還 則僕之馬跡必踐於麗濟兩王之庭 苟不如此 將何面目以見國人乎
春秋感悅 與公互噬手指 歃血以盟曰 吾計日六旬乃還 若過此不來 則
無再見之期矣 遂相別後 庾信爲押梁州軍主 春秋與訓信沙干 聘高句
麗 行至代買縣 縣人豆斯支沙干 贈靑布三百步 旣入彼境 麗王遣太大
對盧蓋金館之 燕饗有加 或告麗王曰 新羅使者非庸人也 今來殆欲觀
我形勢也 王其圖之 俾無後患 王欲橫問因其難對而辱之 謂曰 麻木峴
與竹嶺本我國地 若不我還 則不得歸 春秋答曰 國家土地 非臣子所專
臣不敢聞命 王怒囚之 欲戮未果 春秋以靑布三百步 密贈王之寵臣先
道解 道解以饌具來相飮 酒酣 戲語曰 子亦嘗聞龜兔之說乎 昔東海龍
女病心 醫言 得兔肝合藥則可療也 然海中無兔 不奈之何 有一龜白龍
王言 吾能得之 遂登陸見兔 言 海中有一島 淸泉白石 茂林佳菓 寒暑不
能到 鷹隼不能侵 爾若得至 可以安居無患 因負兔背上 游行二三里許
龜顧謂兔曰 今龍女被病 須兔肝爲藥 故不憚勞 負爾來耳 兔曰 噫吾神
明之後 能出五藏 洗而納之 日者小覺心煩 遂出肝心洗之 暫置巖石之
底 聞爾甘言徑來 肝尙在彼 何不迴歸取肝 則汝得所求 吾雖無肝尙活
豈不兩相宜哉 龜信之而還 纔上岸 兔脫入草中 謂龜曰 愚哉汝也 豈有
無肝而生者乎 龜憫默而退 春秋聞其言 喩其意 移書於王曰 二嶺本大
國地分 臣歸國 請吾王還之 謂予不信 有如皦日 王迺悅焉 春秋入高句
麗 過六旬未還 庾信揀得國內勇士三千人 相語曰 吾聞見危致命 臨難
忘身者 烈士之志也 夫一人致死當百人 百人致死當千人 千人致死當
萬人 則可以橫行天下 今國之賢相被他國之拘執 其可畏不犯難乎 於
是衆人曰 雖出萬死一生之中 敢不從將軍之令乎 遂請王以定行期 時

高句麗諜者浮屠德昌使告於王 王前聞春秋盟辭 又聞諜者之言 不敢復
留 厚禮而歸之 及出境謂送者曰 吾欲釋憾於百濟 故來請師 大王不許
之 而反求土地 此非臣所得專 嚮與大王書者 圖逭死耳.

－『三國史記』卷41 列傳1「金庾信」

善德大王十一年壬
寅百濟敗大梁州春秋公女子古陁炤娘從夫
品釋死焉春秋恨之欲請高句麗兵必報百濟
之怨王許之將行謂庾信曰吾與公同體爲國
股肱今我若入彼見害則公其無心乎庾信曰
公若往而不還則僕之馬跡必踐於麗濟兩王
之庭苟不如此將何面目以見國人乎春秋感

悅與公互噬手指歃血以盟曰吾計日六旬乃
還若過此不來則無再見之期矣遂相別後庾
信為押梁州軍主春秋與訓信沙干聘高句麗
行至代買縣人豆斯支沙干贈青布三百步
既入彼境麗王遣太大對盧盖金舘之燕饗有
加或告麗王曰新羅使者非庸人也今來殆欲
觀我形勢也王其圖之倖無後患王欲橫問因
其難對而辱之謂曰麻木峴與竹嶺本我國地
若不我還則不得歸春秋荅曰國家土地非臣

子所專臣不敢聞命王怒囚之欲戮未果春秋

以青布三百步密贈王之寵臣先道解道解以

饌具來相飲酒酣戲語曰子亦嘗聞龜兔之說

平昔東海龍女病心醫言得兔肝合藥則可療

也然海中無兔不奈之何有一龜白龍王言吾

能得之遂登陸見兔言海中有一島清泉白石

茂林佳菓寒暑不能到鷹隼不能侵汝若得至

可以安居無患因負兔背上游行二三里許龜

顧謂兔曰今龍女被病須兔肝爲藥故不憚勞

賀甫來耳兔曰鼈吾神明之後能出五藏洗而
納之曰者少覺心煩遂出肝心洗之暫置巖石
之底聞甫甘言徑來肝尚在彼何不迴歸取肝
則汝得所未吾雖無肝尚活豈不兩相宜哉鼈
信之而還繞上岸兔脫入草中謂鼈曰愚哉汝
也豈有無肝而生者乎鼈憫黙而退春秋聞其
言喻其意移書於王曰二國領本大國地分臣歸
國請吾王還之謂予不信有如曒日王延愰焉
春秋入高勾麗過六旬未還庾信揀得國內勇

士三千人相語曰吾聞見危致命臨難忘身者

烈士之志也夫一人致死當百人百人致死當

千人千人致死當萬人則可以橫行天下今國

之賢相被他國之狗執其可畏不犯難乎於是

衆人曰雖當萬死一生之中致不從辦軍之令

乎遂請王以定行期時萬句麗諜者浮屠德昌

使告於王王前聞春秋盟辭又聞諜者之言不

敢復當厚禮而歸之及出境謂送者曰吾欲釋

臧於百濟故來請師大王不許之而反求土地

此非臣所得專擅與大王書者當還死耳

2부

탐색편

동명왕 신화의 한중 기사

1. 머리말

지금까지 알려진 바, 동명왕과 관련한 서사적인 줄거리가 수록되어 있는 문헌은 한·중 합하여 대략 20종 가까이 된다.

이 땅에서는 꽤 이른 시대의 문헌인 『구삼국사(舊三國史)』에도 이 신화가 수록되어 있음을 이규보 〈동명왕편(東明王篇)〉의 서문을 통해 알 수 있으나, 그만 일서(佚書)가 되고 말았다.

그리하여 동명왕 전승에 대해 언급한 주요 자료들 가운데 대강 그 이룩되어진 순서를 따라 열거하자면, 〈광개토대왕릉비(廣開土大王陵碑)〉, 김부식의 『삼국사기(三國史記)』 고구려 본기 중의 〈시조동명성왕(始祖東明聖王)〉을 선두로 하여, 이규보 『동국이상국집(東國李相國集)』 중의 〈동명왕편(東明王篇)〉, 이승휴의 『제왕운기(帝王韻紀)』, 일연 『삼국유사(三國遺事)』 중의 〈고구려(高句麗)〉, 그리고 조선조에는 『세종실록(世宗實錄)』 지리지(地理志) 중의 〈평양부(平壤府)〉, 『동국여지승람(東國輿地勝覽)』의 〈평양(平壤)〉 등을 들 수 있다.

선정의 기준은 암만 내용이 짧고 간략해도 서사적으로 일정한 줄거리가 갖춰져 있는 것으로 하였다. 예컨대 『청장관전서(靑莊館全書)』 등에도 동명왕에 관한 단편적인 언급은 있지만, 탄생으로부터 나라를 세워 왕이 되기까지의 일련의 서사적

줄거리는 판비되어 있지 않아 대상에 넣지 않았다.

한편, 대상에 들어가긴 하나 〈광개토대왕릉비〉와 『제왕운기』의 것은 지나치게 간략하고, 『삼국유사』의 내용은 『삼국사기』와 대동소이하다. 『세종실록』 지리지나 『동국여지승람』의 것도 〈동명왕편〉의 그것과 별반 다르지 않아 유사성이 인정되고 있다. 따라서 궁극적으로 동명왕 신화의 핵심 저본이랄 수 있는 문헌은 『삼국사기』 중의 〈시조동명성왕〉, 이규보의 〈동명왕편〉, 『삼국유사』 중의 〈고구려〉 정도가 된다 하겠다. 즉 여타의 것들은 바로 이 세 문헌이 지니고 있는 정보 내용의 축약, 또는 광범위한 의미상 이 세 문헌으로부터의 파생적(派生的) 산물이라 해도 크게 지나치지 않다.

그리하여 실제로도 이제까지의 연구 또한 이 세 문헌을 기반으로 이루어졌음이 현실이다. 그 다음 이들 각각이 지닌 내용의 성격상 대개 『삼국사기』와 『삼국유사』를 대동소이한 것으로 간주해도 무방하다는 인식이고 보면, 궁극에 〈동명왕편〉 대비 〈시조동명성왕〉·〈고구려〉의 유형으로 요약, 압축되어진다. 그리하여 이 1 : 2 관계 안에서 분석, 검토한 연구 등이 있었다.*

그 과정에서 아무리 해도 〈동명왕편〉 쪽이 동명왕 신화를 보다 효과적으로 전승시킨 가장 우수한 자료인 것으로 인정받는 국면이 컸고, 따라서 이규보의 이 작품을 동명왕 신화의 대명사격으로 삼아 이를 중심으로 한 연구가 그 나름대로 전개되어 왔다.**

그런데 정작 동명왕 신화를 수용하고 있는 문헌자료는 하필 국내에만 한정돼 있지 않았다. 저쪽 중국의 개인 저작 및 역대 사서(史書) 가운데도 기술(記述)의 자취가 역력히 나타나 있다.

아직까지 알려진 바에 중국에서의 동명왕 기술의 남상은 역사서가 아닌 개인

---

* 장덕순, 「영웅 서사시 동명왕」, 『국문학통론』, 신구문화사, 1960.
　박두포, 「민족 영웅 동명왕 설화고」, 『국어국문학연구』 1집, 효성여대, 1968.
　김연호, 「주몽 이야기의 사적 전개와 그 의미」, 고려대대학원 석사학위 논문, 1983.
** 이우성, 「고려 중기의 민족서사시—동명왕편과 제왕운기의 연구」.
　박창희, 「이규보의 동명왕편 시」.
　신경숙, 「동명왕편과 제석본풀이의 대비 연구」.
　박일용, 「동명왕 설화의 연변 양상(演變樣相)과 동명왕편의 형상화 방식」.

저작으로서의 왕충(王充)의 『논형(論衡)』이었다. 이를 필두로 하여 『후한서(後漢書)』, 『삼국지(三國志)』, 『양서(梁書)』, 『위서(魏書)』, 『주서(周書)』, 『수서(隋書)』, 『북사(北史)』, 『남사(南史)』, 『통전(通典)』 등에 동명왕 관련 기사를 수용하고 있다. 그리고 다음의 『당서(唐書)』에 이르러서야 비로소 동명왕 기사는 사라진다.

그런 와중에 중국 사서마다 기록된 모양이 동일하지는 아니하였다. 기본적으로는 전체가 우리 것에 비해 분량 면의 축약을 보이는 가운데 중국 기록 자체가 상대적으로 긴 것도 있고, 아주 간략한 것도 있다. 우리의 기록과 최대한 부합되는 경우도 있고, 어느 정도의 출입을 보이는 경우도 찾을 수 있다.

이 글에서는 우리의 신화 체계를 대상으로 이들 자체의 상호 대비를 일차적인 과제로 삼고자 한다. 이후, 이를 중심으로 중국 자료들과의 들고나는 사항에 대해 점검하고 분석하는 일에 주력해 보이고자 한다.

우리 쪽 자료는 〈동명왕편〉을 본론 전개의 중심본으로 삼는다. 남아있는 자료 가운데 그 내용이 제일로 상세할 뿐 아니라, 동명 신화의 완형(完形)이라 할 수 있는 『구삼국사』를 모본(模本)으로 삼으면서 그 내용 체재를 가장 잘 계승했다고 인정되는 까닭이다.

2. 한국 문헌에서의 동명왕 기사

1) 광개토대왕릉비(廣開土大王陵碑)

이 비문의 맨 허두에 동명왕의 사적이 적혀 있다.

이는 장수왕이 아버지 광개토왕의 업적과 공훈을 기리기 위해 A.D.414년에 세운 비석이다. 따라서 우리 쪽 자료로서 동명왕의 사적에 관한 한 가장 이른 시대의 기록이라고 하겠다. 아울러 5세기 당시 한반도 안에서의 동명 신화 내용을 엿볼 수 있는 소중한 자료가 아닐 수 없다.

비문이다보니 그 내용은 가장 절제된 언어로 간략화되어 있다.

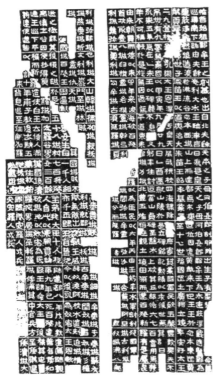
광개토대왕릉비 - 雙鉤加墨本

惟昔始祖鄒牟王之創基也　出自北夫餘　天帝
之子　母河伯女郎　剖卵降世　生而有聖德　□□□
□□命駕巡幸南下　路由夫餘奄利大水　王臨津言
曰　我是皇天之子　母河伯女郎　鄒牟王　爲我連葭
浮龜　應聲卽爲連葭浮龜　然後造渡於沸流谷忽
本西城山上而建都焉　未樂世位　因遣黃龍來下
迎王　王於忽本東岡　黃龍頁昇天　顧命世子儒留
王　以道興治　大朱留王　紹承基業.

비문 안의 동명왕은 후대의 『구삼국사』를 위시하여 〈동명왕편〉이나 『삼국사기』의 〈시조동명성왕〉 등과는 원초적으로 다른 이야기 골격을 지니고 있다.

우선 이름이 '주몽(朱蒙)' 대신 '추모(鄒牟)'라는 것과, 그의 아들 이름도 '유리(類利)' 대신 '유류(儒留)'로 되어 있는 점이 눈에 띄는 부분이다. 건넜다던 물의 이름은 '엄리수(奄利水)'였다.

어머니가 하백(河伯)의 딸임은 동일하나 오직 북부여 천제의 아들과 결혼했다고만 했을 뿐, 동부여 왕[금와]의 존재는 개입되어 있지 않다. 난생(卵生)의 모티브가 보이는 반면, 후대의 공동 화소인 햇빛이 하백녀를 따라 비쳤다는 발상은 찾을 수 없다. 활을 잘 쏘는 능력이라든가 주인공의 이름이 그로 인해 붙여졌다는 설명도 있지 않다. 동부여왕의 존재가 없으매 동명의 재능을 시기하여 모살한다는 구성도, 기존 공간으로부터의 탈출 장면도 있을 리 만무이다.

대신, 강 건너기의 기적 화소는 나타나 있다. 하지만 적으로부터 도망하는 과정으로서의 도강(渡江)이 아닌, 순행(巡幸)의 형태를 취하고 있다. 어쩌면 이렇게 하는 것이 가장 무난한 자존심 지키기의 형상일 수 있다. 곧 적으로부터의 도망이란 비록 그 일이 만부득이한 경우에조차 영웅이라고 하는 기준에선 혹 역부족이고 수동적인 이미지로 보일 수도 있는 까닭이다. 동부여왕의 존재가 없음도 도망 이미지의 원인 제공자를 당초에 거세코자 한 저의에서였는지 알 수 없다. 그것은 동시에 고구려 혈통의 순수를 강조하는 의미로도 연결되어진다.

요약컨대 여기의 동명 기록은 여타의 어느 동명왕 관련에서 찾기 어려운 가장 단순한 형태임과 동시에 가장 높은 자존심의 기록이라고 할 것이다.

2) 구삼국사(舊三國史)·동국이상국집(東國李相國集)

『동국이상국집』 권3 고율시 〈동명왕편〉에 실려 있다. 『구삼국사』는 오늘날 사라진 책이지만, 바로 이 이규보의 서사시를 통해 애오라지 그 면모를 모색해 볼 길 있다.

이규보는 〈동명왕편〉 창작에 앞선 서문에서 김부식의 『삼국사기』에 수록된 〈시조동명성왕〉의 내용에 대해 이렇게 술회한 바 있다.

> 金公富軾 重撰國史 頗略其事 意者 公以爲國史矯世之書 不可以大異之事 爲示 於後世 而略之耶.
> 김공 부식이 국사를 다시 편찬할 때에 자못 그 일을 간략히 다루었다. 생각건대 국사는 세상을 바로잡는 글이니 크게 이상한 일을 후세에 보여줌은 옳지 않다고 여겨 생략한 것인가 한다.

아닌 게 아니라 직접 양자를 대조 검토해 보면 동명왕 관련의 전승 내용이 상당 부분 축소, 혹은 생략되어 있음을 확인하기 어렵지 않다. 이규보는 자신의 서사시 쓰기에서 『구삼국사』 중의 〈동명왕본기〉를 남본(藍本)으로 삼았던 것이니, 〈동명왕편〉 병서(幷序) 중에, '지난 계축년 4월에 『구삼국사(舊三國史)』를 얻어 〈동명왕본기(東明王本紀)〉를 보니[越癸丑四月 得舊三國史 見東明王本紀]'라 한데서 명백히 알 수 있다. 김부식의 〈시조동명성왕〉 또한 이 문헌을 토대로 거듭 찬술한 것이었다. 김부식 당시에는 삼국시대부터 내려오는 직접적인 사료와 문적(文籍)들이 기존해 있었고, 특히 『삼국사기』의 바로 선행자라고 생각되는 이른바 『구삼국사』가 있었다. 그랬기에 이규보가 그의 〈동명왕편〉 병서에서 김부식이 국사를 다시 찬

술했다고 피력한 것이다.

하지만 결국 이 두 사람이 동명왕의 사적을 보는 시각은 마침내 같지 않았다. 이러한 관점의 차이에 대해 박일용이 「동명왕 설화의 연변 양상과 동명왕편의 형상화 방식」이라는 글에서 이규보의 〈동명왕편〉 병서 내용과 관련하여 대략 네 가지로 분류시켜 놓은 것이 있다.

첫째는 김부식이나 애초 이규보 자신이 가지던 태도로서, 동명왕의 사적을 괴력난신으로 받아들이는 것이다. 이는 중세적 합리성을 추구하는 유가적 이념을 통해 동명왕의 사적을 바라보는 태도이다. 이러한 시각에서 본다면, 동명왕의 사적은 '사실'로 받아들이기 힘든 허황한 이야기이다. … 둘째는 『위서』, 『통전』에서와 같은 서술 태도이다. 이규보의 보고를 통해서 보면, 여기서는 서술자가 타국을 폄하하거나 타국의 영웅을 영웅으로 인정하지 않기 때문에, 자국의 신이한 사적은 그 신이성을 인정하여 상세하게 그리면서 타국의 것은 간략히 그리는 태도를 취한다. 셋째는 『구삼국사』의 서술자 또는 동명왕의 신이한 사적을 이야기하는 미천한 남녀들의 태도이다. 그들은 동명왕을 그들의 영웅으로 받아들이기 때문에 그 신이한 행적에 대해 의심을 보이지 않고, 그 영웅적 행적을 예찬한다. 넷째는 애초 유가적 이념에 따라 동명왕의 신이한 행적을 믿지 않았으나, 민족적 자긍심을 북돋우기 위해 동명왕의 신이성을 예찬하게 되는 이규보의 〈동명왕편〉에서의 태도를 들 수 있다.

물론 이는 이규보가 직접 그렇게 나눈 것은 아니었지만, 나름대로 분류의 의미를 띤다.

셋째와 넷째 사이에는 궁극적으로 동명왕에 대한 신이성 예찬이라는 태도에서 하등 다를 것이 없다. 『구삼국사』에서와 같은 태도는 동명왕을 그들의 영웅으로 받아들이기 때문에 그 신이한 행적에 대해 의심을 보이지 않은 것이라 했으나, 이규보 또한 이와 견주어 결코 만만치가 않다. 곧 〈동명왕편〉 서문에 보면,

舊三國史 見東明王本紀 其神異之迹 踰世之所說者 然亦初不能信之 意以爲鬼幻 及三復耽味 漸涉其源 非幻也 乃聖也 非鬼也 乃神也 況國史直筆之書 豈妄傳之哉.
『구삼국사』의 〈동명왕본기〉를 보니 그 신이한 자취가 세상에서 얘기되는 것보다 더 했다. 그러나 처음에는 믿지 못하고 귀(鬼)나 환(幻)으로만 생각하였는데, 세 번

반복하여 새기며 점차 그 근원을 밟아가니 환(幻)이 아니고 성(聖)이며, 귀(鬼)가 아니고 신(神)이었다. 하물며 국사(國史)는 사실 그대로 쓴 글이니 어찌 허황된 것을 전하였으랴.

동명왕을 신성한 영웅으로 인정하면서, 『구삼국사』의 내용을 그대로 신임하고 승수(承受)하려는 태도를 취한다. 이규보의 〈동명왕편〉이 『구삼국사』 안의 〈동명왕본기〉를 고스란히 저본으로 삼은 사실이 결정적인 증거인 것이다.

다만 동명왕의 신이한 사적을 믿기까지의 과정이 다르다고 하였으나, 이 분류에서 중요한 것은 과정보다 결과이다. 하물며 이 경우엔 공교롭게도 이규보가 자신의 생각의 변화에 대해 글로 남겨 놓은 바 있어 그 과정을 엿볼 수 있거니와, 본래 『구삼국사』의 저자 또한 어떤 과정의 끝에 〈동명왕본기〉의 형태로 남기게 됐는지 알 길이 없는 것이다. 또는 김부식이 어떠한 의식의 변화 뒤에 〈시조동명성왕〉을 썼던 것인지 일일이 따져 짐작하기 지난한 일이다. 이러할 때 동명왕 신화에 대한 관점과 태도는 세 가지로 줄여 볼 나위가 있다.

또 다른 일면, 서문을 통해 나타난 이규보의 생각이 실제로 동명왕 서술에 대한 김부식의 태도와 『위서』·『통전』의 태도를 굳이 구별했는지조차 명백하지는 않다.

이규보의 『동국이상국집』에 실린 〈동명왕편〉 서문

及讀魏書通典 亦載其事 然略而未詳 豈詳內略外之意耶 … 金公富軾 重撰國史 頗略其事 意者 公以爲國史矯世之書 不可以大異之事 爲示於後世 而略之耶.

『위서(魏書)』와 『통전(通典)』을 읽어보니 그 일을 싣기는 하였으나 간략하고 자세하지 못하였으니, 그야말로 국내의 것은 자세히 하고 외국의 것은 소략히 하려는 뜻이었던가 보다. … 김공 부식이 국사를 다시 편찬할 때에 자못 그 일을 간략하게 다루었다. 생각건대, 국사는 세상을 바로잡는 글이니 크게 이상한 일을 후세에 보여줌은 옳지 않다고 여기어 생략한 것인가 한다.

두 경우가 각기 나름의 이유 때문에 원래 내용을 줄였다는 의미겠지만, 궁극에 줄였다는 사실에 있어서야 양자간에 다를 바가 없다. 다시 말해 '간략하고 자세하지 못하였다'는 것이나, '자못 그 일을 생략하였다'는 것 사이에 특별한 차이를 발견하기 어렵다. 남의 나라 글이라고 하여 줄였거나 황당하다고 생각하여 줄였거나 간에 선양하고 싶지 않은 마음가짐에 있어서는 피차일반인 것이다. 그리하여 이규보는 어쩌면 두 경우의 어느 쪽이든지 별반 다르다 할 것 없이 비슷하게 인식했을지 또한 알 수 없다.

그렇게까지 이규보가 생각했을까 싶지만, 오늘날의 입장에서 보면 오히려 이러한 판단도 가능하다. 곧 비록 간략하게 다뤘을망정 자기네 신화도 아닌 남의 나라 신화 ─그것도 크게 이상한 일[大異之事]─를 실어 준 중국 쪽의 행위가 어쩌면 자국의 신화를 비판적인 태도로 깎아내린 행위에 비해 차라리 낫다고 생각했을지도 모를 일이다.

또한 중국의 『위서』·『통전』에서와 같은 서술 태도라 함도 문제는 따른다. 곧 똑같이 동명왕의 사적을 적은 중국의 사서일지라도, 그 서술의 태도는 하나같지 않다. 말하자면 동명왕 서술에 대한 태도는 이규보의 기록 방식과 『삼국사기』의 기록 방식에서만 차이점이 드러나는 것이 아니란 뜻이다. 중국의 사서들 간에도 이규보와 김부식 사이에 보이는 차이만큼이나 서술상의 차별성이 거듭하여 나타난다는 말이다.

이에 중국의 경우까지를 더 감안하여 나누지 않을 수 없고, 그러다보면 서술 태도에 대한 경우의 수는 세 가지, 혹은 네 가지 만으로 한정시키기 어려워지는 국면이 따른다. 더욱 세분될 수밖에 없겠거니와, 오히려 역으로 생각하되 이런 복잡한 방식보다는 간단한 방식으로 개관하는 것이 어쩌면 더 이해가 수월할 수 있다.

그러므로 고대 부족국가의 영웅인 동명왕 사적에 대한 시각은 냉정(冷情)의 안목으로 보는 소극적 입장과, 열정(熱情)의 안목으로 보는 적극적 입장의 크게 두 가지로 압축하여 사유 가능한 터전이 마련된다. 더불어 이 두 입장은 구체적으로 어느 지점에서 차이를 보이는지 직접 확인해야 할 필요가 있다.

하지만 그 이전에, 이렇게 서로 다른 입장 차이에도 불구하고 이들 사이에 공통으로 작용하는 신화 전개상의 기본 골격은 그것대로 유지되는 면이 있다. 동명왕 신화 기록들의 공통 화소라 하겠는데, 장덕순 등이 편한 『구비문학개설』에서 주몽 신화에 나타난 화소들을 정리해 놓은 것을 인용하면 이러하다.

[天] 천제손이라는 혈통을 지녔다.
[父] 부모의 신이혼(神異婚)으로 태어났다.
[卵] 난생(卵生)
[棄] 태어나자 버림받거나 부모를 떠나 자랐다.
[獸] 버림받자 짐승이 보호하거나 도와주었다.
[養] 사람에게 구출·양육되었다.
[出] 집을 버리고 떠나갔다.
[鬪] 적대자와 싸웠다.
[異] 싸움의 방식에 이적(異蹟)이 포함되었다.
[國] 나라를 세워 왕이 되거나 왕위에 올랐다.

우리의 문헌들에는 이 조건들이 대체로 잘 해비(該備)되어 있다. 그리고 위에서 '적대자와 싸웠다[鬪]'라고 한 것의 실상은 다름 아니라 고구려 건국 이후에 주몽이 비류국(沸流國)의 왕인 송양(松讓)과 변론으로 싸우고 활쏘기로 경합했던 사실을 지적한다. 〈동명왕편〉 쪽이 『구삼국사』 중의 〈동명왕본기〉를 참고한데 힘입어 보다 상세한 반면에 『삼국사기』 등이 간단하다는 차이는 있지만 이 또한 우리 편 문헌 전반에 걸쳐 골고루 잘 나타나 있는 화소이다.

다만 '싸움의 방식에 이적(異蹟)이 포함되어 있다[異]'라고 한 화소의 경우, 『삼국사기』에는 이 부분이 나타나 있지 않다. 그 이적이 어떠한 것이었던지는 〈동명왕편〉 본시(本詩) 내지 『구삼국사』의 〈동명왕본기〉에서 가져왔다는 인용 글을 통해서만이 비로소 확인이 가능하다.

西狩獲白鹿 倒懸於蟹原 呪曰 天苦不雨而漂沒沸流王都者 我固不汝放矣 欲免斯難 汝能訴天 其鹿哀鳴 聲衝于天 霖雨七日 漂沒松讓都 王以葦索橫流 乘鴨馬 百姓皆執其索 朱蒙以鞭畫水 水卽減 六月松讓舉國來降云云.

서쪽을 순행하다가 사슴 한 마리를 얻었는데 해원(蟹原)에 거꾸로 매달고 방자하기를, "하늘이 만일 비를 내려 비류왕의 도읍을 쓸어버리지 않는다면 내가 너를 놓아주지 않을 것이니, 이 곤란을 면하려거든 네가 하늘에 호소하라" 하였다. 그 사슴이 슬피 울어 소리가 하늘에 사무치니 장맛비가 이레를 퍼부어 송양의 도읍을 휩쓸었다. 송양왕이 갈대 밧줄을 강물에 가로 걸고 오리말을 타자 백성들은 모두 그 밧줄을 잡아당겼다. 주몽이 채찍으로 물을 그으니 물은 곧 줄어들었다. 6월에 송양이 나라를 들어 항복하였다 한다.

이 내용이 『구삼국사』의 〈동명왕본기〉와 이규보 〈동명왕편〉, 나아가 조선조의 『세종실록』 지리지 등에는 묘사되어 있다. 이때 『세종실록』 지리지 〈평양부〉에 수록되어 있는 동명왕 사적은 『구삼국사』의 〈동명왕본기〉거나 이규보의 〈동명왕편〉의 재수용으로 간주된다. 다만 동명왕의 원자(元子)인 유리가 왕위에 오르는 내용만 생략되어 있다. 반면에 『삼국사기』의 〈시조동명성왕〉에는 없으니, 위의 『구비문학개설』이 동명왕 신화를 화소별 정리했던 대상은 당연히 『구삼국사』 및 〈동명왕편〉 계통의 서사 줄거리였음이 자명하다. 동시에 김부식이 국사를 중찬(重撰)할 때에 '자못 사건들을 생략하였다[頗略其事]'고 한바, 그 생략의 내막이 대체로 이런 부분에 있음을 규지할 수 있다.

〈동명왕편〉과 『삼국사기』 〈시조동명성왕〉 사이의 상이한 부분들에 대한 상세한 대비는 장덕순이 『국문학통론』의 「영웅 서사시 동명왕」에서 표로 작성한 바 있거니와, 주인공 동명을 가장 신화의 주인공답게 부각시켜 주는 부분은 바로 여기 싸움의 방식에 있어서의 이적인 것이다.

그런데 이쯤 이적의 문제와 관련해서 반드시 짚고 넘어가야만 할 사항이 있다. 다름 아니라 동명 설화에 있어서의 이적은 비단 싸움의 방식에 있어서의 이적 한 가지만으로 한정되지 않았다는 것이다. 동명이 속해 있던 집단에서 살해 위협을 받고 탈출할 때 앞에 가로막힌 강을 건너는 방식에 있어서의 이적을 결코 소홀히 지나칠 수 없다. 이를 탈출이적이라 칭하고자 한다. 동명이 탈출하는데 시엄수(施掩水)라는 물을 만나 활로 물을 치자 모여든 물고기들을 타고 물을 건넜다는 내용은 필경 하나의 이적임이 분명하다. '싸움의 방식에 이적이 포함됨[異]'이라는 화소에 지지 않는 [異] 모티브의 자격 부여가 충분하다. 전자가 싸움이적[鬪異]이면, 후자는 탈출이적[出異]으로 명명할 수 있다. 그런데도 그저 '집을 버리고 떠나갔다[出]'는 화소 하나에다 몰아 요약시킴은 세밀함이 없어 보인다. 따라서 동명이 물을 건너는 이적을 엄연한 하나의 모티브로 책정할 만하다.

하지만 동명 관련 이적은 이 둘만으로 그치지 않는다. 그 후반에 송양의 비류국을 홍수나게 했다가 멈추게 하는 이적, 하늘이 동명왕을 위해 대신 궁성을 축조하는 이적 등이 연속된다.

그리하여 기존에 싸움이적에 대해서만 [異]로 표기했던 데 대해 이 모든 이적들을 다 [異]에 넣기로 한다. 그리고 굳이 이적 각각에 대한 세부 명칭을 구사하자면 싸움이적은 [鬪異], 탈출이적은 [脫異], 홍수로 적을 굴복케 한 이적은 역시 넓은 의미의 싸움 방식 이적인지라 [鬪異]로, 궁성 축조의 이적은 [宮異]로 각각 표기하기로 한다. 이상의 기준에 맞춰 〈동명왕편〉의 내용을 순차적으로 분류하고 모티브를 설정하면 다음과 같다.

1. 천제의 아들 해모수(解慕漱)가 하백(河伯)의 큰딸 유화(柳花)를 범하자 하백은 해모수와 물속의 결투를 하다. 해모수는 승리 뒤에 하백과 연회를 열었으나 곧 유화를 밀어내고 혼자 승천하다. 아버지의 분노를 사 우발수(優渤水)로 추방당한 유화를 동부여 왕 금와(金蛙)가 발견, 해모수의 왕비임을 알고 별궁에 두다. [天], [父]

2. 별궁의 유화는 햇빛을 받아 잉태하여 다섯 되 들이의 알을 낳다.[卵]

3. 금와왕은 상서롭지 않다 하여 마구간에 두지만 말이 밟지 않고, 산속에 버리지만 온갖 짐승이 옹호하다.[棄], [獸]

4. 알을 도로 가져다가 어미에게 보내어 기르게 하니 알이 갈라지면서 한 사내아이를 얻다.[養]

5. 부여 금와왕의 태자 등과 사냥을 나감에 주몽이 가장 잘 쏘아 잡으니 태자 대소(帶素)가 일찍 도모해야 함을 말하다.

6. 금와왕이 동명을 시험코자 말을 기르게 하니 동명이 마음으로 한을 품었다.

7. 모친에게 부여 탈출 계획을 알려 함께 논의하다.

8. 동명이 붉은색 준마의 혀에 바늘을 꽂아 야윈 말이 되니 왕이 그 말을 동명에게 주다. 주몽은 바늘을 뽑고 도로 먹이다.

9. 세 어진 이와 벗을 맺고 남쪽으로 엄체수(淹滯水)에 이르렀는데 배가 없으매 물을 향해 탄식 후 활로 물을 치니 물고기와 자라가 다리를 이루어 건너다.[出], [脫異]

10. 이별 때 모친이 준 오곡 종자를 잊고 왔는데 신모(神母)가 한 쌍의 비둘기 편에 보낸 보리 종자를 다시 얻다.

11. 형세 좋은 땅에 왕도를 정하고 군신의 위계를 정하다.[國]

12. 비류국왕(沸流國王) 송양(松讓)이 동명의 나라를 부용국(附庸國)으로 삼고자 하니 활쏘기 재주를 겨루어 주몽이 그의 옥지환을 깨뜨리고 승리하다.[鬪異]

13. 부분노(扶芬奴) 등이 비류국의 불과 피리를 몰래 가져다가 국가의 위의를 갖추다.

14. 동명이 서쪽으로 순수(巡狩)할 때 잡은 고라니로 비류를 저주하여 심한 비를 내리게 하니 송양국이 견디지 못하다. 동명이 채찍으로 물을 그으매 큰물이 멈추었고, 송양은 나라를 들어 항복하다.[鬪異]

15. 하늘이 동명을 위한 신비로운 힘을 내려 궁궐이 저절로 이루어지다.[宮異]

16. 동명의 아들 유리는 자기가 쏘아 뚫은 물동이를 다시 쏘아 그 구멍을 막아 남의 꾸지람을 막다.

17. 유리는 부러진 반쪽의 칼 조각을 당(堂) 기둥에서 찾다.

18. 고구려에 가서 부왕 동명의 왕위를 계승하다.

위에서 화소의 명칭이 붙여진 것은 한국 신화 전반에 통용되는 보편적 화소 또는 작은 화소라고 한다면, 채 이름 붙이지 않은 부분 곧 5·6·7·8·10·13 등은 동명 신화가 독자적으로 나타내 보인 특수적 화소 또는 큰 화소라 할 것이다.

이 작은 화소에조차 필요하다면 그것의 기호 설정이 불가능하지 않다. 이를테면 각각 [獵], [馬], [種], [鼓角], [洪], [劍逢] 등의 명칭을 부여시킬 수 있다.

3) 삼국사기(三國史記)

권13 고구려 본기1 〈시조동명성왕〉과 〈유리왕(琉璃王)〉에 실려 있다.

그러면 이번에는 여기의 두 기록, 곧 〈시조동명성왕〉 및 〈유리왕〉을 기초로 화소별 분류해서 앞의 것과 대조해 보기로 한다.

1/1. 천제의 아들 해모수가 하백의 딸 유화와 사통(私通)한 뒤에 돌아오지 않는다. 아버지의 분노를 사 우발수로 쫓겨난 유화를 동부여왕 금와가 발견, 깊숙한 방에 가두다.[天], [父]

2/2. 햇빛이 따라 비쳐서 잉태하고 다섯 되 들이의 알을 낳다.[卵]

3/3. 금와왕이 버리게 하여 개와 돼지에게 주지만 먹지 않고, 길 가운데 버리지만 소와 말이 피하고, 들에 버리지만 새들이 날개로 덮어주다.[棄], [獸]

4/4. 알을 어미에게 돌려주어 어미가 덮어서 따뜻한 곳에 두니 한 사내아이가 껍질을 깨고 나오다.[養]

5/5. 활과 화살을 만들어 쏘는데 백발백중하여 주몽이라 일컬어지다. 모든 능력이 금와왕의 일곱 아들보다 뛰어나니 태자 대소가 왕에게 일찍 도모해야 함을 말하다.

6/6. 금와왕이 듣지 않고 동명에게 말을 기르게 하다.

8/7. 먹이를 조정하여 날랜 놈은 여위게 만들고 둔한 놈은 살찌게 하니 왕이 살찐 말만 골라 타고 여윈 말은 모두 주몽에게 주다.

5/8. 들로 사냥 나갔을 때 활 잘 쏘는 주몽에게 화살을 적게 주었으나, 가장 많이 잡으니 왕자 및 신하들이 죽이려고 하다.

7/9. 이 사실을 안 모친이 주몽에게 탈출을 종용하다.

9/10. 주몽은 오이, 마리, 형보 등 세 사람과 벗 삼고 엄호수(淹㴲水)에 이르는데

다리가 없자 물을 향해 고하니 물고기와 자라가 다리를 만들어주어 건너다.[出], [脫異]

0/11. 주몽이 모둔곡(毛屯谷)에서 각각 베옷, 중옷, 마름옷 입은 세 사람을 만나매, 그들에게 성씨를 주고 직책을 맡기다.

11/12. 졸본천(卒本川) 비류수(沸流水) 위에 도읍을 정해 왕 노릇하니, 국호를 고구려라 하다.[國]

12/13. 비류국의 왕 송양이 작은 땅에 두 임금이 불가하다 하여 동명의 나라를 부용국으로 삼고자 하매, 동명이 노하여 변론으로 싸우고 활쏘기 재주를 겨룬바 송양이 대항하지 못하다.

16/14. 유리가 새를 쏘다가 실수로 아낙네의 물동이를 깨뜨리는 바람에, 아비 없는 자식이란 꾸짖음을 듣고 집으로 돌아와 모친에게 물어 아버지 동명이 고구려왕임을 알게 되다.

17/15. 유리는 집안 소나무 기둥의 주춧돌 사이에서 끊어진 칼 조각을 얻다.

18/16. 옥지(屋智), 구추(句鄒), 도조(都祖)의 3인과 졸본에 이르러 부왕을 만나 칼을 맞추니 동명은 유리를 세워 태자로 삼다.

비류수(左)와 졸본부여 옛터

위의 분류번호 대비를 보면서 양자 사이에 들고 나는 차이점이 만만치 않음을 파악할 수 있으니, 우선은 모티브 전개의 순서가 달리 나타난다는 것이다. 가장 두드러진 부분은 〈동명왕편〉이 '사냥에서의 활 솜씨→모친에게 탈출 계획을 고함→꾀로 좋은 말을 차지함→탈출'의 순서인데 비해, 『삼국사기』에서는 '꾀로 좋은 말을 차지함→사냥에서의 활 솜씨→살해 음모를 안 모친의 탈출 권고→탈출'의 순서로, 서로 간에 출입이 보인다.

이렇게 순서상의 차이만 아니라 탈출을 생각하는 주체도 전자에서는 주몽 자신인데 반해, 후자에서는 어머니 유화로 되어 있다. 주인공 기준으로 볼 때 전자가 더 능동적이고 적극적이다. 더구나 그 계기가 '자신은 천제(天帝)의 손자인데 남을 위하여 말을 기르니, 사는 것이 죽는 것만 못하다'는 크나큰 자존심과 당당한 자부심에 기초하여 있다.

살해 음모라는 상황에 몰려 어쩔 수 없이 탈출한다는 후자와는 그 설정이 다르다. 순서의 바뀜만 아니라, 영웅 신화 기준으로서의 질적인 차이가 있다. 이러한 질적인 차이는 거의 모든 모티브에 걸쳐 있어 일일이 짚어낸다는 일이 오히려 번거롭다. 하지만 요컨대는 영웅의 능력을 보다 구체적으로 묘사하느냐 간략하게 서술해 버리느냐의 차이에 둔다.

그 영웅 능력에 대한 상세한 묘사와 단순한 서술의 차이는 싸움이적에서 가장 극명하게 나타난다. 1/1에서의 해모수와 하백의 대립구도, 12/13의 동명과 송양 사이의 활쏘기 대결 양상 등이 그 대표적 사례이다. 묘사와 서술의 차이에만 그치지 않고, 아예 동명이 송양국에 비를 내리는 대목인 14모티브에서는 생략까지도 불사한다.

그 다음으로, 싸움이적은 아니지만 전자에만 있고 후자엔 없는 것에 13의 고각 모티브, 15의 궁궐이적 모티브가 추려진다. 또 엄밀히 살피면 18/16의 부자 확인 상봉 대목에서도 전자에만 더 붙여진 이적이 보이니* 이는 신화 주인공의 아들이 보여주는 이적이고, 그밖에 10의 신모(神母)가 비둘기 편에 보낸 보리 종자를 얻는다는 대목은 신화 주인공의 어머니가 보여주는 이적이라 할 수 있다.

그런 반면, 후자에만 있고 전자에는 없는 화소는 0/11이 유일하다. 곧 주몽이 모둔곡에서 각기 다른 옷을 입은 세 사람을 만나 성씨와 직책을 내린다는 것인데, 이는 이적과는 전혀 무관한 내용이다. 『삼국사기』는 주몽의 이적에 별반 관심이

---

* "왕이 가지고 있는 부러진 칼 한 조각을 내어 합하니 피가 나면서 이어져 한 칼이 되었다. 왕이 유리에게, '네가 실로 내 자식이라면 무슨 신성함이 있느냐?' 하니, 유리가 즉시 몸을 날리어 공중에 솟구쳐 창구멍으로 새어드는 햇빛을 막아 기이한 신성을 보이니 왕이 크게 기뻐하여 태자로 삼았다.[王出所有 毁劍一片合之 血出連爲一劍 王謂類利曰 汝實我子 有何神聖乎 類利應聲 擧身聳空 乘牖中日 示其神 聖之異 王大悅 立爲太子]."(『동국이상국집』 제3 고율시 참조.)

없음을 알 만하다.

4) 삼국유사(三國遺事)

권1 기이(紀異)1 〈고구려〉에 실려 있다.

이제 『삼국유사』에서는 또 어떠하였을까? 마찬가지로 이에 번호 매김과 함께 화소별로 분류하여 본다.

1/1/1. 천제의 아들 해모수가 하백의 큰딸 유화를 유인하여 사통하고, 돌아오지 않는다. 아버지의 꾸지람과 함께 우발수로 귀양 보낸 것을 동부여 금와왕이 발견, 방속에 가두어 두다.[天], [父]

2/2/2. 유화는 햇빛이 따라 비침과 함께 잉태하고, 다섯 되 들이의 알 하나를 낳다.[卵]

3/3/3. 금와왕이 개와 돼지에게 주지만 먹지 않고, 길에 내다버리지만 소와 말이 피해가고, 들에 버리지만 새와 짐승이 덮어주다.[棄], [獸]

4/4/4. 왕이 쪼개려다 못한 알을 돌려받은 어미가 덮어 따뜻한 곳에 놓자 껍질을 깨고 한 사내아이가 나오다.[養]

5/5/5. 활과 화살을 만들어 쏘는데 백발백중하여 주몽이라 일컬었다. 재주가 금와왕의 일곱 아들보다 뛰어나니, 태자 대소가 일찍 도모해야 한다고 말하다.

6/6/6. 금와왕이 듣지 않고 동명에게 말을 기르게 하다.

8/7/7. 먹이를 조정하여 날랜 놈은 여위게 만들고 둔한 놈은 살찌게 하니, 왕이 살찐 말은 자기가 타고 여윈 말은 주몽에게 주다.

5/8/8. 왕의 여러 아들과 신하들이 주몽 죽일 계획을 하다.

7/9/9. 이 기밀을 안 모친이 주몽에게 탈출을 종용하다.

9/10/10. 주몽은 오이 등 세 사람과 벗삼고 엄수(淹水)에 이르러 물을 보며 고하니, 물고기와 자라가 다리를 만들어주어 건너다.[出], [脫異]

11/12/11. 졸본천에 도읍을 정하고 비류수 위에 집을 지어 왕 노릇하니, 국호를 고구려라 하다.[國]

외형상 『삼국사기』의 내용을 거의 그대로 준칙 하였다. 다만 『삼국사기』에 비해 한 단계 더 간략화 되어 있는 점이 얼마간 다르다. 그 간략화는 크게 양적인 것과 질적인 것으로 나눠 볼 수 있다.

첫째, 양적인 줄어듦은 『삼국사기』 중 주몽이 모둔곡에서 세 가지 옷을 입은 사람을 만나 성씨와 직책을 맡겼다는 부분[11]과, 비류국의 송양과의 대결 모티브 [13], 그리고 유리와의 관계담 일체[14·15·16]가 생략된 데 있다.

둘째, 질적인 줄어듦은 8/8에 있다. 곧 주몽의 탈출 동기에 대해 『삼국사기』에서는 주몽이 주어진 화살이 적었으나 잡은 짐승이 아주 많았기에 왕자 및 모든 신하들이 죽이고자 꾀했다고 되어 있는 반면, 『삼국유사』에서는 그 같은 인과적인 동기 설명 없이 그냥 왕의 여러 아들과 신하들이 장차 죽일 계획을 했다고만 하였다. 주몽이 건넜다던 물 이름도 엄호수(淹㴲水)와 엄수(淹水)로 다르긴 하다. 일연은 자신이 수록한 내용이 『국사(國史)』 '고려본기(高麗本紀)'에 있는 것이라고 했다. 또한 고구려는 요동(遼東)의 경계에 있는 졸본부여(卒本扶餘)라 했다. 그럼에도 전체적인 체재는 그대로 『삼국사기』를 준수한 것임이 분명하다.

5) 제왕운기(帝王韻紀)

권·下 〈고구려기(高句麗紀)〉에 실려 있다.

이승휴의 이 책이 1287년(충렬왕 13년)에 편찬된 것으로 알려져 있고, 따라서 일연의 『삼국유사』의 편술 추정 연대인 1281년보다 나중의 것으로 추정된다.

그 내용의 대략은 이규보의 〈동명왕편〉 쪽을 기본 텍스트로 도습(蹈襲)하여 칠언고시 형태로 쓴 것이다. 아닌게 아니라 이승휴 자신이 직접 '고구려기'의 주기(注記)에다 '본기(本紀)'의 글 및 문순공(文順公: 이규보)의 동명시(東明詩) 운운의 말과 함께 인용하고 있음을 목격할 수 있다.

그러나 여러 군왕들을 전반으로 다루는 과정에서 동명왕 기사를 썼고, 따라서 한 사람에만 오로지한 것이 아니라서 그 분량은 아주 근소하니, 거의 〈동명왕편〉의 초록본(抄錄本)이라고 해도 과언이 아닐 듯싶다.

그런 중에도 〈동명왕편〉과 대비하여 약간 비꼈거나 빠진 화소가 있다면, 대개 금와왕 태자 및 신하들의 모살 부분이 없고, 따라서 탈출에 대한 구체적인 언급도 없다. 주몽이 건넌 강의 이름이야 애당초 문헌마다 각기 다르니 굳이 특서할 일은 못되지만, 여기서는 또 다른 이름이 '개사수(蓋斯水)'다.

6) 세종실록(世宗實錄)

지리지(地理志) 〈평양부(平壤府)〉 조에 실려 있다.

상당한 길이로, 〈동명왕편〉·『삼국사기』·『삼국유사』와 같은 서사체의 기록이지만, 궁극엔 〈동명왕편〉과 『삼국유사』의 두 가지 문헌을 적절히 조합하여 만든 글이다.

우선 허두부의 몇 줄은 『삼국유사』의 내용을 요약 절충한 것이다. 부언하면 이 책 권1 기이(紀異)1 중의 〈고조선〉, 〈북부여〉, 〈동부여〉, 〈고구려〉 네 가지를 요모조모로 절충하여 새로 조성해 낸 글이다. 한편 『삼국유사』는 해당 내용의 출전을 『고기(古記)』와 『국사(國史)』로 밝히고 있다. 전자는 『단군고기(檀君古記)』의 약칭이고, 후자는 『구삼국사(舊三國史)』를 줄인 이름이다.

아란불(阿蘭弗)의 꿈 및 동쪽 가섭원(迦葉原)으로의 천도는 『삼국유사』와 『구삼국사』에 공유된 부분이다. 하지만 그 다음의 해모수가 하늘로부터 오룡거(五龍車)를 타고 내려오는 대목부터는 오로지 『구삼국사』의 것을 습용한 것이다. 그것은 이규보가 〈동명왕편〉 고율시의 곳곳에 주석해 넣은 내용을 공교히 연결시킨 문장이거니와, 『구삼국사』의 모티브를 단 한 가지도 빼놓지 않고 살려 기록하였다. 지리지의 『구삼국사』 원용은 그 끝맺음이 '가을 9월에 왕이 하늘에 오르고 내려오지 않으니 이때 나이 사십이었다. 태자가 왕이 남긴 옥 채찍으로 용산(龍山)에 장사하였다고 한다'에 있다.

『구삼국사』는 이어서 동명왕의 원자인 유리가 진흙 탄환으로 물동이 막은 이야기, 부러진 칼로 부왕 상봉한 이야기까지를 서술하고 있으나, 여기 지리지에서는 그것을 생략하였다. 동명이 건넌 물 이름 역시 이규보가 자신의 시 안에서는 엄체(淹滯)라 하였고, 주기(注記)에다는 일명 개사수(蓋斯水)라 했다고 적었거니와, 지리지는 주기의 개사수를 따랐다.

7) 동국여지승람(東國輿地勝覽)

권54 〈성천도호부(成川都護府)〉 고적(古蹟)의 '졸본천(卒本川)', '비류국(沸流國)', '골령(鶻嶺)', '해원(蟹原)' 조의 네 곳에 걸쳐 실려 있다.

'졸본천'에서는 그것 자료의 출전을 『삼국사』라 하였는데, 고증하였더니 『구삼국사』가 아닌 『삼국사기』를 지칭함이었다. 하지만 『삼국사기』의 문장 그대로를 전사(轉寫)하는 일을 사양하고 의미는 살리되 약간 깔끔한 형태로 옮기는 방식을 취하였다. 실제 양자의 문장 대비 안에서 대충 그 실정을 가늠해 볼 수 있다.*

주몽의 탄생 이적은 대거 생략한 채 대뜸 주몽과 금와왕의 일곱 아들과의 관계부터 진입하여 있다. 또한 『삼국사기』를 기초로 하여 옮긴 것이기에 『구삼국사』 등에는 언급되지 않은 바, 어별(魚鼈)의 다리를 건넌 직후에 모둔곡(毛屯谷)에서 각기 다른 옷을 입은 세 사람, 곧 재사(再思)·무골(武骨)·묵거(默居)를 만난 일이 적혀 있다. 이 부분에서 특히 『삼국사기』 서술에 대한 간략화 형태가 가장 극명히 드러난다.

동명왕 기록 뒤에는 유리의 유년시절 물동이 이야기, 부러진 칼 조각 찾기, 부왕과의 상봉 및 왕위 계승의 일들까지 수록해 놓았다.

그런데 이 유리에 대한 서술부에서는 여전히 『삼국사기』를 기본과 대체로 삼고 있기는 하지만 수사법상 한 단계 더 적극적인 변용을 가하고 있음을 엿볼 수 있다.**

그런 중에 한 가지 특이한 사실마저 발견된다. 곧 유리가 아낙네의 매도에 참괴하여 '진흙 탄환으로 물동이를 다시 막는다[塞盆]'는 대목은 『삼국사기』에는 없는

---

* "金蛙有七子 常與朱蒙遊戱 其伎能皆不及朱蒙 其長子帶素言於王曰 朱蒙非人所生 其爲人也勇 若不早圖 恐有後患 請除之 王不聽."(『삼국사기』)

"金蛙有七子 與朱蒙遊戱 技能皆不及 長子帶素言於王曰 朱蒙其生也非常 而且有勇 請除之 王不聽."(『동국여지승람』)

** "初朱蒙在扶餘 娶禮氏女有娠 朱蒙歸後乃生 是爲類利 幼年出遊陌上彈雀 誤破汲水婦人瓦器 婦人罵曰 此兒無父 故頑如此 類利慙 歸問母氏 我父何人 今在何處…"(『삼국사기』)

"朱蒙在扶餘時 娶禮氏女有娠 朱蒙旣去乃生 是爲類利 幼有奇節喜彈丸 嘗出遊彈雀 誤中汲婦盆 婦罵曰 此兒無父 其頑如此 類利慙 復以泥丸彈塞之 歸問其母曰 我父何人 今在何處…"(『동국여지승람』)

부분이다. 단지 〈동명왕편〉의 주기(注記)로 소개된 『구삼국사』〈동명왕본기〉 안의 화소일 뿐이다. 다시 말해 『삼국사기』가 역시 황탄하다고 간주하여 생략했을 그 『구삼국사』로부터의 취용이었다.

과연 『동국여지승람』의 『구삼국사』 취용에 대한 결정적인 단서들은 이 '졸본천' 조 바로 뒤의 '비류국' 조, '골령' 조, '해원' 조들을 통해서 약여(躍如)히 드러난다. 곧 '비류국'에서는 동명이 비류국 왕 송양과의 싸움이적을, '골령'에서는 궁성 축조 이적을, 그리고 '해원'에서는 송양국에 홍수 내림의 이적을 각각 인용 소개하였는데, 다름 아닌 이들 모두 〈동명왕편〉이 중개해 준 『구삼국사』 안의 정보 사안이었던 것이다.

최훈 감독 신영균·문정숙 주연의 1962년 영화 〈사랑의 동명왕〉

3. 중국 문헌에서의 동명왕 기사

동명왕 신화를 담고 있는 공식적인 중국의 문헌은 대략 10종에 달한다. 현재까지 알려진바 최고(最古)의 기록은 후한 사람 왕충(王充)의『논형(論衡)』이라 할 수 있다. 그 다음은 사서(史書)로 이어진다. 이 신화를 소개한 최초의 자료『후한서(後漢書)』를 위시로 하여『삼국지(三國志)』,『양서(梁書)』,『위서(魏書)』,『주서(周書)』,『수서(隋書)』,『남사(南史)』,『북사(北史)』등이 그것이고, 뒤미처 당(唐) 시대에 두우(杜佑)의『통전(通典)』에 연결된다.

그러면 이제 이상의 문헌들에 나타난 동명왕 기록의 변천 과정을 순서대로 검토해 볼 필요에 선다.

1) 논형(論衡)

권2 길험편(吉驗篇)에 들어 있다.

후한(後漢) 시대 인물인 왕충(王充; A.D.27~97?)의 이 저술 안에서 중국 최초로 동명에 관한 기록이 나타난다.

그 내용이 그다지 길지 않고, 이 뒤에 이어질 사서(史書)의 첫 이정표로서 논술상의 편의를 가져다주겠기에, 동명 관계 기록 전문을 그대로 옮기기로 한다.

> 北夷橐離國王侍婢有娠 王欲殺之 婢對曰 有氣大如雞子 從天而下 我故有娠 後産子 捐於猪溷中 猪以口氣噓之不死 復徒置馬欄中 欲使馬藉殺之 馬復以口氣噓之不死 王疑以爲天子 令其母收取 奴畜之 名東明 令牧牛馬 東明善射 王恐奪其國也 欲殺之 東明走南 至掩淲水 以弓擊水 魚鼈浮爲橋 東明得渡 魚鼈解散 追兵不得渡 因都王夫餘 故北夷有夫餘國焉.
>
> 북이(北夷) 탁리국(橐離國) 왕의 시비(侍婢)가 임신을 하여 왕이 죽이려고 하자, 시비는 "계란 같은 큰 기운이 하늘에서 내려와서 임신하게 되었습니다"라고 대답했다. 나중에 아이를 낳아 돼지우리에 버렸지만, 돼지가 입으로 숨을 불어넣어주어 죽지 않았다. 다시 마구간으로 옮겨 놓고는 말에 밟혀 죽도록 하였으나, 말들 역시 입으로 숨을 불어넣어 주매 죽지 않았다. 왕은 아마도 하늘님의 자식일 것이라고 생각하여

그의 모친에게 노비로 거두어 기르게 하였고, 동명(東明)이라 부르며 소와 말을 치게 하였다. 동명은 활 솜씨가 뛰어났는지라, 왕은 그에게 나라를 뺏길 것이 두려워 그를 죽이려고 했다. 동명이 남쪽으로 도망가다가 엄호수(掩淲水)에 이르러 활로 물을 치니, 물고기와 자라가 떠올라 다리를 만들어 주었다. 동명이 건너가자 물고기와 자라가 흩어지니 추적하던 병사들은 건널 수 없었다. 그는 부여(夫餘)에 도읍하여 왕이 되었다. 말미암아 북이에 부여국이 생기게 된 것이다.

바로 중국에 있어서 동명왕에 관해 나타난 공식적인 최초의 기록이다. 여기에 수록된 동명 설화를 앞서 『구비문학개설』에서 제시된 화소 방식을 기본적인 틀로 삼아 요약 분류하면 다음과 같다.

가) 북이(北夷) 탁리국(橐離國) 왕의 시비가 임신하매, 왕이 죽이려 하자 하늘로부터 큰 계란같은 기운이 내려와 임신한 것이라 하다.[天], [父]

나) 아들을 낳다.

다) 아이를 돼지우리에 버렸지만, 돼지가 입김을 불어넣어 죽지 않았고, 마구간에 옮겨 밟혀 죽도록 하였으나 말이 또한 입김을 불어넣어 죽지 않다.[棄], [獸]

라) 왕은 상제의 자식일 것으로 생각하여, 어미로 하여금 노비로 거두어 기르게 하고 이름을 동명(東明)이라 하다.[養]

마) 동명의 뛰어난 활 솜씨에 왕은 나라를 빼앗길까 두려워 죽이려 하니 동명이 남쪽으로 도망가다.[出]

바) 엄호수(掩淲水)에 이르러 동명이 활로 물을 치니 물고기와 자라가 다리를 만들어 주어 건너다.[脫異]

사) 부여(夫餘)에 도읍하여 왕이 되다.[國]

전언했듯 중국에서는 그 초창기 기록부터도 동명이 '적대자와 싸웠다[鬪]'하는 모티브는 존재하지 않는다. 따라서 그것과는 인과 및 표리의 관계에 있는 '싸움의 방식에 이적이 포함됨[異]'의 화소 또한 없는 것이 당연하다. 그리고 바)의 화소[脫異]는 새로이 추가된 부분이다.

다름 아니라 이 글에서는 동명이 탈출 중에 가로막힌 강을 건너가는 과정을 엄연한 또 하나의 이적으로 보았다. 따라서 동명왕의 이적을 크게 동명이 탈출하는 과정에서의 이적인 탈출이적[脫異]과, 그가 절대자와 싸우는 방식에서의 이적인 싸움이적[鬪異]의 둘로 나누었는데, 이 중에 탈출이적만이 어느 문헌이나 막론하고 나타나는 공통의 화소로 확인된다. 곧 탈출이적은 고정 화소라 할 수 있고, 싸움이적은 비고정 화소 또는 유동 화소라 할 수 있다. '싸움이적[鬪異]'까지는 아니지만, 적대자와 싸웠다[鬪]의 모티브 또한 유동 화소로 볼 수 있다.

이 두 가지 화소가 모두 생략된 중국의 문헌들에 비해, [鬪]의 화소 한 가지만이라도 취하고 있는 『삼국사기』의 경우는 절충 형태라 할 수 있다. 아울러 앞서 『삼국사기』가 신이한 부분들은 자못 생략하였다고 한 그 대상이 싸움이적 부분이라고 한 바 있다. 그런데 그 같은 신이를 거부하였던 『삼국사기』에서 탈출이적 만큼은 그 모양 그대로 싣고 있음은 전후 간에 크게 모순이요, 불합리가 아닐 수 없는 것이다.

2) 후한서(後漢書)

권85 동이열전(東夷列傳)75 〈부여국(夫餘國)〉에 들어 있다.

중국에 있어 동명왕 관계 최초의 기록은 전게한 『논형』이 되겠지만, 역사 기록 안에서는 바로 이 『후한서』가 첫 남상이 된다. 여기에 수록된 동명 신화를 『구비문학개설』에서 제시된 화소 방식으로 요약·분류하면 다음과 같다.

> 가) 북이(北夷) 삭리국(索離國)의 왕이 국외로 나간 사이, 왕의 시녀가 잉태를 하였다. 돌아온 왕이 죽이려 하자 시녀는 그 태기가 하늘 위에 계란 크기의 이상한 기운에 감응한 것이라 했다.[父]
> 나) 왕이 그녀를 가두었더니, 뒤에 남자 아이를 낳았다.
> 다) 아이를 돼지우리에 버리게 했으나 돼지가 입김을 불어넣었고, 마구간에 옮겼으나 말이 또한 입김으로 살렸다.[棄], [獸]
> 라) 기이하게 여긴 왕은 제 어미에게 거두어 기르게 하고, 이름을 동명(東明)이라 했다.[養]
> 마) 동명은 활을 잘 쏘니, 그 용맹스러운 것을 꺼린 왕이 죽이려 하매 달아났다.[出]

바) 남쪽 엄호수(掩㴆水)에 이르러 동명이 활로 물을 치자 물 위에 뜬 어별을 타고 물을 건넜다.[脫異]

사) 부여에 이르러 왕 노릇하였다.[國]

여기 『후한서』의 기록이 『논형』의 그것과 견주어 대동소이함을 한눈에 확인해 볼 수 있다.

다른 점을 찾는다면 『논형』에서의 '탁리국' 왕이 『후한서』에서는 '삭리국왕'으로 되어 있다. 전자에선 그 시비가 임신하였다고 했는데, 후자에선 왕이 출행한 사이의 임신이라고 하였으며, 전자에선 그냥 남자 아이를 낳았다고 하였는데, 후자에선 그녀를 가둔 상태에서 아이를 낳았다고 하였으니, 나중 것에서 좀 더 상세하였다. 일면 전자에서는 그 죽이려 한 이유가 동명의 활 솜씨에 나라를 빼앗길까 두려워서였다. 반면, 후자에서는 그 용맹스러움을 꺼려서였다고 되어 있다. 그 나머지에 있어서는 비록 애써 수사법을 달리 하려 한 흔적은 보이지만 그 문맥상의 골자는 그대로 유지되어 있다. 동명이 건너려 한 물 이름으로서의 엄호수도 같다.

돌이켜 보면 『논형』은 후한시대 왕충의 저술이고, 『후한서』는 남북조시대 송(宋)의 범엽(范曄)의 편술인 바, 양자 사이의 시간적인 거리는 대략 1세기 정도가 된다.

범엽이 『후한서』 동이전을 저술하는 과정에 그들의 기준에서 말하는 소위 '동이' 쪽의 문헌을 자료로 참고 하였는지 아닌지 상고할 길은 없다. 다만 이 역사서보다도 나중에 나온 『삼국지』의 위서(魏書) '동이전' 같은 경우조차 한국 쪽의 어떤 역사서를 참고했으리란 개연성이 나타나지 않는 이상, 아마도 자국 내의 선행 문적에 의존했을 터이다. 이때 범엽이 동이전 부여의 동명 기사를 쓰기 위해 참조했던 자료도 필경은 왕충의 『논형』 길험편에 있는 동명 관계 기록 외에 모색의 방도가 없다고 굳게 신빙되는 것이다.

3) 삼국지(三國志)

권30 위서(魏書)30 동이전(東夷傳)30의 〈부여(夫餘)〉 안의 주기(注記)에 들어 있다.

여기의 동명 기록은 『후한서』의 그것과 별반 다르지 않다. 동명왕과 주몽을 각각의 인물로 분리한 것도 서로 같고, 왕의 시녀가 감응하여 태기가 있게 됨, 그밖에 탈출할 때 물고기와 자라가 떠서 다리를 놓아 줌, 부여 땅에서 왕 노릇함 등에서 모두 동일하였다. 굳이 약간 들고나는 부분을 지적한다면 『후한서』에선 북이 '삭리국(索離國)'의 왕인데 『삼국지』에선 북쪽 지방 '호리국(豪離國)' 왕으로 되어 있고, 또 『후한서』에선 그 물 이름이 '엄호수'인데 『삼국지』에선 '시엄수(施掩水)'라 하였다. 또 『삼국지』에서 왕이 동명에게 말 먹이는 일을 맡겼다는 모티브가 하나 추가되었음이 고작이다.

그런데 이 신화 수록의 최초 문헌인 『후한서』 및 그 다음 문헌이라 할 이 『삼국지』에서는 동명이 '고구려 시조'가 아닌 '부여 시조'로 나타나 있다. 따라서 전자에서는 '동이전' 〈고구려〉가 엄연히 설정되어 있음에도 불구하고, 동명 신화가 여기 드러나지 않고 '동이전' 〈부여국〉의 안에 들어 있다. 그리고 후자에서 역시 '동이전' 〈고구려〉의 엄연한 존재에도 불구하고 '동이전' 〈부여〉의 안에 들어 있다. 뿐만 아니라 주몽은 아예 동명과는 별개의 존재로 분리되어 있는 점이 두 문헌의 공통적인 특징이다.

하지만 동명과 주몽을 각기 다른 두 사람으로 나누어 서술하던 『후한서』와 『삼국지』의 관측은 우리쪽 사학자 또는 국문학 연구자들에 의해 승인 받지 못한 채 무력화되고 말았다. 게다가 이후의 중국 사서들에서는 '동명=주몽', '주몽=고구려 시조' 쪽으로 바뀌어 정착되었기 때문에 이 부분에 대하여는 더 논란할 필요성이 없게 되었다.

4) 양서(梁書)

권54 열전 48 제이(諸夷) 〈고구려(高句驪)〉에 실려 있다.

이 문헌에 이르러 비로소 '고구려 조상은 동명에서부터 나왔다[高句驪者 其先出自東明]'는 기록이 처음 이루어진다. 양적인 면으로나 내용적인 면으로나 위의 두 사록의 전재(轉載)라 할 정도로 차별성이 발견되지 않으니, 이야기 끝부분에서 '부여에 이르러 왕 노릇하였다[至夫餘而王焉]'는 결말부까지도 변함없이 같다. 다만 '부여에 이르러 왕 노릇하였다'는 주인공의 이 결말부 뒤에 이어지는 메시지가 문득 기존 두 사서의 내용을 지양하는 질적인 변화를 초래하고 있는 것이다.

> 其後支別爲句驪種也 其國 漢之玄菟郡也.
> 그 뒤에 이것이 따로 구려의 종족이 되었으니, 그 나라는 곧 한나라의 현도군이다.

그리하여 기존의 두 사서는 모두 '동이전' 중의 〈부여국〉에 넣어 기록하였던 반면, 이 『양서』에서는 제이전(諸夷傳) 중의 〈고구려〉에다 해속시키었다. 물론 『양서』 제이전에도 〈부여〉 조항의 설정과 기록이 당연히 존재한다. 그럼에도 불구하고 부여 쪽을 사양하고 고구려 쪽을 선택했던 것이니, 바야흐로 그 편속을 달리하는 획기적인 변모가 이루어진 셈이다.

부수적으로는 한두 가지의 명칭이 바뀐 현상이 보인다. 곧 북이 왕의 이름이 『후한서』에선 삭리, 『삼국지』에선 호리라 하던 것이, 여기에서는 탁리로 달라졌다. 또한 동명이 달아날 때 가로막힌 물의 이름도 엄호수·시엄수에서 엄체수(淹滯水)로 다르게 표기하였다.

한편 여기서는 바로 앞의 『삼국지』에서 모처럼 제시되었던 바 왕이 동명에게 말 먹이는 일을 맡기는 모티브가 오히려 다시 생략되는 현상을 보이기도 했다.

5) 위서(魏書)

권100 열전88 〈고구려(高句麗)〉에 들어 있다.

중국에서의 주몽 관련 기사는 바로 여기에 이르러 나름대로의 완성도를 나타냈다고 해도 과언이 아니다. 말하자면 중국의 동명 신화 기록 가운데 가장 한국의 신화 기록에 근접하는 획기적인 기반을 마련한 문헌이 바로 『위서』라 할 것이다.

우선 분량 면으로만 본대도 중국의 그 어떤 문헌과도 비할 수 없는 공전절후(空前絶後)의 증폭이 이루어졌다. 그것은 앞의 세 문헌과 견주어 적어도 세 배 가까운 획기적인 변화였다.

이 같은 증폭 변화의 유인을 들자면 첫째, 화소의 개체 수가 약간 더 늘어났기 때문이요, 둘째, 기존과 동일 모티브라도 이전의 것에 비해 전반적인 상세함을 나타낸 때문임을 쉽게 인지할 수 있다.

우선 화소의 가짓수 증가에 대한 대표적인 사례로, 무엇보다도 '난생(卵生)' 모티브를 들 것이다. 이전의 기록에서는 동명의 모체가 곧장 사람인 아들을 낳았다고 하였거니와, 여기서 처음으로 '잉태한 뒤 알을 낳았다[旣而有孕 生一卵]'는 기록이 등장한다. 이것은 동명 신화의 핵심적 화소 가운데 하나이고 한국 신화의 원형(原型) 및 근간을 이루는 부분인데, 이 마당에 정착을 본 것이다.

또 기존의 틀 안에서는 돼지와 말이 입김을 불어 살렸다는 정도에 머물렀는데, 이에서는 개와 돼지에게 주었더니 먹지 않고, 길에 버렸더니 소와 말이 피하고, 들에 버렸더니 새들이 날개로 보호하였다고 부연되었다. 뿐만 아니라 부여 왕이 '쪼개려 했으나 깰 수 없었다[割剖之 不能破]'는 모티브의 추가를 보이기도 했으니, 이상은 모두 『삼국사기』 안의 내용과 고스란히 일치되는 양상인 것이다. 오히려 『구삼국사』나 〈동명왕편〉의 내용과는 잘 상합되지 아니하니, 이 두 문헌에서는 몸에 비치는 햇빛을 피하면 햇빛이 따라왔다고 한 대신, 그냥 '해가 비치자 이에 임신하였다'라고만 되어 있다. 또 개·돼지와 소·말, 새 등의 다채로운 표현 대신, '마구간에 두었더니 말들이 밟지 않고, 깊은 산중에 두었더니 온갖 짐승이 모두 옹위하였다'로 보다 간략히 서술되어 있다. 따라서 적어도 동명 기록에 관한 한 『위서』의 기록은 『삼국사기』의 기록과 그 맥락이 같음을 간파할 수 있다.

'사냥 때의 화살 제한' 모티브도 『위서』에서 처음 보이는 부분이다. 들로 사냥을 나갔을 때 주몽은 활을 잘 쏘므로 화살을 하나만 주었으나 잡은 짐승이 아주 많았다고 한 것 역시 중국 문헌상에는 초유(初有)의 모티브이다. 아울러 이 또한 『삼국사기』와는 그대로 상통을 보이는 모티브이기도 하다.

이와는 대조적으로 『구삼국사』에서는 왕의 무리 40여 명이 겨우 사슴 한 마리만 잡은 반면, 주몽은 매우 많이 쏘아 잡았다는 서술을 보이고 있다. 대개 영웅인 주몽 입장에서 볼 때 다른 누구한테서 화살을 제한적으로 배급받았다 함은 이미지상

수동적이고 소극적인 개념이 되겠는데, 『구삼국사』는 능동적·적극적인 탁월한 활 쏘기 능력에 대해서만 역설하고 있다. 더하여 그의 초인적인 능력을 강조하는 다른 모티브로의 추가가 나타나니, 예컨대 주몽의 사냥 솜씨를 시기한 왕자가 주몽을 붙잡아 나무에 묶어 매고 사슴을 빼앗았는데 주몽이 나무를 뽑아버리고 갔다고 했다.

'어머니의 탈출 권유' 대목도 마찬가지, 『위서』 및 『삼국사기』에서 고유한 부분이다. 이 경우 역시 『구삼국사』에서는 주몽 본인이 직접 부여 탈출에 대한 결정을 내리고 있다.

마지막으로 『위서』가 주몽에 관한 이야기 소재를 확대한 것 가운데 특징적이라 괄목할 만한 부분은 주몽이 '2세와의 극적인 상봉 및 그에 대한 왕위 계승' 내용이라 하겠다. 곧 그가 부여에 머물 때에 아내에게 태기가 있었고, 낳으니 이름을 여해(閭諧)라 했다. 여해가 어머니와 함께 부여에서 도망하여 따라가니 주몽은 이름을 여달(閭達)로 고쳐주고 그에게 대를 잇게 했다는 내용이다. 그런데 이후 중국의 사서 중엔 그나마 『수서(隋書)』 한 곳에만 아들인 여달이 왕위 계승을 하였다고 거듭 소개됐을 뿐이었다. 아울러 세 사람의 상봉 부분은 여기 『위서』에서만 고유하고 독특한 화제가 된다.

다음으로 『위서』가 분량 면에서 커지게 된 두 번째 이유로 단위 모티브가 상세해진 경우를 본다.

하나는, 왕이 동명에게 말을 기르도록 시켰다는 부분의 부연·확대에서 찾아진다. 이전의 문헌에서 동명의 '말' 관련 화소가 나타난 곳은 『삼국지』·『양서』였거니와, 그나마 고작해서 '동명에게 말 먹이는 일을 맡겼다' 까지가 내용의 전부였다. 이것이 『위서』에 오면 한 단계 더 상세한 화제로 발전되고 있음을 보게 된다. 곧 주몽은 말을 잘 분별하였으니, 날랜 말은 먹을 것을 조금 주어 파리하게 만들고, 둔한 말은 많이 주어 살찌게 만들었다. 그 내막을 모르는 부여 왕이 살찐 말은 자기가 타고 파리한 말은 주몽에게 주었다 함이 그것이다.

이 같은 '살찐 말과 여윈 말' 모티브 외에, 또 하나 모티브 한 개체가 부연·확대된 부분은 동명의 사냥 부분이다. 그 이전 『후한서』·『삼국지』·『양서』 등 문헌에서는 단순히 '동명은 활을 잘 쏘다'와 같은 사실 명제다운 담백한 모티브로 그쳤지만, 여기 이르러는 그의 명궁(名弓) 모티브를 뒷받침시켜 줄만한 진일보한 형태의 이야기로 진화되어 나타난다. 다름 아닌 동명의 사냥 능력 모티브이다.

『위서』에는 또한 동명이 탈출할 때 부딪힌 강물 앞에 고백하는 고유한 대목이 있다. '나는 태양의 아들이요, 하백의 외손이다. 오늘 도망하는 길인데 쫓는 군사가 저렇게 급히 몰려오니 어찌하면 이 강물을 건널 수 있으리오?' 한 그것이니, 이도 모티브 부연의 한 가지 형태로서 손색이 없다 하겠다.

이상은 모두 설화메시지가 부연된 경우겠지만, 이외에도 『위서』에는 종전의 사서에서는 찾아보기 어려운 사실메시지의 첨가 및 변모 양상이 발견되는바 크게 괄목된다. '동명이 부여에 이르러 왕 노릇하였고, 그 뒤에 이것이 따로 구려의 종족이 되었다. 따라서 고구려 조상이 동명'이라는 사실메시지는 바로 앞의 『양서』에서 천명한 내용이지만, 다시금 '고구려는 부여에서 나온 것[高句麗者 出於夫餘]'이라는 『위서』의 기록으로 거듭 확인을 얻는 셈이 된다.

그러나 정작 중요한 것은 그 바로 다음에 이어지는 대목, 곧 '자기들의 선조는 주몽이라고 말한다[自言先祖朱蒙]'에 있다. '동명=주몽'의 관계를 처음 천명한 셈이니, 이는 실로 중국 사서의 동명 기록 전개에 있어 획기적이고도 기념비적인 사항이 된다. 기존에 '부여' 조에 포함시켰던 동명의 사적을 '고구려' 조에 넣은 『양서』의 필법보다 한 단계 더 위에 선 것이다.

사실메시지의 추연(追衍)은 여기서 그치지 않으니, 주몽의 성씨가 고구려에서 말미암은 고씨(高氏)라 함도 중국 사서로는 『위서』가 처음 전하는 메시지이다.

그러나 이 사서가 보여준 것은 설화메시지거나 사실메시지의 내용적 부연에 국한되지 아니하였다. 이제로는 이 사서를 통해 검증되는 내용적 변화에 관해 괄목상대하지 않을 도리는 없다. 우선, 이전에는 동명의 모체가 한결같이 '부여왕의 시녀'라 했었는데 여기 이르러 처음 '하백(河伯)의 딸'로 변모되어 나타났으니, 이 마당에 이르러 비로소 한국에서의 동명왕 기록과 견주어 차별성을 찾기가 쉽지 않게 되었다.

여기에 더하여 『위서』는 한 단계 더 놀라운 변화로서 금상첨화를 이룬다. 기존에는 하늘 위에 계란 크기만한 기운이 내려와 태기가 있은 후 아들을 낳았다고 하였거니와, 이 마당에 와서는 그 낳은 것이 사람의 아들이 아닌 알이라 하였던 바, 중국의 동명 사록이 절정에 다다랐다고 할 만하다. 곧 곡식 다섯 되 되는 분량의 알을 낳았다는 그 서술 안에서 난생 모티브의 첫 수용이 이루어진 것이다. 이쯤이면, 마침내 중국의 동명 기록이 한국의 그것과 온전히 동일한 궤도에 들어섰다고 보지 않을 수 없다.

그밖에 동명의 앞에 가로놓인 강의 이름이 이전 문헌의 시엄수 및 엄호수에서 '보술수(普述水)'로 달리 나타났고, 그가 마지막에 이르러 나라를 세운 지명도 '흘승골성(紇升骨城)'으로 표기되고 있다.

다른 한편, 동명의 이름을 주몽으로 하였던 장족의 진전에도 불구하고 주몽의 아들 이름으로서의 유리(類利) 대신 여달(閭達)이라 한 것, 또 그의 아들 즉 제3대 대무신왕의 이름 무휼(無恤) 대신에 여율(如栗)로 표기된 점도 특이하였다.

6) 주서(周書)

권49 열전41 이역(異域)·上 〈고려(高麗)〉에 들어 있다.

여기서의 동명 기록은 이왕의 다른 어떤 중국 사서들에 비해 가장 간략히 서술되었다.

> 高麗者 其先出於夫餘 自言始祖曰朱蒙 河伯女感日影所孕也 朱蒙長而有材畧 夫餘人惡而逐之 土于紇斗骨城 自號曰高句麗 仍以高爲氏 其孫莫來漸盛 擊夫餘而臣之.

> 고려는 그 조상이 부여에서 나왔다. 그들은 말하기를 자신들의 시조는 주몽이라고 한다. 주몽은 하백의 딸이 해 그림자가 비쳐서 그를 임신했다고 한다. 주몽은 자라자 재주와 지략이 있으므로 부여 사람들은 그를 미워해서 내쫓아 흘승골성(紇升骨城)에 살게 했더니 그는 스스로 나라 이름을 고구려라 하고 고(高)로 성을 삼았다. 그러던 것이 그 손자 막래(莫來)에 이르러 세력이 점점 강성해져서 부여를 쳐서 신하로 삼았다.

기껏 『위서』에 이르러 동명신화가 높은 완성도를 나타내 보이더니 갑자기 여기 이르러 신화적 축조물을 지탱하던 기둥들이 여럿 뽑혀져 나간 형상이 되었다. 남아있는 기둥이라곤 '하백의 딸'이란 모티브와 '해 그림자에 의한 감생(感生)' 화소가 고작이다. 나머지는 철저히 객관적 냉정한 사실(史實)의 문맥으로 서술되어 있다. 게다가 후계부에 있어서도 아들 여달(閭達) 대신 증손자에 해당하는 막래(莫來)에 대해서만 기술하였다.

하물며 주몽 신화의 결정체요 에센스라 할 수 있는 난생(卵生)과 이물 보호(異物保護), 그리고 어별 성교(魚鼈成橋)의 화소가 일체 결여되어 있으니, 신화적 기준과 안목에서만 본다면 『주서』의 기록은 완연한 퇴행이 아닐 수 없었다.

7) 수서(隋書)

권81 열전46 동이(東夷) 〈고려(高麗)〉에 실려 있다.

앞의 『주서』에서 일시 퇴행을 나타낸 주몽 관계 기록을 여기 『수서』에서 다시금 신화적인 양상으로의 회복을 보여준다. 곧 하백의 딸이 방에 갇힘, 일광에 의한 잉태, 난생, 어별이 다리를 놓아줌 등 화소의 재생이 그것이다. 반면 이물 보호, 말 기르기의 모티브가 사라졌고 주몽의 사냥 능력 화소도 약화되었다. 그리고 주몽이 탈출할 때 동남쪽으로 탈출하다가 큰 물을 만났다고만 하였을 뿐, 그 물 이름 및 그가 망명하여 도착한 땅 이름이 빠져 있다. 끝에는 아들 여달이 왕위 계승한 사실과, 막래 때에 부여를 병탄한 사실을 간단히 적고 있다.

8) 남사(南史)

권79 열전69 이맥(夷貊)·下 〈고구려(高句麗)〉에 들어 있다.

그러나 여기서는 전반적인 내용 소개 대신,

> 高句麗 在遼東之東千里 其先所出事 詳北史.
> 고구려는 요동의 동쪽 천리에 있다. 그 선조의 출원한 내력은 『북사(北史)』에 상세히 적혀 있다.

라고 하여, 선조 동명 관련의 모든 정보를 『북사(北史)』에 미루고 있다. 『남사(南史)』와 『북사(北史)』는 두 책 모두 어차피 당나라 사람 이연수(李延壽)가 관여한 역사서인데, 편자는 『북사』에 주력했고 『남사』는 다만 문장의 교열에 그쳤다고 하니, 이는 당연한 현상일는지 모른다.

9) 북사(北史)

권94 열전82 〈고려(高麗)〉에 들어 있다.

그 전체 내용의 대체는 그냥 『위서』를 따른 것으로 간주된다. 그 수사법에 있어서도 거의 『위서』와 다를 바가 없다.

굳이 근소하나마 차이를 지적한다면, 『위서』에서는 부여 사람들이 주몽은 사람의 소생이 아니기 때문에 '장차 다른 뜻이 있을 것[將有異志]'이라 하여 제거하기를 청했다고 되어 있지만, 『북사』에서는 그런 전제는 없이 그냥 제거하기를 청했다고만 되어 있다.

또 전자에서는 주몽의 어머니가 부여인들의 계획을 몰래 알아차리고 주몽에게 탈출을 권유하는 대사[朱蒙母陰知 告朱蒙曰 國將害汝 以汝材略 宜遠適四方]가 있으나, 후자에는 이와 같은 대사는 없이 그냥 일러준다[其母以告朱蒙]로만 축약되어 있다.

그밖에 사냥을 나간 대목에서 전자의 '限之一矢 朱蒙雖矢少…'가, 후자에는 '給之一矢 朱蒙雖一矢…'로 약간 표현의 변화를 가한 것, 내지는 전자에서 주몽이 부여 탈출시에 데리고 간 사람 이름의 '오인(烏引)·오위(烏違)'가 후자에서는 '오위(焉違) 등 두 사람'으로 조금 달랐을 뿐이다.

『위서』는 북제(北齊) 사람 위수(魏收)의 저서이고, 그 뒤 당나라의 학자 이연수(李延壽)가 위(魏)·북제(北齊)·주(周)·수(隋) 네 왕조 즉 북조(北朝)의 역사인 『북사』와, 남송(南宋)·제(齊)·양(梁)·진(陳) 네 왕조 즉 남조(南朝)의 역사인 『남사』 두 가지를 편찬한 것이니, 이로써 그 선후 관계를 짐작할 수 있음이다.

10) 법원주림(法苑珠林)

권21에 실려 있다.

이 책은 당(唐)의 율종승(律宗僧)인 도세(道世)가 A.D.668년에 만든 총 120권의 저작인데, 이 안에 동명왕 탄생 설화로 간주되는 짧은 이야기 하나가 수록되어 있다. 『삼국유사』〈고구려〉의 말미에서도 이것을 별도 소개하고 있다. 같은 승려의 기록인지라 일연이 각별 수록해 놓은 듯싶다.

그 내용은 아주 간단하다. 영품리왕(寧禀離王)의 시비가 임신을 하자 점치는 이가 귀한 몸이라 왕이 되겠다고 예언했다. 왕이 자기 자식이 아니라며 죽이려 하자, 그녀는 하늘로부터 내려온 이상한 기운으로 잉태한 것이라 했다. 왕이 돼지우리와 마구간에 버렸으나 짐승들이 보호하였고, 나중엔 부여(扶餘)의 왕이 되었다고 한 내용이 전부이다.

여기의 왕을 원주(原註)에는 부루왕(夫婁王)의 이칭이라 하였던 바, 『삼국유사』〈북부여〉에 나오는 해부루왕을 뜻한다. 그가 상제의 명령으로 도읍을 동부여로 옮겼고, 동명왕이 해부루의 원래 땅인 북부여를 계승하여 일어났다고 했으니, 이 일과 관련된 설화로 보인다.

다만 여기서는 탄생이적 한 가지만 서술되어 있다. 그런데 기존의 동명왕 설화에서는 볼 수 없던 점쟁이의 예언 모티브가 따로 추가돼 있다는 점이 특기할 만하다.

11) 통전(通典)

권186 변방(邊方)2 동이(東夷)·下〈고구려(高句麗)〉에 들어 있다.

이 책은 당조(唐朝)에 재상을 지내던 두우(杜佑)가 766년에 착수, 근 30년 걸려 편찬한 총 200권 분량의 제도사(制度史)이다.

여기서의 주몽 기록은 『북사』에 비해 현저히 소략하다. 비단 『북사』만 아니라, 중국 역대 이제까지의 그 어떤 문헌보다도 성글다고 하겠다.

先祖朱蒙 朱蒙母河伯女爲夫餘王妻 爲日所照 遂有孕而生 及長 名曰朱蒙 俗言

善射也 國人欲殺之 朱蒙棄夫餘 東南走 渡普述水 至紇升骨城 遂居焉 號曰句麗 以高爲氏.

　　선조는 주몽이다. 주몽의 어머니는 하백의 딸로 부여 왕의 아내가 되었는데, 해의 비침을 받아 잉태를 하고 아이를 낳았다. 그 아이가 자라매 이름을 주몽이라 하였으니, 풍속에 활 잘 쏘는 것을 말한다. 나라 사람들이 죽이려 하자 주몽은 부여를 버리고 동남쪽으로 달아났다. 보술수(普述水)를 건너 흘승골성(紇升骨城)에 이르러 드디어는 거기 머물러 국호를 구려(句麗)라 하고 고(高)로 성씨를 삼았다.

　　그야말로 이규보가 〈동명왕편〉 서(序)에서 서술한 바, "『위서』와 『통전』을 읽어 보니 역시 그 일을 싣기는 하였으되 간략하고 자세하지 못하였다"는 의미를 충분히 실감하게 된다.

　　따라서 더 이상 동명 모(母)인 유화와 결합하는 해모수의 등장도 없고, 난생의 신이함도 거세된 상태이다. 사냥에서의 특출한 능력 발휘도 없고, 어별이 다리 놓는 기적도 간 자리가 없다. 이런 정도이니 당연히 비류국왕 송양과의 대결 모티브거나, 아들 유리와의 관련담 등은 애당초 기대해 볼 나위조차 없어진다.

　　이쯤이면 동명왕 설화도 앞 시대에 누려왔던 신이(神異)·지괴(志怪)의 낭만적인 성향이 어느덧 사실적인 방향으로 옮겨감을 감득할 수 있다. 정녕 중국에서의 동명 설화는 이 무렵에 이르러 그 신이성을 더 이상 보장 받기 어려운 국면으로 들어섰다고 보아야 할 듯싶다.

4. 맺음말

　　이상을 통해서 동명왕 설화에 관한 한국 기사와 중국 기사 사이의 공통점 및 차이점을 추려 보았다.

　　우선 그 공통점이란 대개 탈출이적[脫異]이 고정 화소로 나타났다는 사실이다. 한국의 문헌에선 물론이고, 중국의 10종 문헌의 어느 한 군데에서도 누락을 보이지 않은 부분이다.

난생, 혹은 해 그림자와의 감생(感生) 또한 한·중 전체에 통하는 동명 설화 중의 공동 화소라 할 만하였다. 궁극적으로 탈이(脫異) 및 감생 모티브야말로 동명 관련 설화 전체의 공통분모로 작용해오던 가장 근간이 되는 두 가지 화두라 하여 과언이 아닐 듯싶다.

그 반면 중국 기사 전반에 걸쳐 빠져있는 화소가 있다면 그것은 적대자와의 싸움 모티브[鬪]이다. 이는 중국의 사서들이 한국의 사서인『삼국사기』와 차별되는 사안이기도 하다. 물론『구삼국사』의 〈동명왕본기〉거나 이규보의 〈동명왕편〉에서나 볼 수 있는 싸움에서의 이적[鬪異] 화소에 대한 생략은『삼국사기』도 예외가 아니었지만 최소한 적대자와의 싸움 모티브[鬪] 만큼은 남겨두었던 데 반해, 중국의 사서들에선 그조차도 빠져 있다. 그것은 동명 설화를 담고 있는 중국의 제 문헌들 가운데 가장 상세한 기록으로 판명되어진『위서』에조차 동일한 현상을 나타내었다.

생각건대 같은 신화 속의 이적이라 할지라도 감생이적이나 탈출이적은 소극적인 이적이다. 곧 주인공의 적극적인 의지 및 능력에 좌우되어진 그런 이적은 아니다. 그런 반면 적과의 싸움이적은 전적으로 주인공의 능력이 적극적으로 발휘되어지는 이적으로 구별지어 말할 수 있다.

이처럼 주인공 능력의 적극적인 발현은『구삼국사』및 〈동명왕편〉에서 가장 확실하게 나타났고 그 다음으로는『삼국사기』라고 할 수 있지만, 중국의 문헌들에서 이처럼 소극적인 이적만을 기록하게 된 이유는 이규보의 말대로 그것이 남의 나라의 신화이기 때문이었다. 게다가 그들 개념으로는 한갓 동이(東夷) 곧 동쪽 오랑캐의 역사에 지나지 않았던 까닭도 있었을 터이다.

하지만 그 같은 현상적 배경의 또 다른 이면에는 중국인들의 역사 서술 태도도 중요한 기제로 작용했을 것으로 추정된다. 말하자면 우리의『삼국사기』에는 개권의 벽두를 장식하고 있는 〈박혁거세〉부터가 신화라는 이름으로 더 명명되고 있다. 그 외 열전 중의 상당 부분은 국문학의 설화 연구의 보고(寶庫) 역할을 하고 있다. 이처럼 한국의 12세기 사술 안에서조차 신화적·낭만적인 터치를 무수히 산견할 수 있거니와, 그 반면 중국의 경우는 기전체(紀傳體) 역사의 원조로서 기원전 2세기에 이루어진 사마천의『사기』에서부터도 최대한 사실적인 서술 태도를 견지해 왔던 전통을 쉽게 간과할 수 없다.

　그러나 여기서 또 한 가지 특기할 만한 사실이 있다. 그것은 한국의 신화로서 중국 문헌에조차 수록된 사례는 지금 이 〈동명왕〉 사적 한 가지일 뿐이라는 것이다. 예컨대 고구려에는 시조 동명왕의 신화가 있듯이 신라에 또한 시조 박혁거세의 신화가 맞서 존재하여 있고, 『삼국사기』·『삼국유사』 등에서 대등하게—어쩌면 더 우단(右祖)하여—다루고 있다. 하지만 신라 시조 혁거세에 관련된 기록은 중국의 사서 어디를 수소문해 찾아봐도 종내 그 확인이 막연하다. 시조담(始祖談) 같은 것은 애당초 없는 대신, 기껏 신라 열전이 나타난 첫 문헌인 『양서(梁書)』, 또는 그 뒤의 『북사』 같은 데서 '그 조상은 본래 진한(辰韓) 종족[新羅者 其先本辰韓種也]'이라고 쓴 것, 또는 『당서(唐書)』에서 '변한(弁韓)의 자손[新羅 弁韓苗裔也]'으로 적은 것이 고작이다. 『수서』에는 비록 신라 열전을 따로 두었음에도 그 선조에 관한 기록은 전무하고, 『위서』와 『주서』에는 고구려와 백제 열전은 있지만 신라 열전은 아예 설정조차 돼 있지 아니하였다. 위에 든 모든 중국의 사서들이 비록 분량 면에서 많고 적은 상대적 차이야 있을망정 고구려 시조 관련 기록만큼은 두루 용심(用心)하였던 사실과 견주어 상당히 대조적이다.

　한민족 최고(最古)의 국조로 알려진 단군에 관련한 기사도 중국의 문헌류에는 일체 그 발견이 어렵다. 한반도 관련 중국 최초의 사술(史述)이랄 수 있는 사마천의 『사기』 열전 〈조선전(朝鮮傳)〉에 처음 보이는 임금은 위만(衛滿)이었다.

　『사기』에서뿐 아니라 『삼국사기』에도 단군에 관한 기록은 나타남이 없고, 훨씬 더 나중인 『삼국유사』 및 『제왕운기』에 와서야 비로소 그 면모가 드러난다. 가야 건국의 주인공 김수로에 관련한 신화도 『삼국유사』에서나 볼 수 있을 따름이고, 시조 신화의 지평을 열었던 석탈해나 김알지 관련 기록도 『삼국사기』나 『삼국유사』 등 우리의 문헌 안에서만 확인 가능할 따름이다.

　이로써 〈동명왕〉 신화의 한국 신화적 위상과 가치는 절로 명백해진다.

호동 왕자와 낙랑 공주(1) - 낙랑국의 정체-

1. 머리말

호동(好童) 왕자와 낙랑(樂浪) 공주 이야기는 A.D.32년의 한반도 북방이라는 시공 안에서 발생했턴, 고구려와 낙랑 사이의 역사적 실제 사건이었다. 사실(史實)이라 했을 때 가장 대두되는 문제는 당시 최리(崔理)가 왕을 했다는 '낙랑국(樂浪國)'의 정체에 관한 것이었다. 나아가 낙랑이 당시 한사군(漢四郡) 중 하나인 '낙랑군(樂浪郡)'과의 관련 여부, 고구려·옥저 등과의 외교적 관계 및 정치적 위상 그리고 궁극에는 낙랑 왕 최리와 낙랑 공주의 국적 등이 가장 첨예의 관심사가 될 것이었다.

작게는 두 남녀, 크게는 두 나라에 관한 이 운명담은 『삼국사기』 고구려 본기 제2 〈대무신왕(大武神王)〉 15년 4월 조에 기록되어 있으니, 그 전체의 전말을 고스란히 옮겨 보이면 이러하였다.

夏四月 王子好童 遊於沃沮 樂浪王崔理出行 因見之 問曰 觀君顏色 非常人 豈非北國神王之子乎 遂同歸 以女妻之 後好童還國 潛遣人告崔氏女曰 若能入而國武庫 割破鼓角 則我以禮迎 不然則否 先是 樂浪有鼓角 若有敵兵 則自鳴 故令破之 於是崔女將利刀 潛入庫中 割鼓面角口 以報好童 好童勸王襲樂浪 崔理以鼓角不鳴不備 我兵掩至城下然後 知鼓角皆破 遂殺女子 出降.

여름 4월에 왕자 호동이 옥저(沃沮)로 외유(外遊)하였는데, 낙랑왕 최리가 여기 나온 길에 그를 보게 되어 물었다. "그대의 얼굴 모습을 보아 하니 예사 사람이 아닌지라, 북쪽 나라 대무신왕의 아들이 아닐까 보리오!" 하고는 마침내 함께 낙랑으로 돌아와서 자신의 딸을 그의 아내로 맞게 하였다. 뒷날 호동이 자기 나라로 돌아가서 몰래 사람을 보내 최씨녀에게 이르기를, '그대가 만약 그대 나라의 무기고에 들어가서 북과 뿔피리를 부순다면 내가 예(禮)로써 맞을 것이로되 그렇지 않으면 맞지 않을 것이오' 하였다. 이 일이 있기에 앞서, 낙랑에는 북과 뿔피리가 있었는데 만약 적병의 기습이 있으면 저절로 소리내어 울었다. 그런 연유로 이를 부수라고 했던 것이다. 이에 최씨녀는 날카로운 칼을 가지고서 무기고 속으로 몰래 들어가 북의 옆면을 찢고 피리의 입구를 망가뜨리고는 호동에게 그 사실을 알리니, 호동은 왕에게 낙랑을 습격하도록 권하였다. 최리는 북과 피리가 울지 않아 대비하지 못하다가, 그 사이 이쪽 고구려 군사가 낙랑성 아래까지 엄습해 닥친 뒤에야 북과 피리가 모두 부서진 것을 알고서 드디어는 딸을 죽이고 나와서 항복하였다.

덧붙여 이 기록의 바로 뒤에 세자(細字)로 주기(注記)한 것이 있으되,

  或云 欲滅樂浪 遂請婚 娶其女爲子妻 後使歸本國 壞其兵物.
  혹은 말하기를, 낙랑을 없애고자 청혼하여 그 딸을 데려와 며느리로 삼고는 나중에 본국으로 보내 그 병장기들을 부수도록 시켰다고 한다.

요긴한 참조의 대상이 될 것이다.

2. 본론

돌이켜보면 이 사술(史述) 안의 최리 낙랑국에 대한 역사적·지정적인 위상에 관하여는 그 바탕이 명백하지 못하였다. 예컨대 이것을 한(漢)의 무제(武帝)가 B.C. 108년~B.C.107년에 걸쳐 한반도 식민지화로 세운 한사군(漢四郡) 가운데 한 군현으로서의 낙랑군으로 간주하는 일단의 견해가 있다. 그런가 하면 이때의 낙랑을 한나라 군현의 하나인 낙랑군이 아닌, 평양을 중심으로 한 독립 세력의 낙랑국으

로 간주하는 견해마저도 있다. 이러한 문제 마당에서는 필경 위『삼국사기』기록의 '낙랑'과 관련하여 연속 기술되어지는 부분들을 계속 예의 주시하며 점독(點讀)할 필요가 있다. 곧 최리의 항복 후 5년 뒤인 왕 20년(A.D.37)에,

王襲樂浪滅之.
왕은 낙랑을 습격하여 이를 멸망시켰다.

낙랑 멸망의 일이 특기(特記)되어 있고, 다시 이로부터 7년 뒤인 왕 27년(A.D.44) 9월에는 한의 낙랑 정벌에 관한 일이 서록(敍錄)되어 있다.

漢武帝遣兵 渡海伐樂浪 取其地爲郡縣 薩水已南屬漢.
후한 광무제가 군사를 파견하여 바다 건너 낙랑을 정벌하고 그 땅을 취하여 군현을 삼으니, 살수 이남은 한나라에 속하게 되었다.

그리하여 최리가 왕을 하였다는 낙랑과 한사군의 낙랑을 동일시한 것인지 아닌지의 여부를 판단 짓는 문제에 관련하여 미혹에 빠지게 된다. 그러나 십분 이해하여 위에서 광무제가 정벌했다는 낙랑이 A.D.37년 고구려가 정복한 옛 낙랑으로 간주한다손 쳐도, 문제는 여기서 간단하게 끝맺음하기 어렵다. 『삼국사기』의 메시지대로 고구려가 A.D.37년에 낙랑을 멸망시켰다는 인식에도 불구하고, 그 뒤에조차 낙랑이란 명칭은 여전히 건재하였기 때문이다. 즉 A.D.44년(대무신왕 27년)에 한나라가 바다 건너 출병하여 그 땅을 취해 군현을 삼았다고 한 바로 앞의 기록뿐 아니라, 그로부터 3년 뒤인 A.D.47년 민중왕(閔中王) 4년 10월의 기사에조차 낙랑이 한나라 본국에 복속(服屬)된 영지의 개념을 띤 채 그 칭호가 의연하게 남아 있을 따름이었다.

冬十月 蠶友落部大家戴升等一萬餘家 詣樂浪投漢(後漢書云大加戴升等萬餘口).
겨울 10월에 잠우(蠶友) 부락의 대가(大家)인 대승(戴升) 등 일만여 호가 낙랑을 찾아가 한에 투항하였다.(『후한서』에는 대가(大加) 대승(戴升) 등 일만여 호라 하였다.)

그 다음에는 낙랑 관계 기사가 잘 보이지 않고 〈태조대왕〉 59년, 69년 조 및 〈동천왕〉 20년 조에서 현도(玄菟) 관련의 일이 다소 규관(窺觀)되는 정도였다. 그러다가 낙랑군에 관한 오랜 적막이 깨진 것은 A.D.313년, 곧 고구려 미천왕(美川王) 14년의 때를 기하여서였다.

十四年冬十月 侵樂浪郡 虜獲男女二千餘口.
14년 겨울 10월에 낙랑군을 침공하여 남녀 이천여 명을 포로로 사로잡았다.

여기서는 아예 낙랑군으로 명기되어 있다. 앞서 A.D.37년 멸망의 낙랑이 A.D.313년 패전을 본 한사군의 낙랑과는 별도의 존재라는 인식이 드는 것도 무리는 아니다.

그렇다고 한다면, 적어도 호동이 낙랑에 관여했던 A.D.42년 대무신왕의 고구려와 최리의 낙랑이 상호 공존해 있을 때를 기하여는, 한사군의 낙랑이 있는데 더하여 최리 지배하의 낙랑이 같은 시간대 안에 병립해 있었다는 뜻이 된다.

나아가, 이렇듯 한사군의 낙랑 이외 또 하나의 낙랑이 있었다고 할진대『삼국사기』거나 혹은 어떤 다른 곳에서든 이것의 존재를 수긍토록 할 만한 어떤 문헌 기록상의 뒷받침이라도 있어야 좋았을 텐데, 끝내 난망할 따름이었다.『삼국사기』야 애당초 그것이 두 개의 낙랑인지 하나의 낙랑인지를 분간하여 읽도록 할 만한 별반의 단서 등을 보여준 것이 없다. 이를테면 두 개의 옥저거나 동예에 대해 애당초 생각해 본 일이 없는 것과 마찬가지로.

그럼에도 또 하나의 낙랑이 있었다고 할진대, 이쪽『삼국사기』에서뿐 아니라 어째서 중국의 역사서에도 그에 관한 일단의 언급조차 없었던 것일까? 중국 편 문헌과 관련하여, 대무신왕 시대의 배경이며 상황을 가장 가깝게 고증 가능한 사료가 되는『후한서』에서는 어떠한 낙랑인지에 대해 구별해 볼 나위는커녕 아예 최리 낙랑의 멸망의 흔적조차 확인할 길이 못내 막연하였다.

이런 일은『후한서』와『삼국사기』기록의 상호 긴밀성을 감안하였을 때 실로 양해되기 어려운 문제로 남게 된다. 이 두 역사서의 서로 합치 호응되는 정도가 어느만큼 되는지는 그다지 어렵지 않게 확인할 수 있다. 일례로 앞에 인용한『삼국사기』A.D.47년(민중왕 4년)의 기사를 다시 보되,

> 冬十月 蠶友落部大家戴升等一萬餘家 詣樂浪投漢[後漢書云大加戴升等萬餘口].
> 겨울 10월에 잠우(蠶友) 부락의 대가(大家)인 대승(戴升) 등 일만여 호가 낙랑을 찾아가 한에 투항하였다.[『후한서』에는 대가(大加) 대승(戴升) 등 일만여 호라 하였다.]

김부식도 주기에다 아예『후한서』에 대한 참조를 밝혀 놓고 있거니와, 실제 A.D. 47년의 중국을 찾아 들어가면 후한 광무제 건무 23년에 해당하고, 이 해의 일을 살펴볼 때 과연 겨울 10월[冬十月] 조가 있는 가운데 그 뒤의 행에,

> 冬十月丙申 太僕張純爲司空 高句麗率種人 詣樂浪內屬.
> 겨울 10월 병신일에 태복(太僕) 장순(張純)이 대사공이 되었다. 고구려가 종족을 거느리고 낙랑에 찾아와 우리 한(漢)에 귀속하였다.

의 기록이 밝게 나타나 있음을 본다. 하지만 김부식이 보았다던『후한서』의 기사는 여기가 아니고, 동이열전75의 〈고구려〉 조이다. 이 안에 있는 광무제 재위 연간의,

> 二十三年冬 句驪蠶支落大加戴升等萬餘口詣樂浪內屬.
> 23년 겨울 고구려의 잠지(蠶支) 부락 대가(大加)로 있던 대승(戴升) 등 일만여 호가 낙랑에 찾아와 우리 한에 귀속하였다.

을 보았던 것이다.『삼국사기』가 밝힌바 '대가(大加)'와 '대가(大家)'의 차자(差字) 말고도, 여기서 부락명으로서의 '잠지(蠶支)'를『삼국사기』에는 '잠우(蠶友)'로 착기(錯記)하였거니와, 두 문헌 사이의 긴밀함이 역력히 반영되고 있다.

그런데『삼국사기』가 A.D.32년 고구려와 최리의 낙랑 사이에 일어났던 일을 상당한 비중으로 기록해 놓았던 사실의 반면에,『후한서』의 A.D.32년 즉 광무제 건무 8년 조를 아무리 괄목하여 본대도 그 같은 기사는 어디서고 찾아볼 길 없었다. 대신, 낙랑의 최리가 딸을 죽이고 고구려에 항복했다고 한 것은 4월의 일이라 했

거니와, 바로 그 4월에 광무제의 한나라에서는 사예교위(司隷校尉) 부항(傅抗)을 하옥시켜 죽게 한 일과, 광무제가 친히 외효(隗囂)를 정벌하러 나간 일, 영천(潁川)에 도적이 일어나고 하동(河東)의 군사가 반(叛)해 서울이 시끄러웠다는 일만이 적혀 있을 뿐, 낙랑 최리의 사건은 눈 씻고 찾아도 볼 수 없었다.

이와 대조하여 기가 막힐 노릇은, 바로 같은 해 A.D.32년 12월의 기사에서 만큼 한 가지 일을 두 문헌에서 동시에 목격할 수 있다는 사실이다.

- 十二月 立王子解憂爲太子 遣使入漢朝貢 光虎帝復其王號 是立武八年也.(『삼국사기』 권14 고구려 본기2 〈대무신왕〉 15년 12월 조)
  12월에 왕자 해우(解憂)를 세워 태자로 삼았다. 사신을 한으로 보내어 조공하니 광무제는 왕호를 고쳐 쓰게 하였다. 이때는 광무제 선 지 8년 되는 해였다.
- 十二月 高句麗王遣使奉貢.(『후한서』 권1·하 〈광무제기〉1·하 건무 8년 조)
  12월에 고구려왕이 사신을 보내어 조공을 바치었다.
- 建武八年 高句麗遣使朝貢 光武復其王號.(『후한서』 권85 동이열전75 〈고구려〉)
  건무 8년에 고구려가 사신을 보내어 조공하였더니, 광무제는 고구려의 왕호를 돌려주었다.

『삼국사기』와 『후한서』의 기록 간에 이렇듯 아무런 차질 없이 잘 부합되어 있다. 그런데도 하필 최리가 낙랑을 들어 고구려에 항복하였다던 『삼국사기』의 그 사적(史跡) 만큼 『후한서』에서는 전혀 몰각되어 있는 것일까? 게다가 A.D.37년(대무신왕 20년) '왕이 낙랑을 습격하여 이를 멸망시켰다[王襲樂浪滅之]'는 『삼국사기』의 중요 기사가, 역시 『후한서』에서는 고스란히 탈루(脫漏)되어 있다는 사실로써 의문을 더하게 된다.

이 같은 현상에 대해 다만 이렇게 생각해 볼 수는 있다. 다름 아니라 『삼국사기』와 『후한서』에 공통으로 기사화되는 경우라고 하면, 대개는 양국 간에 서로 선린 외교상 왕래하였거나 전쟁을 벌였거나 하는, 대외 관계 상의 공동 사항 안에 걸려 있을 때가 아닌가 하는 것이다. 그렇다고 한다면 고구려에 항복했다는 최리의 낙랑은 한의 낙랑군과는 아무 관계도 없다는 뜻이 된다. 이것은 앞에서 최리 낙랑의 멸망(A.D.37년) 이후에도 낙랑 관계 기사가 계속하여 나타났고 결국 한사군의 낙랑 멸망이 4세기에나 이루어졌다는 사실과 더불어서, 소위 한사군의 낙랑 이외에 별개 낙랑의 존재설을 공고히 하는 유력한 실마리가 된다.

그럼에도 불구하고 조선조의 성호(星湖) 이익(李瀷, 1681~1763)은 여기의 낙랑 또한 당연히 한사군의 낙랑과 동일하게 인식한 채 서술하고 있다. 그는 『성호사설(星湖僿說)』 천지문(天地門) '조선사군(朝鮮四郡)'에서 한나라가 조선 땅을 빼앗아 만든 4군의 유래에 대해 『문헌통고(文獻通考)』·『삼국사기(三國史記)』·『자치통감(資治通鑑)』·『한서(漢書)』·『후한서(後漢書)』 등 사료를 동원하여 증거하고 검토하였다. 그 내용 후반은 전적으로 낙랑군 관계를 서술하고 있는데, 그 과정에서 고구려 대무신왕 20년 즉 곧 한나라 건무 13년과 건무 20년 중에 있었던 낙랑의 흥망·소장(消長)에 대해서도 자신의 견해를 피력해 보이고 있다.

又按句麗大武神王襲樂浪滅之時漢健武
十三年也 至建武二十年 漢遣兵渡海伐樂浪
取其地爲郡縣 薩水以北皆屬漢 是時句麗雖
據樂浪之墟 其國都尙在鴨綠之西 樂浪主雖
逃居于遼 與故域隔絕 而句麗阻其間 引漢
兵渡海來復故域 是役也 伐樂浪故地 非伐
樂浪主也 其實伐句麗也 樂浪滅已久矣 又
誰伐哉.

또 생각건대, 고구려의 대무신왕이 낙랑을 습격하여 멸했을 때는 한나라 건무(建武) 13년이다. 건무 20년에 와서 한나라에서 군대를 보내 바다 건너 낙랑을 치고, 그 땅을 빼앗아 군현을 만들었으니 살수(薩水) 이북이 모두 한나라에 속했다. 이때에 고구려가 비록 낙랑의 터전을 차지했었지만 도읍지는 아직도 압록강 서쪽에 있었으며, 낙랑주(樂浪主)가 비록 요동에 도망가 있어서 영지(領地)와

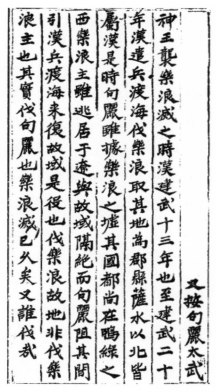

이익의 『성호사설』 권3의 天地門 '朝鮮四郡'

단절되고 또 고구려가 그 사이에 가로막고 있었지만 한나라 군대를 이끌고 바다를 건너와서 영지를 회복했던 것이다. 이 행위는 이전 낙랑 땅을 친 것이고 낙랑주를 친 것이 아니니, 실제로는 고구려를 친 것이다. 낙랑은 이미 멸망한 지 오래인데, 또 누구를 치겠는가?

여기서 보면 A.D.37년 고구려 대무신왕이 차지한 낙랑 땅을 낙랑군의 옛 땅으로, 또한 7년 뒤인 A.D.44년 한나라가 군대를 보내 그 땅 빼앗은 일을 낙랑군의 고지(故地) 탈환, 곧 옛 영지 회복 개념으로 당연히 인식하고 있음을 본다. 그러할 뿐이었지만, 성호가 이것을 낙랑군 변천사의 일환으로 다루었다는 가장 노골적이고 분명한 언어를 그 자신이 직접 천명하고 있다. 다름 아닌 '조선 사군'의 최종 말미에다, '뒷날 태사씨(太史氏)로서 낙랑 세가(樂浪世家)를 짓는 이가 있다면 반드시 이에서 취할 바가 있을 것이다[後有太史氏作樂浪世家 必有取斯矣]'라고 함으로써, 그가 발췌하여 논의한 낙랑 관계 모든 기록을 낙랑 세가의 전초 작업과 같은 의미로 생각했음을 밝게 알 수 있는 것이다.

순암(順菴) 안정복(安鼎福, 1712~1791)은 합리주의적 사관에 입각하여 김부식의 『삼국사기』를 편년 강목체(綱目體)의 방식으로 재구성하여 편술하였다. 그것이 『동사강목(東史綱目)』이니, 이에서 역시 대무신왕 15년(A.D.32) 4월에 있었다는 고구려의 낙랑 정벌에 관한 『삼국사기』의 사록을 A.D.32년 임진년 하(夏) 4월 강(綱)의 첫머리에 '高句麗襲樂浪降之'로써 인용하고 있다. 그리고 그 아래 목(目)에다가도 『삼국사기』의 기술을 그대로 옮겨 기록하였다.

王子好童 遊(於)沃沮 樂浪王崔理 出行(因)見之….

『삼국사기』와 대조해서는 (　) 안의 글자만이 생략되었을 뿐이었다. 그것은 하등 대수로울 일이 없으나, 정작 괄목할 사실은 바로 윗글 중 낙랑왕이란 어휘 아래 주기(注記)해 놓은 '안(按)'의 글 내용에 있었다.

按樂浪爲中國之郡 則豈有稱王之理 盖厠於三國之間 其勢如王 故東人稱之爲

王耳.

　생각건대 낙랑은 중국의 군(郡)이니 어찌 왕이라 칭했을 리 있겠는가? 아마 삼국의
사이에 끼어 있으면서도 그 세력이 왕과 같았던 까닭에 우리나라 사람이 왕으로 일컬
었을 뿐이었다.

　이로써 안정복도 최리가 섭정했던 낙랑을 당연히 한사군의 낙랑 한가지로만 여겼
을 따름으로, 낙랑군 이외 별개 낙랑국의 존재 같은 것은 애당초 관념 밖에 있었다.
　이렇듯 최리 낙랑국에 관한 관점이 일정하지 않아 서로 다른 갈래로 인지되는
마당에서는 한 단계 더 세부적인 검토가 절실히 요구된다. 그런데 마침 낙랑 문제
고구(考究)를 위한 적절한 단서가 한 가지 포착된다. 지금 낙랑의 지도자 최리가
딸을 죽이고 고구려에 항복했다던 해는 A.D.32년의 일로 되어 있거니와, 실로 공
교롭게도 그보다 2년 앞인 A.D.30년에 낙랑 관련의 중대한 기사를 『후한서』가
실어 놓은 것이 있다. 곧 후한 광무제 건무 6년에 들어가는 이 해의 가을 기록이
그것이다.

　　初樂浪人王調據郡不服　秋　遣樂浪太守王遵擊之　郡吏殺調降.
　　처음에 낙랑 사람 왕조(王調)가 군(郡)을 점거한 채 불복하였더니, 가을에 낙랑태수
왕준(王遵)을 보내어 공격하자 낙랑군의 관리가 왕조를 죽이고 항복하였다.

　낙랑군은 한사군 가운데도 가장 중추인데, 바로 그 낙랑군의 통수 체제에 크나
큰 변고가 일어나 한나라 정부에 적잖은 부담을 야기한 사건이다. 그렇거니와 실
상은 여기서 낙랑군을 점거하여 한에 반역한 왕조(王調)라는 인물은 조선 본토인
이었다. 또한 왕조를 죽인 낙랑군 관리란 사람은 왕굉(王閎)이었다. 그것을 어떻
게 알 수 있었는가? 위의 왕조 반란 사건은 〈광무제기(光武帝紀)〉에 실린 것 말고
도, 같은 『후한서』 열전 가운데 다시 한 번 개진되어 나타난다. 다름 아닌 본서
권76 순리열전(循吏列傳) 중의 〈왕경(王景)〉 열전에서 더 구체적인 정황을 볼 수
있게 된다.

八世祖仲…齊哀王襄謀發兵 而數問於仲 及濟北王興居反 欲委兵師仲 仲懼禍及
乃浮海東奔樂浪山中 因而家焉 父閎 爲郡三老 更始敗 土人王調殺郡守劉憲 自稱
大將軍 樂浪太守 建武六年 光武遣太守王遵將兵擊之 至遼東 閎與郡決曹史楊邑等
共殺調迎遵 皆封爲列侯 閎獨讓爵 帝奇而徵之 道病卒.

『후한서』 권76 循吏列傳 안의 〈王景傳〉

8대조인 왕중(王仲)은 … 제(齊)의 애왕(哀王) 양(襄)이 군대 출동을 계획함에 자주 왕중에게 자문하였다. 제북왕(齊北王) 흥거(興居)가 돌아서매 군대를 왕중에게 맡겨 벼슬을 내리게 하자, 왕중은 화가 미칠까 두려워 바다 동쪽으로 배를 타고 낙랑 산중으로 도망하여 터전을 잡고 살게 되었다. 아버지인 왕굉은 낙랑군의 삼로(三老)가 되었으나, 경시(更始) 연간에 패하게 되자 토착민인 왕조(王調)가 낙랑 군수인 유헌(劉憲)을 죽이고 스스로 대장군에 낙랑태수라 칭하였다. 건무 6년에 광무제가 태수 왕준(王遵)을 파견하여 군사를 이끌고 치도록 했다. 요동에 이르렀을 때 왕굉은 낙랑군 결조사(決曹史)인 양읍 등과 더불어 왕조를 죽이고 왕준을 맞아들였다. 그들 모두 열후(列侯)에 봉해 주었는데, 왕굉 만은 작위를 사양하였다. 황제는 그러한 그를 기특히 여겨 불러들였으나 배알하러 가는 도중에 병으로 죽고 말았다.

여기 왕조 반란의 전말을 통해 우리는 중대한 낙랑군 관계의 정보 한두 가지를 추려보는 일이 가능해졌다.

우선은 A.D.30년의 시점 안에서 낙랑군 군수의 직임에 있었던 인물은 유헌(劉憲)이었고, 낙랑태수의 직함과 관계있던 인물은 본토 사람 왕조(王調)와 중국인 왕준(王遵)이었다는 사실이다. 또한 낙랑군 내 요동 땅에서 일어난 반란의 과정 안에서, 왕조가 표방하던 처신과 한나라 행정부가 행한 수습책 및 사후 조처하는 모양으로 낙랑군 본영의 지정적(地政的) 위치를 요득(了得)할 만하다는 것이다. 낙랑군의 본영에 대한 이 같은 소재(所在) 파악은 A.D.32년 고구려에 항복 당한 최리의 낙랑이 자리했던 터전과 대조하여 보탬 되는 바가 있으리라 여겨진다.

그리하여 최리 낙랑의 위치가 어디쯤 되는지를 파악하는 일이 중요하다 하겠거니와, 『삼국사기』가 시사하는 바의 기록을 음미해 읽었을 때 접근의 소지가 아주 없지는 않다. 곧 왕자 호동이 옥저(沃沮) 땅을 유력(遊歷)하고 있었는데 낙랑왕 최리가 같은 곳에 나왔다가 호동을 만나게 되었다는 대목이 그것이다. 그들이 공통적으로 갈 수 있었고, 만날 수 있었던 공간으로서의 옥저임에 유의함이다.

옥저는 고구려의 남쪽, 지금의 동해안 함경남도 함흥 지역을 중심으로 터전을 잡았던 나라였다. 이 같은 연맹왕국 시대에 그 바로 아래는 낙랑군이 할거해 있던 상태였다. 낙랑군의 강역(疆域)은 평양을 당연 포함해 있었으니, 바로 평양 서남편 토성리(土城里)에서의 낙랑군 유적 발견이 그것을 도와 입증하고 있다.

앞에서 A.D.32년의 왕조(王調) 반란 사건을 기술한 『후한서』는 그 아래 주기(注記)에다 낙랑의 소재지를 요동으로 밝혀 놓고 있다.

樂浪郡 故朝鮮國也 在遼東.
낙랑은 군으로서 옛 조선국이었으니, 요동에 있었다.

『후한서』 지(志)23 군국(郡國)5 〈낙랑(樂浪)〉에 보면 낙랑군은 후한 당시 조선현(朝鮮縣), 염한현(𫞥邯縣), 패수현(浿水縣) 등 모두 18개의 속현[十八城]을 두었음을 알 수 있다. 이 중 조선현은 그것의 으뜸 관부로서 군치(郡治)가 이루어졌던 곳이다. 그 소재지에 대하여는 평양 혹은 평양 서남쪽의 토성리 일대라는 견해가 있는가 하면, 요동의 대능하(大凌河) 동쪽의 요하(遼河)라는 논의도 함께 있는 마당이다. 어쩌면 그것이 낙랑군 치세(治歲) 400여 년 동안 한곳에 고정하여 있던 대신, 시대 추이에 따라 치소(治所)의 이동이 이루어졌는지에 관해서도 생각해 볼 문제이다.

하지만 적어도 A.D.30년에 토착인 왕조가 낙랑군 최고 영수인 낙랑태수 유헌을 죽이고 대장군 낙랑태수를 자칭하였던 그 사건의 장소를 『후한서』는 요동이라 했거니와, 전체의 통할권을 좌우하는 태수의 지위를 놓고서 반역과 토벌이 이루어진 일대 변란의 현장이 낙랑군의 핵심 요충 지역인 것만은 틀림없어 보인다.

한편, 낙랑군의 군치(郡治) 수부(首府)의 본거지가 어디였는지에 상관없이 18성 전체에 걸치는 낙랑군의 강역 범주는 보다 광대한 데 미쳤던 것만큼 엄연한 사실이었다. 이 무렵의 낙랑군 관할 범위가 얼마만큼 광원(廣遠)하였는지에 대하여는, 실로 공교롭게도 낙랑군 내부에 왕조의 반란이 일어난 A.D.30년경 한(漢) 정부의 낙랑 정책에 대한 다음과 같은 기록 안에서 충분히 헤아림해 볼 길이 있다.

武帝滅朝鮮 以沃沮地爲玄菟郡 後爲夷貊所侵 徙郡於高句驪西北 更以沃沮爲縣 屬樂浪東部都尉 至光武罷都尉官 後皆以封其渠帥 爲沃沮侯.(『후한서』 권85 동이열전75 〈동옥저〉)

한무제가 조선을 멸하고 옥저 땅으로 현도군을 삼았더니, 나중에 이맥(夷貊)에게 침략 당하여 군(郡)을 고구려 서북쪽으로 옮기고, 다시 옥저로 현(縣)을 만들어서 낙랑의 동부도위(東部都尉)에 소속시켰다. 그러다가 후한 광무 6년(A.D.30년)에 이르러 도위관(都尉官)을 없애고 이후로는 모두 그 우두머리로 옥저후(沃沮侯)를 삼았다.

武帝…至元封三年 滅朝鮮 分置樂浪臨屯玄菟眞番四部[郡] 至昭帝始元五年 罷臨屯眞番 以并樂浪玄菟 玄菟復徙高句驪 自單單大領已東 沃沮濊貊悉屬樂浪 後以境土廣遠 復分領東七縣 置樂浪東部都尉 … 建武六年 省都尉官 遂棄領東地 悉封其渠帥爲縣侯 皆歲時朝賀.(『후한서』 권85 동이열전5 〈예(濊)〉)

무제는 … 원봉(元封) 3년(B.C.108년)에 조선을 멸하고, 낙랑·임둔·현도·진번의 4부를 나누어 설치했다. 소제(昭帝) 시원(始元) 5년(B.C.82년)에 와서 임둔·진번을 없애고 낙랑과 현도에 합병시켰다. 뒤에 현도는 다시 고구려 쪽에 옮겨 갔으니 단단대령(單單大領) 동쪽에서부터 옥저·예맥은 모두 낙랑에 속하게 되었다. 하지만 그 뒤에 영토가 광대해져서 다시금 영동(領東)의 7현을 분리시켜 낙랑의 동부도위(東部都尉)에 두었다.… 건무 6년(A.D.30년)에 도위관을 줄이매 결국 영동 땅의 관할을 포기하는 대신, 거기의 우두머리를 봉하여 현후(縣侯)를 삼았거니와 그들 모두 세시(歲時)에는 한(漢)에 입조하여 하례를 드렸다.

『후한서』 권85 東夷列傳에 있는 동옥저(左)와, 濊(右)의 기록

　낙랑군이 A.D.30년 이전에 이미 옥저마저 병합시켜버린 상태에서 한반도 안의
비대해진 직속 관할령을 행정적으로 분담 개편할 수밖에 없었던 상황을 일목요연
하게 설명해주고 있다.

　낙랑왕 최리가 딸을 죽이고 고구려에 항복했다던 『삼국사기』의 기록이 가리키
는 시점은 이로부터 2년 뒤의 것이다. 이 한·중의 역사서를 전적인 신뢰의 바탕
위에 놓고 본다면 이때는 옥저가 이미 낙랑군 소속으로 되고 난 다음이다. 『삼국
사기』에는 A.D.32년에 낙랑왕 최리가 옥저에 출행했다고 했는데 보다 정확히 말
한다면 낙랑군 휘하가 된 옥저현(沃沮縣)에 행차하였던 셈이다. 그리하여 낙랑군
의 최리를 낙랑군 산하의 어떤 우두머리 직위에 있는 사람이라 가정했을 때, 그가
이미 낙랑 예하의 땅이 된 옥저에 행차할 수 있었다는 사실은 그 자체 전혀 무리
없이 자연스런 일이 된다.

　이와는 반대로 최리의 출행을 오히려 한사군의 낙랑 말고 옥저 가까운 곳에 또

하나의 낙랑 소국(小國)이 있어서 그 소국의 왕이 낙랑군 직속령인 옥저 땅에 행차했다고 한다면, 그것이 차라리 무리한 사실이 되고 말 것이다. 바로 이 최리의 낙랑에 대해 일찍 이익이나 안정복이 아무 의심도 없이 낙랑군의 낙랑으로 생각했던 일은, 바로 위와 같은 정황 배경을 통해 보았을 경우에조차 합당한 근거가 마련되어 있다.

다만 한 가지, 『삼국사기』에 최리라는 존재를 낙랑의 왕으로 일컫은 사항이 문제의 여지로 대두될 수 있다.

낙랑태수가 낙랑의 최고 통수권자인지라 낙랑왕으로 편의상 명칭한 것인가? 앞에서 A.D.30년에 일어난 왕조 반란 사건의 해결을 위해 한나라 정부가 파견한 최고 책임자로서의 낙랑태수는 왕준이라 했거니와, 그로부터 두 해 뒤인 A.D.32년을 기하여는 최리가 낙랑태수를 임용받고 있었단 말인지 의심스럽다. 한나라 때 조선 4군의 태수를 지낸 인물이 반드시 『한서』·『후한서』나 인명사전류 안에서 존재가 나타나란 법은 없지만, 최리의 경우는 중국 편 문헌 안에서 못내 존재 확인이 되지 않는다. 그러면 최리는 혹 낙랑 파견의 한인(漢人)이 아니라, 당시에 왕조와 같은 토착 지도층 세력에 속하는 인물은 아니었을까에 관해 생각을 넓혀 볼 필요가 있다. 따라서 이 마당에 낙랑왕 최리의 본색에 접근하는 일과 관련하여, 바로 그 A.D.30년(광무제 6년) 당시 한 정부가 낙랑군에 대해 펼친 정책 안에서 모색의 실마리를 잡을 수 있을 것으로 생각이 미친다.

이 해에 한나라가 지나치게 팽창된 영토 관리 문제로 인해 변방 군 가운데 이전 단단대령(單單大領) 동쪽의 동부도위를 생략하는 대신, 그 고을 우두머리로 현후(縣侯)를 삼았던 사실을 앞서 『후한서』의 〈동옥저〉 및 〈예(濊)〉의 기록을 통해서 보았거니와, 이 일은 워낙에 특기할 만한 사실이었던지 그 뒤의 사서인 『삼국지』의 위서(魏書) 동이전 〈동옥저〉 안에도 거듭하여 기술되는 바 있었다.

> 沃沮還屬樂浪 漢以土地廣遠 在單單大領之東 分置東部都尉 治不耐城 別主領東七縣 時沃沮亦皆爲縣 漢[建]武六年 省邊郡 都尉由此罷 其後皆以其縣中渠帥爲縣侯 不耐華麗沃沮諸縣皆爲侯國.

옥저는 다시 낙랑에 속하게 되었다. 이무렵 한나라는 토지가 광대한 나머지 단단대령의 동쪽을 분리시켜 동부도위를 두고 불내성(不耐城)을 정비하여 별도로 영동(領東)

의 일곱 현을 맡게 하였다. 그때 옥저 역시 한꺼번에 현이 되었다. 그러다가 광무제 6년(A.D.30년)에 변방의 군(郡)을 줄이게 되면서 동부도위는 없어지게 되었다. 그 뒤에 모두 그 현 안의 우두머리로 현후(縣侯)를 삼으니, 불내(不耐)·화려(華麗)·옥저(沃沮)의 모든 현이 후국(侯國)이 되었다.

위의 내용을 미루어 추찰(推察) 가능한 여지가 마련된다. 옥저같이 처음에는 어엿한 하나의 왕국 형태를 갖췄던 나라도, 일단 한사군에 흡수·병합된 다음에는 '옥저국' 대신, '낙랑군 옥저현'이란 호칭으로 고쳐 불리게 되었다. 『후한서』 권85 동이열전75 〈동옥저〉 안의 다음 기록은 옥저의 변천을 알 수 있는 중요한 단서가 아닐 수 없다.

　　武帝滅朝鮮 以沃沮地爲玄菟郡 後爲夷貊所侵 徒郡於高句麗西北 更以沃沮爲縣 屬樂浪東部都尉.
　　한무제의 조선 침공 당시 옥저는 현도군에 속해졌고, 후에 고구려[夷貊]에게 침략 당했다가, 다시 현의 형태로 낙랑군 휘하 동부도위에 속하게 되었다.

따라서 위의 기록에 바탕해서 볼 때 필경 이곳은 본토에서 파견된 한인(漢人)이 내려와 다스렸고, 이때 그는 낙랑군 직속의 옥저현 장(長)의 자격과 직임을 띠게 될 것이었다.

그러다가 낙랑군의 강역에 대한 관리가 버거울 만큼 그 범위가 넓어지매, 광무제 6년(A.D.30년)에 급기야 변두리 군을 줄이는 방책을 단행했고, 이에 따라 옥저를 포함한 영동(領東)의 일곱 개 현은 그 지역의 본토박이인 거수에게 통치권을 부여토록 했다 함이다. 이는 바로 한인(漢人) 감독 체제의 철회를 뜻한다고 볼 수 있다. 본토 사람 우두머리를 현후로 삼게 했다 하니, 내용상으로는 본토인 지도자가 왕의 노릇을 다시 할 수 있게 되었음을 뜻한다. 하지만 명분상으로는 독립국의 왕은 아니요, 여전히 한(漢) 낙랑군의 예하에 있음이니, 낙랑군 소속의 한 왕이라고 볼 수 있다.

이렇듯 낙랑군 동부도위의 치하에 있다가 새로이 한으로부터는 현후의 칭호를 얻게 되고, 자체로는 왕의 명분 역할을 되찾게 된 본토인 출신 거수는 옥저에만 있는 것이 아니었다. 이른바 동부도위의 7현이라 하였으니, 옥저의 거수[현후, 왕] 말고도 불내(不耐)·화려(華麗)를 위시한 여섯 거수가 더 있었을 터이다. 반복하거니와 이들은 어디까지나 한(漢) 낙랑군 산하의 왕들이라는 사실에 유의하지 않을 수 없다. 요컨대 낙랑의 왕들이란 것이다. 즉 낙랑은 중국의 군현제 입장에서는 낙랑군일 밖에 없으나, 토착인의 처지에서는 거대한 국토를 끼고 있는 '낙랑국'과 같은 개념으로 인식되기 쉬웠을 것이란 의미이다. 관련해서 일연『삼국유사』안에 적절한 본보기가 있다. 곧 그는 본서 제1의 〈낙랑국(樂浪國)〉에서 옛 낙랑군과 관련된 몇몇 가지 사항을 적어 놓았거니, 이렇듯 낙랑군의 일을 말했으면서도 오히려 그 제목을 '낙랑국(樂浪國)'으로 하였던 것이다. 그리하여 옥저거나 불내거나 화려 사람의 안목에서는 그들 거수가 바로 옥저왕·불내왕·화려왕임과 동시에, 거시적 관점에서 낙랑국의 한 거수[왕]로 인식되었을 것이다.

사록이 밝혔던 바로 A.D.30년이라는 기점 안에서 이 같은 상황이 전개되었으매, 고구려의 왕자 호동이 그 바로 2년 뒤인 A.D.32년의 시간대 안에서 유력했던 그 옥저라는 공간의 분위기적 실상 및, 이것 포함의 동부칠현에 들어가는 주변의 실정에 대해 짐작해 볼 나위가 있다.

이상과 같은 설정과 이해의 바탕 위에서 최리 '낙랑왕'의 말이 구사될 수 있던 배경 역시 저절로 설명 가능한 터전이 주어진다. 명칭 부여에 관한 이 같은 인식의 태도는 뒷시대 사가(史家)들에게도 거의 다름없이 나타났던 현상이었다. 세력 판도의 세부 단위 하위 명칭을 사양하고 포괄적 상위 명칭을 취하는 일은 후대의 사술 가운데도 곧잘 눈에 띠던 양상이었다. 예컨대 앞서『삼국사기』〈대무신왕〉중의 인용구였던,

二十七年秋九月 漢光武帝遣兵渡海伐樂浪 取其地爲郡縣.
왕 27년 가을 9월에 한의 광무제가 군사를 파견하여 바다 건너 낙랑을 정벌하니, 그 땅을 취하여 군현으로 삼았다.

거나, 그 다음 〈민중왕〉 안의 인용구였던

四年冬十月 蠶友落部大家戴升等一萬餘家 詣樂浪投漢.

4년 겨울 10월에 잠우(蠶友) 부락의 대가(大家)인 대승(戴升) 등 일만여 호가 낙랑을 찾아가 한에 투항하였다.

등은 모두 그 지명을 낙랑 중의 어떤 현(縣)인지로 구체화하지 않았다. 대신, 현의 상위 개념으로서의 '낙랑'으로 표기하였던 것이다. 같은 책 〈동천왕(東川王)〉 20년의 위(魏) 관구검(毌丘儉) 관계 기사에서도 같은 사례를 인지할 수 있다.

秋八月 魏遣幽州刺史毌丘儉 將萬人 出玄菟來侵 王將步騎二萬人 逆戰於沸流水 上敗之….

가을 8월에 위나라는 유주자사(幽州刺史) 관구검을 보내니, 그는 군사 일만 명을 거느리고 현도(玄菟)로부터 나와 침입하여 왔다. 왕은 보기병(步騎兵) 이만 명을 거느리고 비류수(沸流水) 위에서 맞아 싸워 이를 패퇴시켰으니….

冬十月…魏軍遂亂 王分軍爲三道 急擊之 魏軍擾亂不能陳 遂自樂浪而退.

겨울 10월에 … 위나라 군대가 드디어 혼란에 빠지니 왕은 군대를 세 길로 나누어 급히 공격하였다. 위나라 군대는 동요하여 진영을 갖추지 못하고 결국은 낙랑으로부터 퇴각하였다.

『삼국사기』 고구려본기17 동천왕 20년 8월 기사(左)와 10월 기사(右)

잠깐 저쪽 중국의 『후한서』 같은 역사서에서 보면,

二月 鮮卑寇遼東玄菟.(권6 〈順帝〉 2년 2월)
2월에 선비족이 요동과 현도를 침구하였다.

대개 세부적 단위의 현 이름은 생략된 대신 포괄적 상위 명칭으로서의 현도, 요동, 낙랑 등으로 표시하고 있다.
　한편 『삼국사기』 열전 〈온달〉 가운데도 낙랑의 이름이 보인다.

高句麗 常以春三月三日 會樂浪之丘 以所獲猪鹿 祭天及山川神 至其日 王出獵 群臣及五部兵士皆從.
　고구려는 항상 춘삼월 삼일이면 낙랑의 언덕에 모여 사로잡은 돼지며 사슴으로 하늘 및 산천의 신들에게 제사하였는데, 그날이 되자 왕은 사냥을 나갔고 군신 및 오부(五部)의 병사들이 그 뒤를 따랐다.

　온달의 시대는 6세기 말 고구려 평강왕 때로, 낙랑군의 존재가 이미 한반도에서 사라진 지 오래인 마당이다. 그런데도 오히려 그 지명이 답습되어 나타났다. 이를 테면 변경된 땅 이름을 놓고 옛 낙랑의 고토(故土)임을 강조한 것인데, 이 경우에 마저 영토의 통합 단위로서의 '낙랑'이라고만 할 뿐 그 광범한 낙랑군 전역 가운데 구체적인 어디를 가리키는 일에는 성글 따름이었다. 말하자면 세부적인 현의 이름 으로 기재하는 대신 통합적인 군의 이름으로 기록하였던 사실을 뜻하는 것이다.
　이렇듯 낙랑군 소속의 어떤 현인지를 명세화시켜 나타내는 대신, 큰 단위 명칭 으로서의 낙랑이 얼마든 구사될 수 있다는 일례는 『삼국유사』 권1, 기이(紀異)1의 〈낙랑국〉에서도 확인 가능한 일이었다.

又百濟溫祚之言曰 東有樂浪 北有靺鞨 則殆古漢時樂浪郡之屬縣之地也.
　또한 백제 온조의 말에, '동쪽에 낙랑이 있고 북쪽에 말갈이 있다'고 한 것인즉, 아마도 옛날 한나라 때 낙랑군 소속 현(縣)의 땅일 것이다.

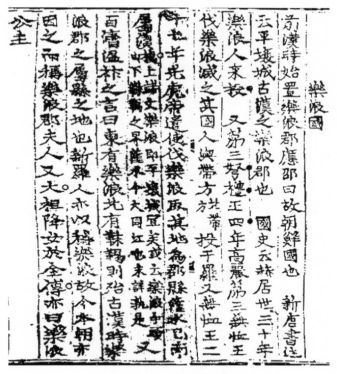

『삼국유사』 권1 紀異1의 〈樂浪國〉

　일연의 말이 아니더라도 '동쪽의 낙랑'은 필경 낙랑군 전체가 아닌, 그것 소속의
한 개 현에 해당됨이 분명한 것이다. 그런데 기이한 것은, 일연도 낙랑군의 일을
말하면서 오히려 그 제목을 '낙랑국(樂浪國)'으로 잡아 놓았다는 사실이다. 이는
역시 낙랑군이 고금을 막론하고 한반도 토착인들 입장에서는 큰 규모의 나라와
같은 개념이기 때문이었다. 또한 인용문에서 보듯, 낙랑 소속의 일개 현을 낙랑으
로 총칭했던 것은 역시 대국적(大局的)인 견지에서 말한 결과이다. 그리하여 낙랑
소속의 어느 현을 맡아 다스리는 그 땅의 거수[왕]에 대해, 그냥 큰 단위 명칭인
낙랑을 들어 낙랑왕이라고 해 두는 일은, 상기한 일연의 생각과 관련하여 별반
괴이한 사항은 되지 못할 것이었다.

　그러면 이상과 같은 유추 검토의 전반적인 과정을 통해서 낙랑왕 최리가 옥저에
출행하였고, 고구려 왕자 호동이 옥저에 유력했던 『삼국사기』 중의 기사 내용에
대해서조차 이해 수용의 실마리를 잡아볼 수 있을 것 같다. 그 결과 이렇게 말할

수 있다.

옥저는 바로 중국 낙랑의 동부칠현 즉 한반도의 개념상 낙랑 땅 동쪽의 일곱 나라 가운데 한 개 나라였고, 옥저로 출행했다던 최리는 역시 나머지 육국 가운데 한 나라의 거수임이다. 그 또한 필경 중국 낙랑 영지 안에서 이쪽 기준에서의 왕을 한 사람이다. 비록 그의 왕 노릇이 작은 행정단위에 지나지 않으나, 보다 거시적·주관적 관점에서 볼 때 낙랑의 한 왕인 것이었다. '낙랑왕 최리'라고 한 표현의 내재되어진 의미 근거가 여기에 있다고 본다.

그런데 이 일곱 나라는 통합 낙랑국의 하위 공동 연맹체로서 서로간 얼마든지 왕래가 자재(自在)하였을 터이니, 최리가 옥저 땅을 쉽게 출행할 수 있었던 이유도 너끈히 설명된다.

한편 옥저 땅을 밟은 것은 최리 뿐이 아니었다. 고구려의 왕자인 호동 또한 '옥저에 원정했다[遊於沃沮]'고 하였다.

여기서 '遊'를 어떻게 풀어야 마땅한지 잠시 주저되는 바 있다. 하지만 '遊'의 뜻을 유락(遊樂)에다 적용시켜 고구려 왕자가 옥저에 단순히 놀러 갔다[遊樂]고 본다는 것은 당시의 실정과 견주어 우원(迂遠)할 듯싶다. 한 나라의 왕자가 다른 나라에 들어간 것이니, 그 당시 고구려와 낙랑국 사이에 국제적 대치와 견제의 분위기 속에서 일국의 왕자 된 몸이 한가롭게 이웃 나라로 유관(遊觀)과 일락(逸樂)을 위해 들어갔다고 보기 어렵다. 그렇다고 호동이 고구려의 첩자로서 몰래 옥저 땅에 잠입했다고 보기도 어렵다. 고구려와 견제 관계에 있는 낙랑이요, 그 예하의 왕인 최리가 이내 그를 알아보고는 오히려 그 뜻밖의 만남에 대해,

그대의 얼굴 모습을 보아하니 예사 사람이 아닐지라, 북쪽 땅 대무신왕의 아들이 아닐까 보리오!

라는 말과 함께 급기야 자신의 영지로 동행을 하였고[遂同歸], 자기 딸을 아내로 삼게 했다[以女妻之]고 함이 그것을 입증한다. 이쪽의 기밀을 탐지하러 온 적대국의 첩자로 의심하거나 경계하기는커녕 대단한 호의로 상대하였음을 본다.(설령 그것이

혼인 동맹을 생각한 것과 같은 정치적인 호의라 할지라도 결과는 달라질 게 없다.) 이와 같은 태도는 비록 낙랑이 고구려와는 서로 상호 대립된 관계에 있음에도 불구하고, 또한 옥저를 비롯한 주변의 여러 거수국들이 체제상으로는 낙랑의 속지(屬地)였다는 사실과 상관없이, 같은 토착 한인(韓人)으로서 갖게 되는 공동의 유대감이 우선 작용했다고 여겨진다.(설령 그것이 정략적인 의도로 맺는 혼인 동맹일지라도 같은 동국인끼리의 제휴가 우선 개념이었을 것이다.) 그랬기에 호동은 아무런 장애 없이 옥저에서 유(遊)할 수 있었고, 낙랑왕 최리를 포함해서 누구한테도 제재 당하는 상황에 부딪히지 않았던 것이다.

생각건대, 호동의 옥저 행은 단순히 유객(遊客)이 유람하는 차원을 넘은 그 어떤 목적 하에 이루어진 것으로 인지함이 타당하다. 문면에 보이는 내용만으로는 그 목적이 어떠한 것이라고 추단하기는 어렵지만, 한두 가지 유추의 방도마저 아주 없지는 않다. 이를테면 '遊'가 가지고 있는 어의 중에 '유학(遊學)·취학(就學)'이거나 '유세(遊說)'의 뜻으로 이해하는 방법이 그것이다. 전자의 경우, 그가 일국의 왕자로서 자신의 나라 바깥 편 영역인 외국 낙랑의 제도 및 문물 등에 견문과 지식을 넓히겠다는 의도 하에 낙랑 산하의 동부칠현 가운데 가장 큰 국체(國體)인 옥저를 선택하여 가 있던 것으로 추정 가능하다. 후자의 경우, 그가 한 나라의 왕자면서 동시에 한 국가 사절(使節)의 자격을 띠고 고구려에 인근한 동부칠현 중 가장 큰 규모국인 옥저에의 시찰이거나, 그곳과의 외교 담합을 위해 그 나라에 들러 있었던 것으로 추정 가능하다. 그리고 어느 경우라 해도 모두 왕자 호동이 자국 고구려의 국익을 신장해보기 위한 노력의 일환이라는 점에서는 다를 바가 없다.

『후한서』와 『삼국지』의 〈동옥저(東沃沮)〉 열전에서 보되 본래 옥저 지역은 땅이 기름지고 아름다워 오곡을 가꾸기 알맞으니 특히 밭농사가 잘된다고 했을 뿐 아니라, 언어라든가 의식주에 걸친 모든 문화 형태가 고구려와 상당히 비슷하다 했다.* 당시 국내성에 도읍하고 있던 북방의 실력자 고구려로서는 관심을 접어

---

* "土肥美 背山向海 宜五穀 善田種…言語食飲居處衣服 有似句驪."(『후한서』 동이열전75 〈동옥저〉)
"其土地肥美 背山向海 宜五穀 善田種…食飲居處 衣服禮節 有似句麗."(『삼국지』 위서 동이전30 〈동옥저〉)

두기 어려울 만큼 충분히 훌륭한 조건의 땅이라 할 만하였다. 더구나 이 지역은 A.D.30년을 기점으로 해서는 한나라 군현의 직접적인 간섭에서 벗어난 후국(侯國)의 땅이 되었다.

바로 이러한 상황적 계제에 지모가 뛰어난 고구려의 왕자가 그 땅에 들어간 것임을 상기할 필요가 있다. 아닌 게 아니라 한의 광무제가 동부도위를 파하고 옥저가 옥저후의 손에 의해 다스려지기 시작한 이후로는 주변국과의 공벌(攻伐)의 와중에서 영토는 점점 좁아져 갔다. 큰 나라 사이에 끼이고 밀리다가 급기야는 고구려에 신속(臣屬)되고 만 사실이 『후한서』 동이열전75 〈동옥저〉 및 『삼국지』 위서 동이전30 〈동옥저〉에서 확인된다.* 호동의 옥저 입국은 그 뒤에 벌어진 이 같은 정황들과 전혀 무관하게만 보기 어려운 그 어떤 시대적 분위기 같은 것을 내함(內含)하고 있었다.

3. 맺음말

호동과 낙랑의 이야기는 그래도 야승(野乘)·야사(野史) 등보다 우위적 개념에 있는 정사(正史) 안에 실려있다. 그런 중에 열전보다는 더 우선성이 있는 왕실의 본기 안에 들어있던 것이었다. 그래서였던지 다른 역사 설화에 비해 사실적인 씨줄의 수효가 훨씬 안정적으로 나타나는 이야기 문예였다. 고구려·낙랑·옥저 등 같은 국체(國體)의 실재는 물론이고, 고구려 3대 대무신왕과 아들 호동, 낙랑왕 최리 부녀와 같은 역사상의 존재들은 바로 그러한 역사적 씨줄 엮음이 되는 사항들이었다.

이 가운데 유독 문제되는 것은 최리의 낙랑인 것이니, 이것이 호동과 낙랑의 사건이 일어났다는 A.D.32년 시점의 한반도에 할거하였던 한의 낙랑군인지, 별외

---

* "至光武罷都尉官 後皆以封其渠帥 爲沃沮侯 其土迫小 介大國之間 遂臣屬句驪."
  "漢〔建〕武六年 省邊郡 都尉由此罷 其後皆以其縣中渠帥爲縣侯 不耐華麗沃沮諸縣皆爲侯國 夷狄更相攻伐…沃沮諸邑落渠帥 皆自稱三老 則故縣國之制也 國小 迫于大國之間 遂臣屬句麗."

의 소국(小國)인지를 혼동케 하는 요인으로 존재하였다.

그러나 『후한서』의 광무제기와 동이[고구려·동옥저·예]열전, 왕경 열전, 낙랑지 및 『삼국지』 위서 동이전 등의 면밀 주도한 고찰을 통해, 호동과 낙랑의 사건 바로 2년 앞인 A.D.30년의 시점 안에서 낙랑군의 정체성이 파악되었다. 바로 낙랑군은 그 총 본영을 요동에 두고 있었고, 그 강역이 함경도 소재의 옥저를 포함한 한반도 북쪽 동해변까지 뻗쳐 있었음이 고증되었다. 그리하여 지나치게 비대화된 영속지에 대한 통치 행정적인 부담을 덜고자 변방 군(郡)의 도위(都尉)를 줄이는 방책을 폈던 사실이 확인되었다. 이 통에 그간 반도 동편에 동부도위(東部都尉)란 명칭 하의 속현으로서, 요행 그 국명이 명시된바 옥저(沃沮)·불내(不耐)·화려(華麗)를 포함한 조선 동부의 일곱 나라–중국 입장에서 이른바 동부칠현(東部七縣)–에 대하여는 내국인 우두머리 거수의 자치권을 부여하였다. 이에 따라 옥저 등은 후국(侯國)의 명분을 얻게 되었고, 그 나라의 수장(帥長)들은 다시금 왕 노릇을 하게 되었다.

그런데 호동과 낙랑 사화에서 파악되는 낙랑은, 바로 동해를 끼고 있는 옥저와 인접해 있고 고구려의 남쪽에 처해 있음과 동시에, 고구려가 제삼국의 간섭을 받음이 없이 직접 기습할 수 있는 곳, 요컨대 고구려의 바로 아래면서 옥저의 왼편이 되는 처소에 위치한다. 그러면 최리의 낙랑은 그 지정학상 『후한서』가 그 이름을 일일이 다 기재해 두지는 않았던 동부 일곱 현 테두리 안의 땅임이 무난히 계상(計想)된다. 최리는 이때의 후국(侯國) 곧 왕국의 권한을 위임 받은 여러 거수들 중 한 사람이었을 것으로 짐작되니, 사정이 이러고야 『후한서』나 중국 어떤 인명록에도 그 이름이 나타나지 않는 일은 너무도 당연한 현상이다.

결국 『삼국사기』가 '낙랑왕 최리'로 명명한 것은 낙랑군 영토에 속해 있는 후국의 구체적인 이름을 명기하기 어려운 마당에서 부득불 그 행정적 상위 개념상의 '낙랑'으로 표기했을지니, 여기의 낙랑은 다름 아닌 '낙랑군 산하(傘下) 왕'이란 의미를 담은 약어(略語)로서 합당한 것이었다.

호동 왕자와 낙랑 공주(2) – 자명 고각의 실체 –

1. 머리말

고구려는 실로 그 건국의 초기 얼마 동안은 이야기 문예의 풍요로움으로 장식되었다고 해도 과언은 아닐 듯싶었다. 그 같은 호황은 초대 동명왕과 그 다음 대(代)의 유리왕으로 대략 끝이 나는가 하였으나 그렇지 아니하였다. 유리왕을 계승한 제3대 대무신왕(大武神王) 시대에조차 앞 시대에 못지않은 이야기 문예의 정채로운 또 한 가지 바탕이 자리하고 있었으니, 다름 아닌 호동왕자(好童王子)와 낙랑공주(樂浪公主)의 비련담(悲戀譚)이 그것이었다.

호동과 낙랑의 이야기는 그것의 외양(外樣) 체재는 사화(史話)이지만, 설화적인 메시지로 점감(點勘)하기에 넉넉한 구석이 엿보인다. 다시 말해 왕자 호동과 공주 낙랑의 이야기는 사화와 설화의 양면성을 모두 겸유(兼有)한 속성으로 말미암아 그 진실 찾기의 방식에 있어서도 역사적 접근이 필수되는 부분 외에 문학적 검토가 요구되는 부분이 따로 있었다.

그것이 사화로서보다는 차라리 설화답게 보이는 그 첫 번째 고리는, 적병의 침입이 있으면 스스로 우는 북과 피리 곧 자명고각(自鳴鼓角) 모티브에 있었다. 이는 예컨대 도깨비 방망이의 모티브처럼 합리적 사실성(事實性) 부여가 어려워, 어디까지나 꾸며진 이야기 소재임에 일말 의심의 여지가 없는 것이다.

이 경우 그 모티브 설정의 기준이 사물에 있는 경우가 되겠으나, 더 나아가 낙랑왕 최리(崔理)의 딸이 '사랑을 위해서 부모와 조국을 배신'했던 일이라든가, 궁극에 '아버지가 분노로 딸을 살해'했던 일 등은 역시 장덕순의 『구비문학개설』에서 이른바 '특이하고 인상적인 내용으로 이루어져 있어', 행위 기준의 화소(話素)로서 손색이 없어 보인다.

아울러 호동과 낙랑 사화는 당초에는 구전되었던 것이 정사(正史) 차원으로 승차(昇差)된 채 기록 정착되었을 개연성이 높은 내용이다. 고구려 본기 A.D.32년조 호동과 낙랑 관계 사화의 마무리 부분에 첨록(添錄)한 사항을 보면, 전개된 이야기 구성이 한 가지가 아닌 두 갈래로 이원화되어 있는 현상을 보게 된다. 이는 그 이야기가 처음부터 기록으로 정착되고 고정된 내용이었다기보다는, 적층적·유동적으로 유지되어 왔을 가능성의 승률을 제고시키는 바 있다. 역시 『구비문학개설』의 표현을 빌리자면 '보존과 전달 상태가 가변적'인 구전적 형태의 내용을 연상토록 만듦이 적지 아니한 것이다.

호동과 낙랑의 이야기가 지니는 이러한 특성은 그것 자체가 역시 『구비문학개설』이 설화의 특징으로 전제 삼은 ⅰ) 꾸며낸 이야기일 조건, ⅱ) 구전성을 띠는 이야기일 조건, ⅲ) 산문적 이야기일 조건 등의 기본 사항과 아무런 어긋남이 없는 양상을 나타낸다.

이 글에서는 내막이 깊은 호동과 낙랑 이야기를 총괄적으로 파악하고 세부적으로 요해하는데 결정적인 관건이 되는 자명고각(自鳴鼓角)의 실체 및 이와 결부되어진 종종의 문제 해결을 위한 탐사에 나서고자 한다.

2. 본론

낙랑군 산하에 속한 한 현(縣)의 왕인 최리가 옥저(沃沮) 땅에 들어간 일은, 같은 동부도위(東部都尉)라는 한(漢)의 식민 체제를 경험하였으면서 함께 현국(縣國)이라는 자치권 획득의 국면을 맞이한 공통체적 분위기 안에서의 국가간 자유 왕래했던 한 모습으로 조명된다.

이렇듯 최리의 낙랑국이 한(漢) 제국의 동부도위에 포함된 하나의 후국(侯國)일 것으로 진지한 추정을 가하였거니와, 사실은『삼국사기』호동 관련 기록 안에서는 그 나라의 위치에 대해 한 단계 더 좁혀 가늠할 만한 단서 같은 것이 보였다. 다름 아니라 최리의 나라가 옥저와는 지리상으로 아주 인접하여 있었다는 사실이다. 곧 옥저 땅은 최리가 출행하기에도 돌아가기에도 별 부담이 없는 아주 가까운 지역권이라는 인상을 끼쳐 주고 있다는 점이다.

또 하나는 최리의 나라가 고구려의 남쪽에 자리하고 있었다는 사실이니, 최리가 호동을 만났을 때 하던 대화, '북쪽 땅 대무신왕의 아들이 아니리오![豈非北國神王 之子乎]'로써 이내 파악된다. 그와 같은 연맹 왕국 시대에 옥저 또한 고구려의 바로 아래 남쪽에 위치하였으니, 이로써 최리의 후국은 고구려의 아래 지역이면서 옥저와 인접한 데 있었음을 알 만하였다.

아울러 최리의 후국은 스스로 소리내는 고각(鼓角) 덕분에 외적으로부터의 자위 (自衛) 방비 체재가 공고하지만, 일단 그것이 없으면 고구려가 여타 주변국의 간섭 없이 곧장 성(城) 아래까지 기습할 수 있는 조건의 땅임을 기록 안에서 파악할 만 하였다. 말하자면 고구려와는 남북으로 접경해 있는 나라임을 인지케 하는 단서라 할 만하였다.

요언하면 고구려의 바로 아래에 동해변을 끼고 있는 옥저가 있었고, 그 바로 왼편에 최리의 나라가 있었다. 그 더 왼편으로는 평안도 일원을 포함하고 있는 한(漢) 낙랑군이 할거하고 있었음이다. 고구려 바로 아래가 최리의 나라라는 구도 일 때, 고구려의 남하 정책이 국경 가까운 데서부터 흡수하게 마련인 기본 상식과 도 부합한다. 또 최리의 나라 옆에 낙랑군 본영(本營)이라는 구도일 때, 한나라가 A.D.44년 그렇게 빼앗긴 낙랑 산하(傘下) 최리의 땅을 탈환하기 위해 바다 건너 쳐들어 왔다는 역사 기록도 연결하여 수긍되는 바탕이 생긴다.

그리고 이제 그 다음 단계로 A.D.42년의 호동과 낙랑 사화를 단순한 사실 차원 너머의 설화적 맥락으로서 수용 가능토록 만든 바의 그 모티브, 곧 적병이 침입하 면 북과 뿔피리가 저절로 운다고 하는, 원전의 이른바 '고각자명(鼓角自鳴)'의 진실에 관해 검토할 필연성 앞에 서게 된다.

　도대체가 합리적인 사고 인식 안에서는 도저히 그와 같은 사물이 실제로 존재했다고는 아무도 믿지 않을 것이다. 필경 어떠한 은유 구조 안에 감춰져 있음이 분명하고 따라서 무엇보다 이 사화가 지니는 은유법 안쪽의 진실을 규명하는 일이 우선된다. 더 나아가 부수적으로는 고구려 호동과 낙랑의 일에 대해 곧바로 직서(直敍)하는 대신, 무슨 일로 진실을 그와 같은 은유의 껍질 안에 감추어 표현하였겠는지 마저 해결해야 할 과제로 요구된다.

　그러면 첫 번째 문제로서의 '고각자명(鼓角自鳴)'의 내포적 실제의 의미는 무엇인가?

　이것의 의미 밝힘은 그다지 녹록해 보이지는 않는다. 북과 나팔이 사람의 개입과 간섭 없이 제 스스로 소리 내어 울린다 하는 일은 그 자체로 벌써 현실성에서 일탈한 꾸며진 이야기이다.

　돌이켜 보면 이 같은 '고각자명'의 이야기 소재를 포함한 왕자 호동과 공주 낙랑의 이야기는 비록 『삼국사기』 문헌 기록 안의 내용이지만 오늘날까지도 그 이야기를 모르는 사람이 없으니, 그만큼 사실 기록 전승의 차원을 넘은 구전성(口傳性)이 진작부터 확보되어 있었다. 또 그것은 사실 여부를 넘어 문학적인 흥미를 돋우는 이야기로서의 속성을 띠고 있다. 요컨대 호동과 낙랑의 이야기는 설화의 일반적인 특성과 부합되는 국면이 큰 바, 그 곧 설화로 간주될 수 있는 소질을 잘 갖추고 있었다. 장덕순은 『한국설화문학연구』에서 아예 '자명고 전설'로 명칭하였던 바 있고, 또한 고전 문학 자료집인 『한국고전문학정선』 같은 곳에선 이것을 〈호동왕자〉라는 제목 하에 설화 부문 안에다 수록 포함시켰다. 혹은 현대에 최인훈이 이 사화를 바탕으로 〈둥둥낙랑둥〉 같은 작품으로 희곡화시킨 사례 역시 바로 호동 사화의 설화성과 문학성을 인정한 소치로 보인다. 이 같은 공감대 형성과 관련하여 이 이야기의 설화성을 더욱 극명케 한 부분은 다름 아닌 '고각자명'의 모티브 소재라 할 것이다. 다시 말해 설화적 모티브의 자격을 잘 갖출 수 있게 만든 근거가 북과 뿔피리가 스스로 소리를 냈다 하는 기이(奇異)함에 둔다는 뜻이다. 곧 모티브의 핵심은 그 자체 아무런 작용도 할 수 없는 사물 스스로 작위(作

爲)를 나타내 보였다는 데 있다. 이를 명칭의 편의상 '사물자동(事物自動)'의 모티브라 해 둔다.

그런데 신라의 효소왕(孝昭王) 기사 중에 또한 고각(鼓角)이 자명(自鳴)하였다는 사실이 나타난 것은 가장 특서(特書)할 만 하였거니와, 여기의 고각 이외에도 동작 불능의 사물이 자동의 이변을 나타내는 사례는 같은 『삼국사기』 안에서 더 발견 못할 바 아니다.

① 武庫兵物自出.(신라본기2 내해이사금 23년 추7월)
　무기고에 있는 병기(兵器)가 저절로 나왔다.
② 金城南 臥柳自起.(신라본기2 내해이사금 7년 하 4월)
　금성의 남쪽에 쓰러져 있던 버드나무가 저절로 일어섰다.
③ 永興寺塑佛自壞.(신라본기4 진평왕 36년 춘2월)
　영흥사의 소불(塑佛)이 저절로 무너졌다.
④ 七重城南大石自移三十五步.(신라본기5 선덕왕 7년 춘3월)
　칠중성 남쪽에 있는 큰 돌이 저절로 삼십오 보(步)를 옮겨 갔다.
⑤ 東海水戰 聲聞王都 兵庫中鼓角自鳴.(신라본기8 효소왕 8년 9월)
　동해의 물이 싸우는데 그 소리가 경주에까지 들렸고, 무기고 안의 북과 피리가 저절로 울었다.
⑥ 少梁里石自行.(신라본기11 진성왕 2년 춘2월)
　소량리에 있는 돌이 저절로 움직여 갔다.
⑦ 四天王寺塑像所執弓弦自絶.(신라본기12 경명왕 3년)
　사천왕사의 소상(塑像)이 잡고 있던 활시위가 저절로 끊어졌다.
⑧ 沸流水上…只有鼎 使之炊 不待火自熱 因得作食 飽一軍.
　(고구려 본기2 대무신왕 4년 동12월)
　비류수 위에 … 솥만 있을 뿐이었다. 그 솥으로 밥을 짓게 하였더니 불을 때지 않아도 저절로 끓으매, 그렇게 밥 지어서 온 군대를 배불리 먹였다.

이외에도 '왕궁의 남쪽 문이 까닭없이 제풀에 무너졌다[王宮南門無故自毀]'(신라본기5 진덕왕 6년 3월)거나, '궁중의 느티나무가 저절로 말랐다[槐樹自枯]'(백제본기1 다루왕 21년 춘3월)는 등의 기사도 보인다. 하지만 이런 것은 혹 있을 수도 있는 자연 현상으로 간주될 만한 소지가 있어, 그 신이한 정도에서는 위에 인거(引擧)한 사례들에 채 미치지 못한 감이 있다. 특히 ⑤는 A.D. 1세기의 고구려와 A.D. 7세기의 신라에 똑같은 고각자명의 모티브 재현이 이루어졌다는 점에서 괄목할 만하다. ⑧의 '정 자열(鼎自熱)'은 다른 시기 아닌, 바로 '고각자명'과 같은 대무신왕 연대를 시대 배경으로 하고 있어 더욱 의미 있어 보인다.

위의 사례들 가운데 ②, ④, ⑤, ⑧의 경우는 그 이사(異事)가 다른 사건과 인과 및 표리의 관계를 이루지는 않고 그것 단독의 일로 그치고 있다.

반면에 ①의 '병물 자출(兵物自出)'은 백제 군사들의 장산성(獐山城) 침공에 대한 예조(預兆)로서 암시되고 있으며, ③의 '소불 자괴(塑佛自壞)'는 직후 왕실 비구니의 죽음에 대한 전조(前兆) 구실을 하고 있다. ⑥의 '이석 자행(里石自行)'은 오히려 서조(瑞兆)였던지, 이 일로 진성 여왕이 몰래 정을 통해 오던 각간(角干) 위홍(魏弘)을 아예 떳떳이 궁내에 불러 일을 보게 하였다고 했다. ⑦'궁현 자절(弓弦自絕)'의 경우 직접적인 연결 상황을 지적한 것은 없으나, 내면적으로 신라의 쇠락을 암시하는 흉조와 동시에 고려 태조 왕건의 송악군(松嶽郡) 천도와 같은 성운(盛運)의 길조라는 분위기와 연결되어 있다. 또한 '괴수 자고(槐樹自枯)'도 그로부터 한 달 뒤에 좌보(左補) 벼슬을 하던 흘우(屹于)의 죽음에 대한 예시의 느낌을 주었다. 곧 ①, ③, ⑥, ⑦ 경우의 이사(異事)들은 그것이 한갓 독립적이고 분리적인 사실로 그치는 대신, 그것의 표(表)가 어떤 다른 비상한 상황의 리(裏)와 연결되어 나타난다는 특징이 있다. 그냥 그 사건 단독으로 존재하지 않고 어떤 일에 대한 일정한 암시적 기능까지를 내유(內有)한다.

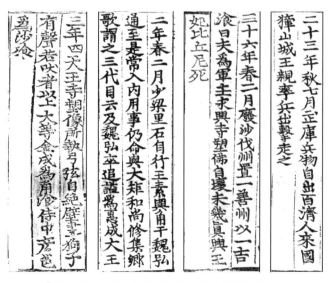

『삼국사기』 안에서 사물의 自動 이변이 나타난 사례들

설화의 기준에서 보면 같은 이사(異事)라 할지라도 ①, ③, ⑥, ⑦이야말로 그것 단독으로 정지되어 있는 ②, ④, ⑤, ⑧ 등에 비해 가일층 보람 있는 자료들이라 할 수 있다.

그럼에도 아직 그것이 보다 긴 이야기로 연장 확대되지는 못한다. 말하자면 그것이 하나의 설화적 모티브의 자격으로 하등 손색이 없음에도 불구하고, 정작 어떤 서사적인 내용의 원인적 모티브로 작용하는 일에 못미친다는 뜻이다. 그 작용이 꼭 핵심적인 것이기를 기대하진 않더라도 모티브가 어떤 사건 단위 이야기를 위한 작은 동기(motivation) 역할도 하지 못한 상태로 존재한다.

그러나 이제 대무신왕 15년의 것을 포함한 '고각자명' 이사(異事)의 경우는 그것이 용케 호동과 낙랑 같은 훌륭한 서사적 내용 구조와 긴밀하게 호응하여 그 효과를 극대화시키고 있다. 한마디로 사물자동 모티브 가운데 의미의 진폭이 가장 크다고 할 수 있겠다.

반드시 사물자동의 화소가 아닌 경우도 이런 차이는 나타난다. 예컨대 하늘에 해가 동시에 둘 나타났다거나 셋 나타났다는 이변이 다른 상황에 끼치는 파장의 폭과 모양을 통해서도 알 수 있다. 『삼국사기』〈혜공왕(惠恭王)〉 2년 기사에서는 '해가 둘 나타나므로 죄인을 크게 풀어주었다[二日並出 大赦]'로 기껏 한정되었고, 〈문성왕(文聖王)〉 7년 기사에서는 그냥 '해가 셋 나타났다[三日並出]'만으로 그쳤을 따름이었다. 그러나 이와 대조하여 『삼국유사』 월명사(月明師)〈도솔가(兜率歌)〉 기사에서 '해가 둘 나타난[二日並現]'일은 경덕왕과 월명사 사이에 〈도솔가〉를 통한 상황 해결의 과정 및, 그 뒤의 향응에 이르기까지의 연속된 이야기가 한 편의 설화적 조형을 이루는 바 있었다. '고각자명'의 화소가 이 호동 이야기에 끼친 진폭과 파장은 바로 이것에 손색이 없는, 아니 어쩌면 그 이상 가는 설화적 생명력을 도출해 냈다고 볼 수 있다.

이상에서 사물자동의 모티브 소재가 오히려 사서인 『삼국사기』 안에서 심심찮게 나타나 있음을 보았다. 반면에 『삼국유사』에서는 의외로 그 일례를 염출(拈出)해내기가 쉽지 않았다. 권4의 〈양지사석(良志使錫)〉은 사물자동의 전형이라 할 만하였다. 석 양지(釋良志)의 지팡이가 저절로 날아 시주가의 집에 가서 흔들며 소리

를 내고 포대가 차면 날아서 돌아온다는 내용 안에서의 '석장자비(錫杖自飛)' 모티브가 그것이다.

『삼국유사』 권4 – 양지사석

錫杖頭掛一布帒　錫自飛至壇越家　振佛而鳴　戶知之納齋費　帒滿則飛還.

지팡이 끝에 하나의 포대를 걸어두면 지팡이는 절로 날아서 시주하는 집에 이르러 흔들면서 소리를 낸다. 그러면 그 집에서는 그걸 알고서 재비(齋費)를 바친다. 그렇게 하여 포대가 차게 되면 날아서 돌아온다.

이 부분에 대해서는 이왕에 저자가 『한국 노래문학의 의혹과 진실』 안에 나름으로 규명하여 놓은 바, 후술할 '고각자명(鼓角自鳴)'의 의미 모색에 참계(參稽) 됨이 있을 것이다.

그 다음에는 일례 찾기가 좀처럼 쉽지 않다. 다만 신라 14대 임금 때 신라 금성(金城)을 공격해 온 이서국(伊西國)을 무언가 홀연히 나타나 격파했는데 나중 보니 댓잎만 쌓였더라는 〈미추왕죽엽군(味鄒王竹葉軍)〉 이야기도, 일차 그 이적(異蹟)이 나라를 지킨다는 호국의 개념과 연관되어 있다는 점에서 '자명고각'과는 일맥이 통하였다. 그럼에도 고각(鼓角)은 적병이 침입할 때면 언제든 어김없이 작용하는 항시성(恒時性)을 띠었던 반면, 죽엽군(竹葉軍)엔 그 같은 항시성이 기약되지는 못하였다.

또 신라 신문왕 때 〈만파식적(萬波息笛)〉이라는 기물(奇物) 이야기가 있으니, 대나무로 만든 이 피리를 불면 적병이 물러가고, 병이 나으며, 가뭄에 비 오고 장마 때 비 개이며, 바람 자고 물결이 가라앉는다 하였다. 피리를 불면 적병이 물러난다[吹此笛 則兵退]는 그 국방 간성(干城)의 이기(利器)와 관련한 발상 또한 언뜻 보면 적병의 침입에 재빨리 대응한다는 자명고각과 서로 통하는 듯도 싶다. 하지만 이 피리의 경우엔 어디까지나 사람의 의지에 따른 취주(吹奏) 행위가 전제될 때 효력을 발할 따름이다. 그 자체로서 자발성을 지닌 것은 아니니, 사물자동의 모티브와는 구별하지 않을 수 없다.

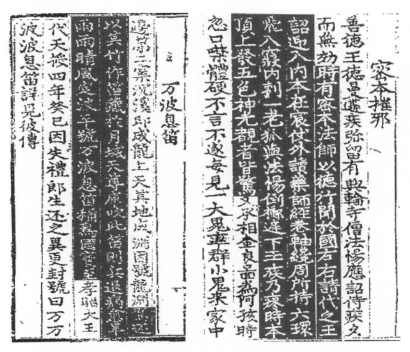

『삼국유사』 권2 기이2 만파식적(左)과 권5 신주6 – 밀본최사(右)

밀본법사(密本法師)가 선덕여왕의 병마를 물리치기 위해 『약사경(藥師經)』을 읽자마자 손에 지닌 육환장(六環杖)이 여왕의 침실 안으로 날아 들어가서 한 마리 늙은 여우와 중 법척(法惕)을 찔러 뜰아래로 거꾸러뜨렸다는 신주편(神呪篇)의 〈밀본최사(密本摧邪)〉 이야기도 있다. 그러나 이 역시 『약사경』 송독(誦讀) 같은 인위의 전제 아래 이루어진 기적이니, 사물 스스로가 아무런 타력(他力)의 간섭 없이 이적을 행하는 사물자동에는 해속시키기 곤란한 부분이다.

조선시대 편술한 『고려사』에는 비록 왕건 탄생 신화와 같이 황탄(荒誕)한 내용이 아주 없음은 아니나, 사물이 저절로 어떠한 사위(事爲)를 펼쳤다는 사례만큼 찾아내는 일이 쉽지 않다. 그것은 조선 사가(史家)들의 합리성 추구 때문이었던가 싶다.

대신, 각 지역마다의 전설까지를 총합시킨 『신증동국여지승람』 중에는 어쩌다 간간히 눈에 띄는 사물자동의 편린들이 있다.

① 自溫臺 : 在縣西五里 自落花岩 順流而西 有怪岩 跨于水渚 可坐十餘人 諺傳
百濟王 遊于此岩 則岩自溫故名.(夫餘縣, 古跡)
현 서쪽 5리에 있다. 낙화암에서 흐름을 따라 서쪽으로 가면 물가에 걸터앉은 듯한 기이한 바위가 있는데, 10여 명은 앉을 만하다. 전하는 말에는 백제의 왕이 이 바위에서 노닐면 바위가 저절로 따뜻해진다 하여 이렇게 이름 하였다.

② 龍頭山 : 在府西二十里 其頂有井水 旱無增減 俗傳 初山頂有一葦 長至天 乃
鑿井 其地水 甚淸澈 邪人照之 則變爲泥色.(寧海都護府, 山川)
부(府)의 서쪽 20리에 있다. 그 꼭대기에 우물물이 있는데 가물어도 불거나 줄지 않는다. 전하는 말에는 애당초 산꼭대기에 갈대 하나가 있었거니, 길이가 하늘에 닿았다. 이에 우물을 팠더니 그 땅속의 물이 몹시도 맑고 깨끗하였다. 하지만 간사한 사람이 모습을 비추면 변하여 진흙 빛깔이 되었다.

③ 苞山 : 新羅時 有觀機道成二僧 同隱苞山 相距十餘里 每相過從 成欲致機 則
山中樹木皆南俯 機欲致成 樹木皆北偃.(玄風縣, 古跡)
신라 때 관기(觀機)와 도성(道成)이라는 두 승려가 함께 포산(苞山)에 은 거하였다. 서로 10여 리 떨어졌으나 매양 서로를 좇았다. 도성이 관기를 맞이하고자 하면 산속의 나무들은 모두 남쪽으로 몸을 굽혔고, 관기가 도성을 맞이하고자 하면 나무들이 모두 북쪽으로 누웠다.

④ 屛風山 : 在府西六十里 其上平廣可居 其中有池 若人家住著 則有恒雨之災.
(永興大都護府, 山川)
부(府)의 서쪽 60리에 있다. 그 위는 넓고 평평하여 거주할 만하였으며 그 가운데는 연못도 있었다. 그러나 인가(人家)가 들어서서 살기만 하면 계속 비 내리는 재앙이 있었다.

이 『동국여지승람』의 사례들은 확실히 『삼국사기』나 『삼국유사』에서보다 '자명고각'과는 한층 더 긴밀한 맥락으로 통하고 있다. 다름 아니라 그 모티브 내용인 '若有敵兵 則自鳴[적병의 침입이 있으면 고각이 스스로 울었다]'과 같은 조건 구문을 띠고 있다는 뜻이다.

① 遊于此岩 則岩自溫.
　　이 바위에서 놀면 / 바위가 저절로 더워졌다.
② 邪人照之 則變爲泥色.
　　간사한 사람이 비춰 보면 / 진흙 빛깔로 변하였다.
③ 成欲致機 則樹木皆南俯.
　　도성이 관기를 맞으면 / 나무들이 남쪽으로 몸을 굽혔다.
④ 若人家住著 則有恒雨之災.
　　인가가 들어서서 살기만 하면 / 계속 비 내리는 재앙이 있었다.

　이와 같은 '(若) A 則 B' 즉 'A하면 B하였다'의 겹월 조건구문은 『삼국사기』의 사물자동 모티브들이 다음에 펼쳐질 어떤 구체적인 길흉사(吉凶事)의 예조(預兆) 역할로 머물렀던 것에 비해 훨씬 밀접된 관계가 아닐 수 없다.

　한편 『삼국유사』에서도,

• 掛一布帒 錫自飛.
　포대 하나를 걸어 두면 / 지팡이는 절로 날아
• 吹此笛 則兵退.
　이 피리를 불면 / 적병이 물러났다.

와 같이 '조건'을 나타내는 딸림마디 포함 구문으로 된 것이 보였다.

　이렇듯 통어론적인 기준에서 보면 똑같이 복합문에 해당하고, 그 중에서도 종속문 구조로 되어 있을 뿐이었지만, 개념상의 기준에서 보면 그 지시하는 의미가 같지 않았다. 다시 말해 자명고각의 경우에 있어서 '적병이 침입하는 일'은 사물주관자의 의지 바깥에 있는 상황임에 반하여, 양지(良志)가 지팡이에 '포대를 걸어 두는 일'이라든가 만파식적에서의 '피리를 부는 일' 등은 애당초 사물의 주관자가 자기에게 필요한 목적, 이를테면 시주(施主), 퇴병(退兵) 등을 전제하고 하는 인위적이고 의지적인 행위 양상이라는 점에서 차이가 있었다.

위에 든『동국여지승람』의 모티브 가운데 ①은 그 경계가 애매하였다. 다만 ②, ③, ④처럼 간사한 사람이 물에 얼굴 비치는 일이거나, 도성이 관기를 맞이하는 일, 사람들이 함부로 들어와 사는 일 등은 어떤 기대심리에 바탕한 의지적인 행위는 아니었다는 점에서 자명고각의 비의지성(非意志性)과 통하였다. 따라서 외형상으로 보아 앞서 든 사물자동의 어떠한 경우보다 가장 잘 부합하였다.

그럼에도 설화 모티브의 엄밀한 내용적 분석의 기준에서 ②, ③, ④의 조건절이 낙랑국 자명고각의 조건절인 '약유적병(若有敵兵)'과는 그 상황의 본질 면에서 완전한 합치를 보이지는 못하는 듯한 느낌이다.

'적병의 침입'이란 상황이 내유하고 있는 본질이 무엇인가? 앞서에 '적병의 침입'은 피동 당사자[낙랑]의 의지 바깥에 있는 비자의적인 여건임을 말했거니와, 이는 동시에 그 피동 당사자가 외부로부터 암암리에 도전 받고 있는 불리하고 긴장된 상황임을 지시한다. 보다 자세히는 군사적인 긴장 상황이 될 것이다. 그리하여 고각자명 앞의 조건문인 '若有敵兵'의 의미망을 모색하자면 바로 '외부적인 도발 상황'이 된다.

더 나아가 그 군사적 도발은 대관절 누구의 기준에서 긴장되고 불리한 것인가 하는 사유에 미치게 된다. 호동 이야기에서 긴장을 부하(負荷) 받는 당사자는 사물[고각]의 소유 주체이다. 다름 아닌 낙랑국이다. 바꿔 말해 자명(自鳴)하는 고각의 이야기에는 그 사물의 소유 주체가 엄연 존재한다. 그리하여 이제 자명고각의 구성담은 개체 단위 면에서 볼 때 첫째, 자명하는 고각의 존재와, 둘째, 그것의 소유 주체로서의 낙랑과, 셋째, 낙랑을 침범하는 적병과의 삼자(三者) 관계로 이루어진 것임을 인지해 볼 수 있다. 아울러 그 사물은 자신의 소유 당사자를 위해 헌신적인 소임을 다하는 것으로 되어 있다.

이상과 같은 기준에서 보았을 때 ②, ③의 조건절은 그 뒤의 문맥과 결부하여 외부적인 도발 요건과는 아무런 관계도 없다. 다만 ④의 조건절인 '인가가 들어서서 살기만 하면'은 그 자체만으로는 긴장 요인이 없어 보이나, 그 뒤의 주절과는 유기적 맥락 안에서 볼 때 분명히 외부적 도발 현상으로 작용하고 있다. 그러나 ④의 주절 '항우지재(恒雨之災)'의 모티브가 고각자명의 모티브와 합치지 못하게 되는 결정적인 차이점은 이 사물자동의 모티브 내 구성적 존재 관계에 있다. 전언한대로 고각자명의 모티브는 모두 삼자 사이의 결속 및 대응 관계로 이루어졌는데 반하여, '항우지재' 모티브는 들어와서 살려는 사람들과 산(山)의 양자 관계 위에 구성되어 있었다는 점에서 서로 아쉽게 갈라진다.

중국의 문헌 갈피에서도 사물자동의 설화적 유형을 찾아 볼 수 있다. 특히 악기류(樂器類)의 자명(自鳴) 양상으로서 종(鍾)이 자명하는 이야기가 있어 크게 관심을 제고시키는 바 있다. 다음은『태평광기(太平廣記)』권368 정괴(精怪)1 잡기용(雜器用)〈청강군수(淸江郡叟)〉에 실려 있는 것이다.

唐開元中 淸江郡叟 常牧牛於郡南田間 忽聞有異聲自地中發 叟與牧童數輩 俱驚走辟易 自是 叟病熱且甚 僅旬餘 叟病少愈 夢一丈夫 衣靑襦 顧謂叟日 遷我於開元觀 叟驚而寤 然不知其旨 後數日 又適野 復聞之 卽以其事 白於郡守 封君怒日 豈非昏而妄乎 叱遣之 是夕 叟又夢衣靑襦者告日 吾委跡於地下久矣 汝速出我 不然得疾 叟大懼 及曉 與其子偕往郡南 卽鑿其地 約丈餘 得一鍾 色靑 乃向所夢丈夫色衣也 遂再白於郡守 郡守置於開元觀 是日辰時 不擊忽自鳴 聲極震響 淸江之人 俱異而驚歎 郡守因其事上聞 宗詔宰臣林甫寫其鐘樣 告示天下. 出宣室志.

당(唐)나라 개원(開元) 중에 청강군(淸江郡)의 노인이 늘상 고을의 남쪽 밭 사이에서 소를 기르고 있었다. 그러다가 문득 땅속에서부터 이상한 소리가 나는 것을 들었다. 노인과 목동의 무리는 놀라고 두려워서 그곳을 피해 물러났다. 그리고나서 노인은 열병을 앓게 되었고 상태는 갈수록 심해졌다. 겨우 십여 일 지나 병이 조금 나아졌는데, 꿈에 푸른 빛깔 속옷을 입은 한 사내가 노인을 보며 말하였다. "나를 개원관(開元觀)에 옮겨 주시오!" 노인은 놀라 잠에서 깨어났으나 의미를 알지 못하였다. 며칠 지난 뒤에 또 들로 나갔는데, 다시 그 이상한 소리를 듣게 되자 노인은 즉시 그 일을 군수에게 아뢰었다. 그러나 군수는 노하여 "어찌 어리석고 망녕된 일 아니더냐?" 질책하고는 노인을 보냈다. 이날 저녁 노인은 또 다시 푸른 빛깔 속옷을 입은 사람의 꿈을 꾸었다. 그가 말하였다. "내 자취가 땅 밑에 버려진지 오래요. 그대는 속히 나를 꺼내주오. 그렇지 않으면 병을 얻게 되리라!" 노인은 크게 두려웠다. 새벽이 되자 아들과 함께 고을 남쪽으로 가서 즉시 그 땅을 팠더니, 한 길 남짓한 쯤에서 종(鐘) 하나를 발견하였다. 그 빛깔이 푸른색으로, 바로 지난번 꿈에 보았던 사내의 옷 빛깔이었다. 다시 군수에게 이 일을 아뢰니 군수는 그 종을 개원관(開元觀)에 두었다. 이날 진시(辰時)에 그 종을 치지도 않았는데 홀연 스스로 소리를 내었다. 그 소리는 극히 위엄있게 울리었다. 청강(淸江)의 사람은 모두 기이하게 여기며 경탄하였고, 군수도 그 일을 위에 알렸더니 현종(玄宗)은 재신(宰臣)인 임보(林甫)에게 명해 그 종의 모양을 베껴 오게 하고 천하에 고시(告示)하였다. ─『선실지(宣室志)』

『태평광기』 권368 精怪1 雜器用 〈淸江郡叟〉

이 종이 사람이 치지 않아도 소리를 낼 수 있었던 까닭은 종 안에 사내의 귀기(鬼氣)가 깃들어서 그랬다는 의미이다. 이 자명종(自鳴鐘)의 이야기는 사물자동 모티브와 관련하여 상당히 흥미로운 소재이지만, 그 '자명'의 일이 단순히 우발적인데 그쳤을 뿐 어떤 조건적인 상황을 대동하지는 않았다. 이 점에서 호동 이야기 속의 고각자명과는 그 긴밀도 면에서 성근 감이 없지 않았다.

이보다는 스스로 울리는 거문고 이야기가 훨씬 괄목할 만한 것이다. 다름 아닌 〈낭현기(瑯嬛記)〉에 나오는 '자명금(自鳴琴)' 화두가 그것이었다.

孫鳳有一琴 名吐綬 彈之不甚佳 獨有人唱曲 則琴弦自相屬和 因改名曰 自鳴琴. (『四庫提要』子 雜家類存目)

손봉(孫鳳)에게 거문고가 하나 있었으니, 토수(吐綬)라 했다. 그것을 두드리면 소리가 그다지 아름답지는 아니하였으나, 다만 사람이 노래를 하면 거문고 줄이 스스로 그 목소리에 맞춰 화음하였다. 그 때문에 자명금(自鳴琴)으로 고쳐 이름하였다.

금(琴)이 고각(鼓角)과는 서로 음악과 관련된 기물(器物)이라는 점에서뿐 아니라, '(若)有 A 則 B'와 같은 조건 구문을 띠고 있다는 점에서 일단의 동질성이 획득되고 있다.

그러나 앞서 규정한 바와 같은 여타의 기준, 다시 말해 조건절의 지시적 의미가 사물을 소유한 당사자에게 도발적인 상황이 되지 못하였다는 점과, 거문고를 중심하여 그것의 소유 주체만 있을 뿐 소유 주체에 대립하는 다른 존재는 부재한 것 등으로 말미암아 동질성이 확보되지 못하였다.

한편으로 이상과 같은 종종의 내적 규준(規準) 및 본질적인 요건을 제대로 갖추지는 못했다 하더라도, 그들과는 별개의 매력적인 조건이 될 만한 것 한 가지가 더 있다. 다름 아니라 지금 자명고각과의 근사성을 모색하는 마당에서 이왕이면 '자명종(自鳴鐘)'이나 '자명금(自鳴琴)'보다는 아예 직접 고각과 관련된 화제가 있다고 한다면 그것이야말로 비상히 주목해 볼 만한 일일 것이다.

북[鼓]과 관계된 설화적 사례로서 북 치는 몽치[椎]가 인간으로 둔갑하여 환현(桓玄)이라는 한 인간의 파멸을 예언하는 이야기가 『태평광기』권368의 〈환현(桓玄)〉에 있다. 하지만 이것이 비록 북과 관계가 있고 사물자동의 성격을 띠기는 했으나, 종(鐘)·금(琴)·고(鼓)·각(角) 같은 직접적인 음향 기물의 자명과는 결코 한 가지로 놓고 검토되기 애매하였다.

그런 한편, 『후한서』의 〈방술열전(方術列傳)〉 '왕교(王喬)'에 보면 그곳에는 두드리지 않는데 울리는 북, 바로 자명고에 관한 사화가 있어 각별히 비상한 관심을 끌어 모으기에 충분하였다.

王喬者 河東人也 顯宗世 爲葉令 … 每當朝時 葉門下鼓 不擊自鳴 聞於京師 … 帝乃迎取其鼓 置都亭下 略無復聲焉.

왕교는 하동(河東) 사람이다. 현종(顯宗) 때 섭령(葉令)을 지냈는데, … 아침이면 섭문 아래에 있는 북이 치지 않음에도 스스로 울리어 경사(京師)에까지 들렸다. … 황제가 그것을 가져다가 도성의 누각에 놓았더니 다시는 소리가 들리지 않았다.

『후한서』方術列傳에 들어있는 〈왕교전〉

치지 않아도 사물 자체가 소리내는 능력을 지녔다는 점에서 호동 이야기와 그 모티브 성격을 함께 한다. 그럼에도 불구하고, 자명고각 모티브의 기본형인 '(若)

有~則~'과 같은 조건구문은 해비(該備)되어 있지 못했다는 점에서 애당초 모티브 동질성에 대한 기대가 저상(沮喪)됨이 사실이었다.

이상을 통해 자명고각 모티브야말로 같은 사물자동 모티브들 중 그 어느 것과도 일치되지 않았던 결과, 과연 독특한 위상을 가지고 있는 것임을 알 수 있었다. 적병의 침입이 있으면 스스로 울었다는 이야기 자체가 전혀 비합리적이고 초현실적인 설화라는 사실을 수긍하는 마당이지만, 한 걸음 더 나아가 그것이 내포하고 있는 실제적 의미가 무엇인지에 대해서는 접근이 부진한 상태이다.

대개 어떤 기사(奇事)거나 이변(異變)은 그것을 표상하는 사실적 의미를 따로 갖게 되는 수가 많다. 물론 그때마다 그 이사(異事)가 무엇을 의미하노라고 일일이 다 밝히지는 않지만, 간혹은 풀이해 밝혀 주는 경우도 없지 않아 기사(奇事)의 안쪽 진의에 접근할 계기가 마련되기도 한다. 예를 들어『삼국유사』기이(紀異) 편의 〈선덕왕지기삼사(善德王知幾三事)〉가운데 선덕여왕이 영묘사(靈廟寺) 옥문지(玉門池)에서 우는 개구리를 적병의 침입으로 보고 군사를 보내 섬멸케 했다는 이야기가 있다. 여기서 여왕이 설명한 바,

蛙有怒形 兵士之像.
개구리의 노한 형상은 병사(兵士)의 표상이다.

'노한 개구리=병사(兵士)'의 등식은 사물의 암시적 의미가 잘 나타난 일례이다.

또한『삼국사기』에서 찾으면 백제의 시조인 온조왕 43년에 기러기 백여 마리가 왕궁에 모여들었던 일에 대한 기록이 주목을 끈다.

四十三年秋 … 九月 鴻鴈百餘集王宮 日者曰 民之象也 將有遠人來投者乎.(百濟本紀1〈始祖溫祚王〉43年)
43년 가을…9월에 기러기 백여 마리가 왕궁으로 모여들었다. 일관(日官)이 아뢰기를, 기러기는 백성의 표상이나이다. 장차 먼 데 사람들이 의탁하러 올 것입니다.

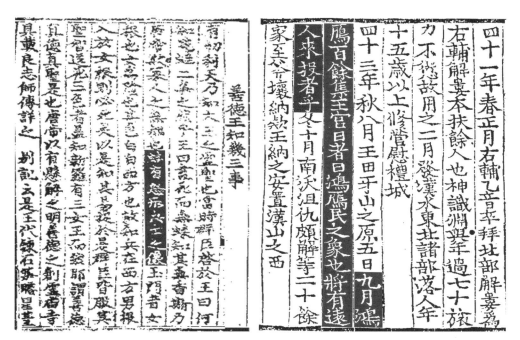

『삼국유사』 권1 기이1 〈선덕왕지기삼사〉(左)와 『삼국사기』 권23 백제본기1 〈시조온조왕〉(右)

기러기는 백성의 표상이라[鴻鴈 民之象也] 한 말에서 '기러기=백성'이란 은유의 등식이 가능한 일로 나타난다.

이밖에도 『삼국사기』나 『삼국유사』에 곧잘 보이는 '이일병현(二日並現)'이나 '삼일병출(三日並出)'에서 해[日]를 인군(人君)의 상징으로 본다거나, 혜성의 출현이거나 침입을 국체(國體)의 흔들림 정도로 이해하는 일, 나아가 〈찬기파랑가〉와 같은 노래 문학에서 달을 해탈 득도의 의미로 해석하는 일 종종을 통해, 아득한 삼국시대에 이미 은유법과 같은 언어의 이중적 의미 체계가 갖춰져 있었음에 의심의 여지가 없다.

이제 북과 나팔이 스스로 울었다는 고각자명 또한 그 자체로 곧장 요해(了解)되어지는 언어가 아니었다. 곧 사실적인 관념 차원을 넘어선 형상적·보조적인 유의어(喩義語)임이 분명하였다. 그리하여 그것의 본래적 관념[本義]이 따로 있을지니, 그 원관념은 대체 무엇이었나?

이것의 접근을 위하여는 우선적으로 고각이란 것이 고대의 서사적 내용 안에서 어떠한 역할 기능을 띠고 있었는지 알아보는 일이 필요하다. 환언하여 고대 서사

기록 안에서의 고각의 이미저리가 이에 유관할 성싶다는 뜻이다.

우선 비록 서사적 내용은 아니지만 다음 이계(李稧)의 〈사주중수고각루기(泗州重修鼓角樓記)〉를 보면 고(鼓)와 각(角)의 이미저리 구조가 대개 어떠한 데 있는지 가늠해 볼 나위는 있다. 『사문유취』 속집 권23 악기부(樂器部) 〈고(鼓)〉 문(門)에 실린 내용이다.

　　烈而悲者 角之聲 催而壯者 鼓之聲 烈與悲似義 催與壯似勇 夫軍以義集 以勇進 故軍城例建樓鼓角於正門 以嚴暮驚夜 二物用固均 凡發語 雖先鼓而後奏 角先鳴者 蓋欲生於義也.

　　열(烈)하고 비(悲)한 것은 뿔피리의 소리이다. 최(催)하고 장(壯)한 것은 북의 소리이다. 열과 비는 의(義)를 닮았다 할 것이고, 최와 장은 용(勇)을 닮았다 할 것이다. 무릇 군사는 의로 모이고, 용으로 나아간다. 그런 까닭에 군사의 성(城)에는 으레 그 정문에다 북과 뿔피리의 누각을 세움으로써 저물녘과 밤중을 엄히 경비하였으니, 이 두 물건은 늘상 똑같이 사용하였다. 무릇 언어상으로는 비록 북이 뿔피리보다 먼저이나, 북을 나중 연주하고 뿔피리를 먼저 울리는 것은 생각건대 의(義)에서 비롯하고자 한 뜻이다.

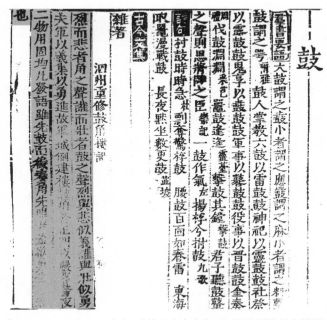

『사문유취』 속집 권23 악기부 '鼓'의 古今事實 중 〈泗州重修鼓角樓記〉

북과 뿔피리는 의용(義勇)을 북돋우기 위한 병물(兵物)로, 뿔피리는 군사에 있어 정의의 표상이요, 북은 용기의 표상이라는 의미를 강조하였다. 구상적(具象的)인 사물을 추상적인 정신의 국면에다 연결 지은 것이니, 그 자체로서 일단의 타당성 있는 해석이 될 만하였다. 아닌게 아니라『논어』〈선진(先進)〉편 안에도 북울림[鳴鼓]의 행위가 용기의 의미와 통할 법한 구절이 보인다.

委氏富於周公 而求也 爲之聚斂 子曰 小子鳴鼓 而攻之可也.
위씨(委氏)는 주공(周公)보다 부유함에도, 구(求)는 그를 위해 세금을 걷고 재물을 모아주었나이다. 그러자 공자께서는, '너희는 북을 울리며 그를 성토하여도 좋나니라' 하셨다.

그리하여 이것을 낙랑국의 고각담(鼓角譚)에 적용시켜 보았을 때조차 의미의 소통이 제대로 이루어질 수 있다면 문제는 해결될 터이다.

이제 낙랑의 북과 나팔은 예기치 않은 적병의 습격이 있으면 스스로 울었다고 하였으니, 여기에 의용(義勇)의 개념을 불어 넣었을 때 '적병의 침입이 있으면 정의와 용기가 절로 발양되었다'는 뜻으로 풀이될 것이다. 이때 정의와 용기의 주체는 '적병'과 관련해서 의당 낙랑군이 되겠다. 결국 낙랑의 군사는 적병이 몰래 침입할 경우 의용심이 진동한다는 말로 요해될 테지만 이는 마침내 그 의미의 소통이 순조롭지 못하였다. 더욱이 낙랑공주가 '고각을 갈라놓았다[割鼓面角口]'는 상황에다 의용의 개념을 대입했을 경우 여전히 영문을 알기 어렵다. 급기야 고구려의 엄습에 '고각이 울리지 않아 대비를 못하였다[鼓角不鳴不備]'는 정황에 또한 의용의 개념을 대치시킬 경우 못내 석연치 않은 의문만 자아낼 뿐이었다.

예컨대 북이 가져다주는 상징적 이미저리는 '용(勇)' 한 가지에 한정되어 있는 것은 아닌가 하였다.

『삼국사기』의 혜공왕(惠恭王) 2년 조에 보면 '하늘에서 소리가 났는데 북소리와 같았다[天有聲如鼓]'고 하였다. 이는 그 해에 일어난 다른 일들, 예컨대 하늘에 해가 둘 나타났다거나 다리가 다섯인 기형적인 송아지가 태어났다거나 땅이 꺼져

검푸른색의 연못이 되었다거나 하는 일과 관련하여 상서롭지 못한 일에 대한 경계의 의미, 또는 경고의 심상을 위한 완곡한 표현이었다.

한편으로 『사문유취』의 북 관련자료 가운데 '고금사실(古今事實)' 항목에 췌록시킨 〈고루경도(鼓樓警盜)〉가 시사하는 내용은 보다 심장한 의미를 지닌다.

> 李崇爲兗州刺史 兗土多劫盜 崇爲村置一樓 樓掛一鼓 盜發之處 雙槌亂擊 諸村聞之 皆守要路 俄頃之間 聲聞百里 悉能擒送 鼓樓自崇始也.(續集 卷23 樂器部 '鼓'門)
> 이숭(李崇)이 연주(兗州)의 자사(刺史)가 되었을 때 연주 땅에는 겁략을 일삼는 도적이 많았다. 숭(崇)은 고을을 위해 누각 하나를 세우고 그 누각에다 북을 하나 걸어두었다. 도적이 발생하는 곳에 두개의 몽둥채로 마구 두들기면 여러 고을에서 그 소리를 듣고 모두 요로(要路)를 지키니, 잠깐 사이에 그 소리가 일백 리에 들려 모조리 잡아 송치할 수 있었다. 누각의 북은 이숭으로부터 시작된 것이다.

여기서는 '고(鼓)'의 이미저리가 추상적·정신적 개념으로서의 '용기'와 같은 의미 범주에 머물지 않는다. 대신, 접근하는 도적에 대응하는 일이 구체적·물리적 개념으로서의 '경계(警戒)', '방비(防備)'와 같은 별개의 의미 체계에 충실해 있다. 이로써 북이 시사하는 대표적 의미 체계의 중대한 발견이 하나 더 이루어진 셈이다. 이 양자의 공통점은 모두 바깥의 적과의 관계 위에 있다는 사실이다. 그럼에도 전자의 용(勇; 용기)이라는 것은 그 속성상 '공격적' 개념 안에 있는 반면, 경(警; 경계)이라는 것은 '수비적' 개념 안에 있다.

그런데 생각해보면 여기 연주(兗州) 이숭의 북 이야기는 그 대상이 외부의 도적에 있고, 낙랑 최리의 북 이야기도 그 대상이 외부의 군사에 있다. 하나는 도적이고 하나는 적병이라는 점만 달랐지 그것이 모두 외부의 적이라는 점에서 동질성을 지닌다.

그뿐만이 아니다. 이숭의 북이 도적을 공격하기 위함이 아니요, 연주를 노리는 도적으로부터 방어하기 위한 성격을 띠고 있었듯이, 최리의 북 또한 적병을 공격하기 위함이 아니요, 낙랑을 노리는 적병으로부터 방비하기 위한 성격을 띠고 있었다. 요컨대 이 두 사화 속에서의 북이 나타내고 있는 역할 기능이 바로 수비적인 개념 안에 있다는 사실을 천명함이다.

이렇듯 꾸준히 이승의 북과 최리의 북 사이, 서로 통하는 사항에 관해 심상치 않은 정도로 강조하는 이유가 무엇인가?

기실은 낙랑의 스스로 울리는 북의 진실은 해결의 중대한 키워드가 다름 아닌 바로 이 연주의 북 이야기 안에 들어 있었다. 연주의 누각에 걸린 북은 도적의 침입을 재빨리 파악하고 전체에 알려 고을을 보호하는 데 긴요한 쓰임이 되었다. 말하자면 그 구실이 '방호(防護)'와 '경계(警戒)'에 있었다. 사전적으로 '적의 공격이나 침범을 맞아 지켜서 보호함 / 막아 지킴'의 역할 및, '적국 간첩의 침입이나 기습 등을 방호함'과 같은 기능을 갖고 있었다. 『사문유취』가 이승의 이 북 고사(故事)의 표제를 〈고루경도(鼓樓警盜)〉 곧 북의 누각이 도적을 방비하다로 책정한 것도 그와 같은 이유에서였다.

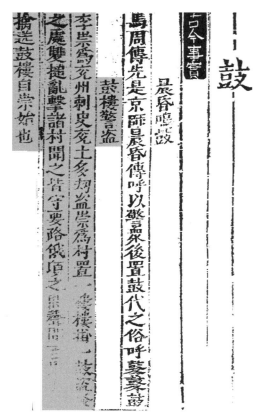

『사문유취』 속집 권23 악기부 '鼓' 안의 〈고루경도〉

낙랑의 무고(武庫)에 걸린 북 역시 적병의 침입이 있으면 즉시 소리내어 전체에 경고함으로써 나라를 지키는데 결정적인 역할, 곧 경계와 방호의 소임을 다하였다. 낙랑의 뿔피리 또한 마찬가지였다. 그리하여 낙랑의 북과 뿔피리는 다름 아닌 낙랑의 경비(警備) 체제를 상징하는 대유법적 한 표현이었을 개연성에 상도(想到)하게 되었다.

연주의 북과 낙랑의 북, 이 두 가지 사화가 갖는 상황적 유의성(類義性)에 빌미하여 낙랑의 고각이 낙랑의 경비·방호 체제였다는 사실에까지 다가갔을 때, 바로 뒤엣말 자명(自鳴)이 뜻하는 바도 연주의 북 이야기와의 연계를 통해 합리적인 실체가 노정(露呈) 가능해진다. 경비 방호 체제의 스스로 울림[自鳴]이라 함은 역시 경호 체제의 기민성에 대한 유의적(喩義的) 표현에 다름 아니었다. 결국 고각자명은 최리 낙랑국이 외부 적에 대응하는 자체 방위 시스템이 주변의 다른 어떤 부족 국가보다도 월등히 민첩하고 치밀하였다는 뜻의 은유적 조어(造語)였음이다.

다만 그 방호의 체재가 어떤 방식으로 조성되었을지 보다 세부적으로 상고할 길은 막연한 듯 보였다.

그런데 앞서 유취(類聚)에서는 그 이야기에 대한 출전을 그만 누락시키고 말았으나 실상 그 원전은 『위서(魏書)』〈이숭열전(李崇列傳)〉에 있는 것이었다. 이 『위서』 중의 내용과 이것 인용의 『사문유취』 내용을 대조해 보면 유취가 원전에 대해 여하히 조정해가며 인용했는지 한눈에 볼 수 있게 된다. 곧 원문 내용 그대로를 고스란히 옮기는 대신 적절한 산개(刪改)를 가하는 방식으로 인용하였던 것이니, 여기서 유취의 편자가 원전을 다루는 태도의 일단(一端)을 엿볼 수 있기도 하다. 지금 유취의 〈고루경도〉와 대조하여 바로 이 『위서』의 기록엔 외부 적에 대한 경비와 퇴치에 이르기까지 그 대략의 경위가 마저 잘 나타나 있다. 그리하여 『위서』〈이숭열전〉 중의 관련 내용 전모를 인용하면 다음과 같다.

李崇 … 以本將軍除兗州刺史 兗土舊多劫盜 崇乃村置一樓 樓懸一鼓 盜發之處 雙槌亂擊 四面諸村始聞者攝鼓一通 次復聞者以二爲節 次後聞者以三爲節 各擊數千槌 諸村聞鼓 皆守要路 是以盜發俄頃之間 擊布百里之內 其中險要 悉有伏人 盜竊始發 便爾擒送 諸州置樓懸鼓 自崇始也.

이숭(李崇)이 본장군(本將軍)으로서 연주자사(兗州刺史)의 벼슬을 받았는데, 연주 땅은 옛부터 겁략을 일삼는 도적이 많았다. 숭은 이에 고을에다 누각 하나를 세우고 그 누각에는 북을 하나 걸어 두었다. 도적이 발생하는 곳에 두 개의 몽둥이 채를 마구 두들기면 사방 여러 고을 중에 처음 그 소리를 듣는 자가 북을 쳐서 한 차례 알린다. 뒤미처 그 소리를 듣는 자가 두 마디 장단으로 치고, 그 다음 그 소리를 듣는 자가 세 마디 장단으로 친다. 그들 각각이 수천 번 북채를 두드리게 되니, 온 부락이 그 북소리를 듣고는 모두 요로(要路)를 지킨다. 이 때문에 도적이 발생한 지 잠깐 새에 그 북 울림이 백 리 안에 퍼져 나간다. 그 가운데 길이 험한 요로에는 죄다 사람이 잠복되어 있으니, 도적 발생의 첫 시점에 이내 사로잡아 송치할 수 있었다. 주(州)마다 누각을 세우고 북을 매어 단 것은 이숭으로부터 비롯한 것이다.

『위서』 권66 열전54 〈李崇〉

이에서 그 방호 체계의 보다 자세한 국면을 대할 수 있는 바, 고을마다 북을 걸어 놓은 누각을 설치하니 유사시에 단계적으로 내는 북소리로써 고을고을이 신속한 경보망을 확산시켜 나가는 방법이었다. 지역 방비를 위한 경보 체계의 수단으로 '북'을 이용하였던 것이다.

낙랑국이 또한 북이며 뿔피리를 정작 경보 교신의 수단으로 삼았는지까지는 확신할 길은 없다. 다만 『삼국사기』의 이른 기록에 북과 연관된 기사가 적지 않고, 또한 중국 『수서(隋書)』의 동이(東夷) 〈고려열전(高麗列傳)〉에 보아도 일찍부터 고구려에는 북, 백제에는 고각(鼓角)이 악기로 사용되었다는 사실을 규지할 수 있으니, 낙랑 땅에조차 악기거나 병기로서 쓰였을 고각의 존재를 의심할 필요는 없을 듯싶다.

또는 그것이 반드시 북이나 뿔피리같은 군악기 종류의 청각적인 전보(傳報) 방식이 아니라 하더라도 무방할 것이다. 이를테면 육성의 외침이었거나 사람이나 말이 직접 뛰어 치전(馳傳)하였을 수도 있다. 한편, 우리나라 봉수(烽燧)는 그 유래가 아득히 먼 데 있었으니,『한국민족문화대백과사전』의 "봉수"에 대한 설명을 통해 더욱 실감이 가능하다.

사실 중국에서는 이미 주나라 시대부터 시작하여 전한(前漢) 시대에 봉수가 있었다고 하며, 그것은 점점 발달하여 당나라 시대에는 완전히 제도화되었던 것이다. 우리나라에서도 가락국의 시조 수로왕의 치세 중에 이미 봉화를 사용하였다고 삼국유사에 전하고 있으며, 이후에도 삼국사기에 백제 온조왕 10년 조의 봉현(烽峴)을 비롯하여 봉산(烽山)·봉산성(烽山城) 등의 기록이 나타난다. 수로왕이 유천간(留天干)을 시켜서 망산도(望山島) 앞바다에 나가 붉은 돛에 붉은 기를 단 배가 나타나면 봉화로써 통지하게 하라고 한 기록은 일반적 의미의 봉화임에 틀림이 없겠고, 삼국사기에 보이는 봉산성 등의 기록도 이미 봉수제가 실시되고 있었던 것으로 추정할 수 있다. 중국에서는 한대(漢代) 이전에 이미 봉수제가 확실히 성립하였고, 당시 두 지역 사이의 문물 교류로 미루어 군사적 의미의 봉수제는 실시되고 있었을 것이다.

낙랑 또한 혹 횃불[烽]이나 연기[燧] 같은 시각적인 전보(傳報) 형태였는지도 모를 일이다. 어쨌든 적어도 낙랑 땅의 접경지대를 기점으로 하여 최리 주재의 중앙 본영까지 그 교신 전보의 체재가 아주 신속 치밀하게 연결 상응되었으리란 짐작을 가능케 만든다. 이때 가장 요충지는 당연히 낙랑 외곽의 국경에 설치된 방호소(防護所)가 되었을 것이다. 고려시대의 봉수제(烽燧制)를 보아도 맨 나중 착점의 경봉수(京烽燧)나 중간 단계의 내지 봉수(內地烽燧)보다는, 해륙 변방 지대의 제일선에서 처음 적정(敵情)을 기민하게 간망(看望)하는 소위 연변 봉수(沿邊烽燧) 즉 연대(烟臺)가 가장 임무수행이 힘들었던 처소란 사실을 알 수 있는바 관련지어 헤아림하기 어렵지 않다.

적병이 기습하면 고각이 지체 없이 소리내어 울었다는 의미의 해석이 이와 같을 때, 공주가 고중(庫中)에 몰래 잠입하여 고각을 할파(割破)하였다 하는 일의 실상은 대개 어떠한 것일까?

　원전에 적은 바 '할파고각(割破鼓角)' 및 '할고면각구(割鼓面角口)'는 아마도 공주가 교신 전보 체계의 중요 맥락을 끊어 놓은 일에 대한 유의적(喩義的) 표현이었을 것으로 상량된다. 그 비상을 알리는 연락 상응의 맥(脈)을 성공적으로 끊을 수 있었던 일의 현실적 모습은, 그녀가 후망(堠望) 요새에 복무하는 낙랑 병사들을 안도시켜 이취(泥醉)케 하였거나, 심복을 이용해 비밀히 처치했거나 속임수를 써서 감금했을 상황적 연상과 크게 동떨어지지 않을 것이다.

1956년 영화 〈왕자호동과 낙랑공주〉

　그 내밀한 속사정이 여하튼지, 그 맥을 끊어 놓으매 중앙의 최리 본영에 고구려군 기습의 정보가 불통되고 말았다. 이것이 자명(自鳴) 설화 원전의 '불명(不鳴)'이요, 적침(敵侵)의 사실을 전혀 깨닫지 못하였던 까닭에 거기 대응할 아무런 대비를 갖추지 못하였음이 '불비(不備)'로 형상되었던 것인가 한다. 그리하여 고구려 군사가 성 아래에까지 기습해 온 다음에야 고각이 모두 찢어지고 깨어졌음[鼓角割破]을 알았다 함은, 역시 뒤늦게야 전보(傳報) 계통상에 파탄이 일었음을 알게 되었다는 뜻이었다. 낙랑을 외침(外侵)으로부터 지켜 견고한 금성탕지(金城湯池)로 지탱하여 주던 저력은 조직적인 경보 체계였다. 이는 곧 낙랑의 자랑이자 긍지이기도 하였는데, 그 막강한 경보망(warning net)의 중추를 끊어 낙랑의 국방 체계에 결정적인 교란을 가져온 딸에 대한 응징은 죽임으로 나타났다. 최리는 마침내 '딸을 죽이고 나와 항복하였던 것[遂殺女子 出降]'이다.

이 사화(史話)의 말미에는 『삼국사기』 편저자의 세주(細註)로 호동과 낙랑 관련 또 다른 시나리오가 첨보(添補)되어 있다.

或云 欲滅樂浪 遂請婚 娶其女爲子妻 後使歸本國 壞其兵物.
혹은 말하기를, 낙랑을 멸하고자 청혼하여 그 딸을 데려와 며느리로 삼고는 나중에 본국으로 보내 그 병물을 부수도록 시켰다고 한다.

호동과 낙랑국 자명고각의 이야기 범주가 이원화 되어 있음을 규찰할 수 있겠거니와, 이 두 번째 경우를 빌어서도 이 일이 속절없이 정략결혼의 성격을 띠었음을 단적으로 나타내 보이고 있다. 그 강성한 고구려가 전쟁과 같은 정면공격의 방법으로 낙랑을 정복하는 대신 이 같은 계략으로 목적을 이루려 했다는 것은, 뒤집어 보면 낙랑의 방위 체제가 얼마큼 공고했는지에 대한 강력한 반증이다. 그리하여 정녕 실제로 적의 기습에 스스로 소리낼 줄 아는 북과 피리의 존재를 있을 수 있는 현실로 받아들인다면 모르겠지만, 그렇지 않은 경우의 스스로 소리내는 고각이란 필경 낙랑이 보유한바 대외 방비력 상의 견실(堅實)을 은유법으로 대치시킨 한 가지 형상이었음이 분명하였다.

3. 맺음말

호동과 낙랑의 사화는 그것이 『삼국사기』 고구려 대무신왕 본기 안에 수록되었음으로 말미암아 그 명분을 비록 역사 쪽에 두고 있는 것이기는 하나, 그것은 또한 사실적 실제(實際)의 씨줄 바탕 위에 낭만적 가공(架空)의 날줄을 입힌, 미학적 공정(工程)이 엿보이는 이야기 문예이기도 하였다. 적병이 기습하면 스스로 소리하는 북과 뿔피리, 자명고각은 바로 그러한 설화적 날금이었다.

그 고각은 '若有敵兵 則自鳴[만일 적병의 기습이 있으면 저절로 소리를 울렸다]' 했으니, 이것은 조건절 구문으로 된 위기 상황을 사물자동(事物自動) 모티브 활용으로 대처한 경우이다. 동시에 수많은 사물자동 모티브들 가운데 이와 구조가 똑같은 사례는 다시 찾기 어려운 고유하고 특징적인 위상과 의의를 지니는 바 있다.

바로 이 최리의 낙랑국에 있었다는 고각, 적병이 기습하면 저절로 소리하였다는 북과 뿔피리는 정녕 현실에 존재할 수 있는 사물일 리 없으니 이 곧 추상적인 사실을 구체적인 사물로 나타낸 상징의 한 표어(表語)이다. 환언하면 고각이란 사물이 어떤 추상적인 사실을 대변하고 있는 것이다.

그런데 고각의 경우에는 전통에서의 국화는 고결, 비둘기는 평화 정도의 보편성까지 확보되지는 못하였던 대신, 한·중의 전통적 체험 안에서 한두 가지의 준보편적인 심상을 띠어 왔던 사실이 모색되었다. 우선적으로 이계(李磎)의 〈사주중수고각누기(泗州重修鼓角樓記)〉 등을 통해 고(鼓) → '勇', 각(角) → '義'의 이미저리 추출이 가능하였다. 그리하여 이를 낙랑의 자명고각에 대응시킴에 '적병이 기습하면 낙랑 군사의 의용심이 자발적으로 일어난다'고 하면 되겠으나, 그 다음 고구려 군대의 기습과 연관지은 이야기 전체의 맥락 안에서는 못내 석연치 않은 어색함을 남길 따름이었다. 요컨대 표상 언어로서의 고각(鼓角)은 그것이 호동과 낙랑 이야기의 중심적인 심상이 되는 이상, 그것의 원개념은 이야기 전반을 전후간 무리없이 유기적으로 소통시킬 수 있는 의미를 띠는 것이라야만 했다.

고각이 가리키는 심상 개념의 또 한 가지 지침은 『위서』의 〈이숭열전(李崇列傳)〉 안에서 최적의 본보기가 가능하다. 이숭이 연주(兗州) 고을을 침범하는 도적에 대응하던 일인 바, 여기서의 북은 조직적인 경비 방위의 역할 및 의미에 충실한 뜻이다. 낙랑의 무고(武庫)에 걸린 북 역시 외적의 침입에 대응하는 소임을 지녀 있으니, 유사시에 스스로 울린다 함은 전체 단위의 유기적인 비상경보 체재의 치밀함과 민첩성을 나타내는 의미가 아닐 수 없다.

그런데 누각의 북을 이용하여 외부 적에 대응 방비하는 착상은 A.D. 3세기의 이숭에게서 비롯된 일이라 했다. 그럴진대 A.D. 1세기의 낙랑국의 국방 체계에 북이 쓰였을 개연성을 위하여는 아무래도 고무적인 작용을 하기 어렵다. 그것의 방호 시스템은 그 기원이 보다 오랜 방식 안에서 찾음이 타당하다.

한편, 고각자명의 이야기 실체가 대개 이상과 같은 데에 있었다고 할 때, 대관절 무슨 일로 그같은 설화적 도장(塗裝)을 할 필요가 있었는지. 더욱이 『삼국사기』 역사의 본기(本紀)에조차 가

1956년 영화 〈왕자호동과 낙랑공주〉에서 자명고를 찢는 장면

공(架空)임이 명백한 그 이야기를 그대로 살려 쓰기로 했던 이유가 무엇인지 생각하지 않을 수 없다. 『삼국사기』 편자는 굳이 호동과 낙랑의 사화에는 또 하나의 다른 이야기 유형이 있음을 애써 밝히는 정도의 세심을 보였으면서도, 자명고각처럼 꾸며냄이 분명한 화제에 대해서는 마침내 언급을 회피하였으니 더욱 미혹할 노릇이었다.

사유컨대 이는 봉건 전통의 보수적인 관점 또는 가치관과 무관하지 않을 것으로 본다. 곧 남자에 미혹하여 부모와 조국마저 배신한 한 여자가 자국의 요충 방호선을 파괴하는 동작, 조국과 부모를 파탄으로 몰고 가는 그 이적(利敵) 패륜적인 움직임에 대해 차마 직서(直敍)하기를 꺼렸던 내밀(內密)의 기록으로 상고된다.

바보 온달과 평강 공주

1. 머리말

사실은 〈온달〉 이야기 자체가 『삼국사기(三國史記)』라는 사서(史書) 가운데 있는 엄연한 역사 기록의 일부이니만큼, 그것이 전하는 내용 메시지에 대해 전적인 신뢰로써 수용하는 태도가 우선 바람직할 것이다. 그럼에도, 이 사화(史話)에는 현실적 합리주의의 관점에서 다 믿고 받아들이기 곤란한 화소들이 진작부터 개재하여 있었다.

우선은 시정간을 돌면서 걸식하던 일개 천민 남자가 일약 공주의 부군이자 왕의 부마로, 바보로 불리던 사내가 일국의 명장으로 신분적 극상승을 이룩한다는 초비약적인 발상부터 그러하였다. 이 같은 극단적인 신분 상승의 모티브 말고도, 꾸며진 이야기임이 분명한 것은 다름 아닌 온달 전사 후에 관이 움직이지 않는다는 원전의 이른바 '구불긍동(柩不肯動)'의 부분이었다. 곧 신라군과 아단성(阿旦城)에서 전투하다 유시(流矢)에 맞아 죽은 장군을 장례하기 위해 관을 들어 옮기려 했으나 널이 움직이지 않았다는 곳이다. 여기서 벌써 현실성 일탈의 모티브가 강하게 제시된 셈이다. 이어지는 이야기는 '평강공주가 와서 관을 어루만지며 하는 한마디에 널은 다시 움직여 하관할 수 있었다[公主來 撫棺曰 死生決矣 於乎歸矣 遂擧而窆]'로 펼쳐졌다. 특별한 사람에게만 통하는 어떤 생사초월의 영적인 교감이 암시된 이러한 부분은 이미 합리적 사건 및 실사(實史)에서 벗어난 것인지라 어느새 이야기의 꾸밈을 속성으로 안고 있는 설화의 영역에 자연스레 진입한 것이었다. 이 같은 인귀(人鬼) 감응 소재는 동시에 한중(韓中)의 설화 및 전기(傳奇) 문학 전개 과정에서 상당한 비중을 차지하는 모티브이기도 했다. 비근한 일례로 『수신기(搜神記)』, 『수이전(殊異傳)』 안의 설화나 『전등신화(剪燈新話)』, 『금오신화(金鰲新話)』의 이야기들은 이 모티브 바탕 위에 있는 것이다.

〈온달〉의 연구에 관하여는 일찍이 역사학의 관점에서 그 설화화 되어진 부분들을 다시금 사실적 문면으로 재해석하고자 하는 시도가 진작부터 있었다. 이어 그 해석을 승인하는 가운데 온달 기록이 분명 기존의 모종 설화의 착실한 유형적 전례 안에 있는 존재임을 입증하는 노력, 내지는 〈온달〉 열전의 역사성에 못지않은 문학성에 유의하면서 이 이야기가 조선조의 악부(樂府)에 수용되어진 양상에 대한 검토 등이 뒤따랐다.

이렇듯 그 논의의 방향이 다양했던 중에도 최소한 〈온달〉 이야기의 역사성을 초과하여 있는 문학성, 사실성에 우선되어 있는 설화성에 대하여는 일일이 누가 특별하다고 할 것도 없이 관련 논자들마다 그것을 아예 '온달 설화'로서 명명하여 다룬 만큼, 이미 든든한 공감대가 형성되어 있다 해도 과언이 아니다.

온달의 설화성을 말하는 이들은 편의상 전체를 전·후반으로 나누되, 전반 곧 온달이 공주와 결혼하여 국마(國馬)를 사들이는 대목까지 설화성을 부여하고, 후반 곧 그가 처음 수렵 대회에 나가고 전공(戰功)을 세워 출세하다가 최후를 맞이하는 대목까지 사실성을 부여하는 입장이다.

여기서는 〈온달〉이 일단 설화 요인을 강하게 내포하고 있는 사화임을 안 이상, 사실 바탕 위에서의 설화적 개입에 관한한 어디든 방심할 수 있는 문제는 아니라는 점에 유의하려고 한다. 사방 어느 곳에도 잠복하여 있을 것이라고 보고, 사실 여부 타진에 보다 주도면밀한 용심(用心)을 늦추지 않고자 한다. 허구임이 쉽게 드러나는 단서로서의, 온달 시신을 담은 관곽이 움직이지 않았다는 '구불긍동' 모티브도 전반부에 놓이지 않고 이야기의 후반 최종부에 자리하고 있었음을 상기하고자 한다.

나아가 평강왕 때 과연 온달이라는 인물 자체가 실존했는지의 문제까지도 회의적인 국면이 없지 않다. 『삼국사기』가 비록 설화성을 띠는 내용마저 사록화하였으리라는 사실은 알겠지만, 또한 온달이란 인물이 열전 한계 안에서만 존재할 뿐 본기의 〈평원왕〉 조 안에서는 전혀 확인 불가능하였다는 의아로움을 남겼다. 그렇다 해도 김부식이 아무려면 존재도 없던 인물인 줄 뻔히 알고서 고의로 무리한 수록을 시도하였다고는 생각지 않는다. 하지만 이제 적어도 이렇게 사실과 설화 사이의 경계가 못내 모호하기 짝없는 〈온달〉인지라, 이미 그만하면 합리적이다 싶어 사실 기사일 것으로 쉽게 간주했던 부분마저 새삼스런 긴장감이 제고되지 않을 수 없다. 그리하여 설화로서 더 인식되는 〈온달〉의 모든 기사에, 사실 내용으로 인식되는 부분과 설화 내용으로 인식되는 부분을 등거리 상태에 두고서 보다 철저히 재검토할 일이 요망되었다.

2. 본론

〈온달〉 열전에 대해 가장 선수 작업을 폈던 이기백은 역사학자의 입장이면서도 오히려 『삼국사기』의 〈온달〉 앞부분에 대해 다음과 같이 말하였다.

> 온달의 위인과 가정환경을 적은 것인데, 후일에 그의 사회적 정치적 지위를 생각한다면 도저히 믿을 수 없는 이야기이다.(「온달전의 검토」)

요컨대 평강이 말을 기르는 부분 이하는 사실적 내용이로되 전반부 온달의 출세 이전에 바보라는 이름으로 있을 때의 일은 설화적 내용이라고 보았다. 〈온달〉 전반부는 그것을 이야기하는 화자 대중들의 입김이 가미되었다는 뜻이다. 곧이곧대로의 사실성 메시지 대신, 후대 사람들의 의식 작용에 따른 창의적 허구성메시지 개입을 인정한 뜻이다. 그리하여 이것을 전면 사실적인 언어로 재해석해 내려는 시도를 폈다.

임재해는『한국민족문화대백과사전』에서 〈온달〉이 갈등 구조상 세 딸을 둔 아버지, 자기 복에 먹고 산다고 하여 쫓겨난 셋째 딸, 홀어머니를 모시고 가난하게 살아가는 숯구이 총각 사이에 얽힌 민담과 함께 부녀간의 갈등을 다룬 같은 유형의 설화로 보았다.

　　한편, 김대숙은 이 〈온달〉 이야기가 전통 설화 가운데 '여인 발복 설화' 군(群)과 동일 유형 안에 들어 있음을 입증해 보였다. 즉 아버지에게 쫓겨난 여자가 새로 인연을 맺게 된 상대방 남자에게 복을 가져다준다는 뜻으로서의 소위 여인 발복의 이야기 구조 안에 있는 〈숯구이 총각의 생금장〉, 〈내 복에 산다〉 및『삼국유사』소재의 백제 〈서동(薯童)〉 설화, 〈삼공본풀이〉 등과 기본적으로 동일 유형구조 안에 있음을 지적하였다.

　　그런데 〈온달〉이 상당 부분 현실적인 일로 수용하기에는 무리이다 싶은 내용들로 조합되어 있으면서, 공통 유형을 이루는 어떤 종류의 기존 설화군들과 사건 진행상의 단락간 배열이 공식처럼 잘 맞아떨어진다 했을 때, 〈온달〉은 자연 발생적이고 개성적 사건 서술인 사실 맥락에 충실한 메시지라는 인상에서 멀어진다. 일정 틀 안에서 움직이는 듯한 서사 전개 양상이 사실(史實)로서 간주하기에는 다분히 설화적이란 뜻이다.

　　원칙적으로 사실성보다는 설화성이 더 강한 성격을 띠는 유형적인 이야기를 지나치게 역사성 안에 묶어 짜맞추려는 노력은 자칫 문제를 왜곡시킬 우려가 없지 않다. 상기한 여인 발복의 유형 안에 속해 있다는 일련의 이야기가 대개 그럴지니, 〈숯구이 총각의 생금장〉, 〈삼공본풀이〉를 역사적으로 추적하여 짜맞추는 일은 처음부터 뜻 없는 일이 된다. 〈삼공본풀이〉와 아주 긴밀한 관계 선상에 놓여 있는 것 중에『삼국유사』소재 〈서동〉 설화의 경우는 앞의 것들에 비해 보다 구체적인 역사 소재를 띠고 있다. 예컨대 진평왕이나 선화공주와 같은 역사상 인물, 또 용화산 미륵사와 같은 현실적 지소(地所) 등이 수반되어 있어 역사성 부합이 훨씬 희망적이긴 하다. 그럼에도 역시 궁극적으로는 도대체 서동이 누구인가 하는 것에서부터 투명치 못했다. 뿐만 아니라 잘 알려진 대로 무왕설, 동성왕설, 무령왕설, 원효설, 남순동자(南巡童子)설 등이 있어 각자는 나름대로 타당하다고 주장하는 근거적 터전이 있으나, 반대설의 입장에서는 그 근거로 세운 내용들이 별 의미 없는 희박한 것이 되고 만다. 실제 신라국 선화공주와의 통혼 사실 관계도 역사 기록 안에서는 제대로의 확인이 못내 이루어지지 못했던 것이다.

그렇지만 〈온달〉의 경우는 조금 다르다. 엄연한 정사 기록인 『삼국사기』의 열전 안에 수용되어 있는 인물이니만치, 비록 그 이야기가 전체 맥락에서 발복설화의 테두리 안에 있다손 치더라도 무조건 전면 설화적 가공의 인물로만 돌리기는 곤란하다. 다시 말해 온달로 이름 붙여진 실존 인물의 존재 및 행적이 사실성 면에서 자못 탄탄해 보이기 때문이다.

그럼에도 불구하고, 역사적 사실의 역할 당사자인 온달의 존재가 평원왕 실록 안에 전혀 자취 없음은 차라리 미혹만을 야기시킬 뿐이었다. 더구나 김대숙도 지적했듯이, 열전에 실린 고구려 사람 가운데 다른 이들은 모두 본기(本紀)에 나오는데 온달 혼자만이 유독 열전 한 군데에만 수록되어 있다. 그나마 열전에 수록된 인물마다 서두에 그 계통이 밝혀져 있고 그렇지 않은 경우마저 오히려 그 출신을 모르겠다는 언급이라도 있는데, 온달 만이 출신에 관한 설명이 일체 생략되어 있다. 그 이유는 역시 위 논자의 생각처럼 온달이 중앙 귀족 집단에 속하지 못하고 지방 호족 집단에 속한 신분상 열세에 있던 때문이었을까? 그렇다고 열전에 포함된 고구려 사람들 전체가 하나같이 귀족 중심 세력권 안에 든 것은 아니었다.

이제 온달 이야기의 군데군데를 보다 상세히 검토해 보고자 한다.

돌이켜 보면 이야기 안에서 온달이 평원왕의 정식 사위로, 또 장군으로 출세한 계기가 되었던 대목은 이것이었다.

時後主武帝出師伐遼東 王領軍逆戰於肆山之野 溫達爲先鋒 疾鬪斬首十餘級 諸軍乘勝奮擊 大克 及論功 無不以溫達爲第一.

마침 후주(後周)의 무제(武帝)가 군대를 일으켜 요동으로 쳐들어오므로 왕은 군사를 거느리고 나가 이산(肆山)의 들에서 적을 맞아 싸웠다. 온달은 선봉이 되어 날래게 싸워 적 수십 명을 베어 죽이니, 모든 군사가 승세를 타고 떨쳐 공격해서 크게 이겼다. 공로를 논함에 이르러 온달을 으뜸으로 하지 않는 이가 없었다.

後周의 무제

그러나 실제로 후주의 무제에 대한 가장 치밀한 사록인 『주서(周書)』제5권, 제6권의 〈무제(武帝)〉안에서 무제가 고구려를 쳤다는 기록은 제아무리 괄목하여 찾으려 해도 발견됨이 없다. 아울러 우리쪽 『삼국사기』권19의 고구려 본기 제7의 〈평원왕〉조를 낱낱이 짚어보아도 역시 확인할 길은 없다. 그렇다고 이 사건을 어느 한쪽도 아닌 양쪽이 모두 실수로 빠뜨렸다고 간단히 치부하기에는 무리가 있다. 그것의 증좌로서 이를테면 다른 것도 아닌 바로 그 북주(北周)와 고구려 사이 왕래 내지 교섭했던 내용을 대조해 보기로 한다. 우선 『주서』〈고려(高麗)〉열전 안에 실려 있는 것을 본다.

璉五世孫成 大統十二年 遣使獻其方物 成死 子湯立 建德六年 湯又遣使來貢 高祖拜湯爲上開府儀同大將軍遼東郡開國公遼東王.
연의 5대손인 성(成)은 대통[西魏 文帝의 연호] 12년에 사신을 보내 자기 나라의 방물을 보내었다. 성이 죽자 아들 탕(湯)이 왕위에 섰다. 건덕 6년에 탕은 또 다시 사신을 보내 조공을 가져왔다. 이에 고조(高祖)는 탕에게 상개부의동대장군요동군개국공요동왕(上開府儀同大將軍遼東郡開國公遼東王)의 작위를 주었다.

여기서 성(成)은 고구려 24대 임금인 양원왕(陽原王)을 말한다. 그 이름이 평성(平成)이다. 그가 대통 12년에 중국에 방물을 보냈다고 했는데, 이 해는 A.D.546년이니 고구려는 양원왕 2년의 시점이다. 실제로 『삼국사기』 양원왕 2년 조에 보면 위나라에 조공한 기록이 발견된다.

同十一月 遣使入東魏朝貢.
같은 해 11월, 사신을 보내 동위(東魏)에 들어가 조공하였다.

다만 동위(東魏)라 한 것은 서위(西魏)를 착오한 기록으로 보인다.
한편 건덕(建德)은 후주 때에 사용된 연호이니 A.D.572~578년 사이에 해당하고, 건덕 6년은 A.D.577년이다.

이 해에 고구려 탕(湯)이 사신을 보내 조공을 바쳤다고 했다. 탕은 다름 아닌 평원왕을 말한다. 『삼국사기』의 〈평원왕〉에는 '그의 이름이 양성(陽成)으로 되어 있는데, 『수서(隋書)』·『당서(唐書)』에서는 탕이라 했다[諱陽成 隋唐書作湯]'고 하였다. 지금 이 『수서』와 『당서』 이전의 역사인 『주서』에조차 평원왕을 탕으로 이름했음을 보게 된다. 그런데 『주서』의 기록대로 과연 평원왕 탕이 건덕 6년(A.D.577)에 후주에 조공을 바쳤다고 하는 저쪽의 사실이 부절을 맞춘양 『삼국사기』의 같은 연도 안에 그대로 밝혀져 있다. 577년, 곧 평원왕 19년 조에 나타난 기록이다.

王遣使入周朝貢 周高祖拜王爲開府儀同三司大將軍遼東郡開國公高句麗王.
왕은 사신을 주(周)나라로 보내 조공하였다. 주(周)의 고조는 왕에게 개부의동삼사 대장군요동군개국공고구려왕의 작위를 주었다.

이로써 두 나라 사이의 사실 정보가 상당히 밀도 있고 정확한 것임을 실감할 수 있다. 또 다른 예로 『주서』에 보면 후주 건덕 6년(577) 11월 경오일에 백제에서 사신을 보내 방물을 바쳤다는 사실이 보이는데, 『삼국사기』에서 확인한바 역시 백제 위덕왕 24년(577) '11월에 사신을 후주의 우문(宇文)에게 보내어 조공하였다 [十一月 遣使入宇文周朝貢]'는 기사가 똑같이 나타나 있다.

그런데 바로 이 조공을 주고받았던 당사국인 고구려와 후주 사이에, 〈온달〉 열전에서 설명하는대로 화친 관계가 깨져 서로 전쟁을 하였다는 기록은 저쪽 당사자인 『주서』 제기(帝紀) 무제(武帝)[상·하]의 어떤 연도, 어떤 월·일 조를 뒤져봐도 종당 확인해 볼 길이 없다. 동시에 우리쪽 당사자인 『삼국사기』 고구려 본기 〈평원왕〉의 연차적 모든 기사를 통틀어서도 나타난 바 없으니, 어찌된 일인지 마침내 그 영문을 알 길 없었다.

북주의 무제에 대항하여 전쟁을 승리로 이끌었다는 것은 대서특필할 만한 일인데도 무슨 일로 〈평원왕〉 본기에 그 사실이 빠져야만 했는가? 하물며 같은 위업을 성취한 장군 온달일진대, 그 명장의 이름과 존재가 평원왕 전체 조를 통해서 끝끝

내 막연할 따름인가? 혹시 온달은 고구려인들의 이야기 속에서만 존재하는 가공의 인물인가?

한편 〈온달〉 이야기 전체를 통하여 주인공이 전쟁에 출전한 것은 모두 두 차례에 걸쳐 있었다. 바로 위의 북주와의 이산(肄山) 전쟁 외에 또 하나가 있었으니, 나중에 그를 죽음으로 몰아갔던 신라와의 전쟁, 즉 아단성(阿旦城) 싸움이 그것이었다. 온달 장군이 신라에 빼앗긴 한강 이북의 땅을 되찾겠다는 각오를 새로 즉위한 영양왕(嬰陽王) 앞에 상주하자 왕이 출전의 허락을 내린 전쟁이다. 그리하여 〈온달〉 열전 안에는 과연 고구려와 신라 사이 전쟁 사실을 다룬 대목이 고스란히 나타나 있었다.

及陽岡王卽位 溫達奏曰…王許焉 臨行誓曰 鷄立峴竹嶺已西 不歸於我 則不返也 遂行 與羅軍戰於阿旦城之下 爲流矢所中 路而死.

양강왕[영양왕]이 즉위하자 온달이 아뢰기를 … 왕이 허락하였다. 온달이 전쟁의 길에 임해 맹세하기를, "계립현과 죽령 서쪽을 우리 고구려에 귀속시키지 못할 것같으면 돌아오지 않으리라!" 드디어 출정하여 신라군과 아단성 아래에서 싸우다가 적의 화살에 맞아 쓰러져 전사하였다.

그런데 고구려가 신라군과 아단성에서 싸웠다는 기록까지는 있어도 그 일이 언제라는 시간상 구체적인 기록은 없다. 하지만 온달의 전기(傳記) 사적을 말하는 이들은 언필칭 이것을 A.D.590년(영양왕 1년)의 일로 당연히 간주하고 있다. 다름아닌 양강왕의 즉위년에 있던 사실로 인식한 소치이다.

그럼에도 불구하고 정작 고구려 본기와 신라 본기의 590년 조에는 뜻밖에도 이같은 나려(羅麗) 전쟁의 사실을 전하는 기록 따위 전혀 찾아볼 길 없다.

고구려의 590년은 평원왕 32년으로, 진(晉)나라가 멸망한 마당에서 수나라 고조와의 외교관계에 전전긍긍하는 상황을 적고 있다. 동시에 이 해는 왕의 재위 마지막 해이기도 한지라 왕이 10월에 돌아갔다는 기사와 함께 영양왕 원년 조에 영양왕의 즉위, 그리고 수 문제가 사신을 파견한 사실이 보일 뿐이다. 591년과 592년 조 모두 수나라와의 선린 외교에 관한 기록이다.

신라의 590년을 찾으면 그것의 앞뒤 해 기록은 있어도 막상 해당 연도 안의 사실은 없다. 590년은 진평왕 12년에 해당하거니와, 12년 조는 아예 탈락되어 있는 것이다. 전년도인 589년(진평왕 11년) 조에는 원광법사의 불법(佛法) 구하는 일과 나라 서쪽에 홍수 든 일이 있고, 후년인 591년(진평왕 13년) 조에는 관리 배치의 일과 경주 남산성 축조의 일이 적혀 있을 따름이었다.

고구려와 신라 사이 전쟁의 행적에 관한 『삼국사기』의 기록적 태도가 내내 이런 식인가 하면 그것은 아니었다. 예컨대 고구려 본기의 603년(영양왕 14년)에 고구려와 신라 사이의 전쟁 기록이 하나 보인다.

> 王遣將軍高勝 攻新羅北漢山城 羅王率兵過漢水 城中鼓噪相應 勝以彼衆我寡 恐不克而退.
> 왕은 장군 고승(高勝)을 보내어 신라의 북한산성을 공격하였다. 그러자 신라 왕이 군사를 거느리고 한수(漢水)를 건너왔고, 성 안에서는 북치고 고함지르며 맞섰다. 이에 승은 저쪽의 수가 많고 자기 쪽이 적으니 이기지 못할 게 두려워 퇴군하였다.

그리하여 위의 사실의 신빙도를 시험하고자 같은 603년(진평왕 25년)의 신라본기를 조회하여 보니, 과연 나타난 바가 있었다.

> 秋八月 高句麗侵北漢山城 王親率兵一萬以拒之.
> 8월 가을에 고구려가 북한산성을 침범하니, 왕은 친히 군사 일만 명을 거느리고 그들을 막았다.

그 서술한 바가 동일 사건이고, 서로 간에 정확히 들어맞음을 알 수 있다.

그러면 돌이켜, 온달로 하여금 승고미를 부여시킨 대 후주(對後周) 전쟁과 그로 하여금 비장미를 부여시킨 대 신라(對新羅) 전쟁은 과연 현실로 존재하였던 역사적 실재의 기록인가, 아니면 가상의 영웅 설화적 군담인가? 다시 말해 이 전쟁담이 실제의 논픽션 사실 기록인지, 가공의 픽션 설화인지가 문제인 것이다.

대저 〈온달〉이야기를 전체적 차원에 놓고 보았을 때, 엄연한 사실 기록인지 형상화된 설화 기록인지의 사이에서 구분이 모호한 듯한 착종(錯綜)이 없지 않았다.

〈온달〉 이야기가 그 첫 발단에서부터 설화적 요소를 함유하여 있고, 나아가 설화적 구조를 띠고 있다는 데 대한 주장들에 관해서는 앞서 이미 밝힌 대로이다. 또한 그 현실성이 좀 애매모호하여 설화답다싶은 부분은 이야기 전반부에 치중되어 있다는 생각도 일반적인 경향으로 보였다. 그리하여 온달의 신분이 상승하는 과정과 최후의 죽음이 이루어지는 후반에서는 고작 온달의 주검이 국토 미회복의 한(恨) 때문에 움직이지 않았다는 한두 가지 화소(話素) 정도를 설화적 사고 안에서 이해하려는 분위기 안에 머무는 듯싶었다.

그러나 이제 그 두 개의 비중 높은 전쟁 고사도 고증이 무난할 것이라 쉽게 믿고 기대했던 사록 안에서 막상 검색하여서는 일말의 확인조차 할 수 없는 것이 되었다고 했을 때, 이 모티브 또한 전면 검토를 새로 시도하지 않을 수 없는 마당이 된 것이다.

〈온달〉 이야기는 다시금 아무리 생각해 보아도 받아들여 믿기 어려운 설화적 요인들로 가득 도포되어 있었다. 그 내용이 어떤 것도 역사 본기 안에 실려 있지 않았다는 사실을 굳이 내세워서 몰아붙이지 않는다 하더라도, 그 이야기의 진행하는 모양새를 보면 '그것이 정말일까?' 하는 신뢰하기 어려운 느낌을 야기시키게 된다.

〈온달〉이 비록 비중 있는 사서 안에 자리를 차지하고 있을망정 그것을 검토하는 누구도 쉽게 설화적인 내용으로 인식을 전환하는 데는 그만한 이유가 있는 것이다. 돌이켜 인식의 합리적 수준 안에서 성찰해 보면, 〈온달〉에는 상당히 현실적이지 못한 요인들이 내재되어 있다. 도대체 국중(國中)에 두루 호가 날 정도의 바보가 돌연 장군으로 변신한다는 발상, 그것도 일국의 뛰어난 명장으로 탈바꿈한다는 현상도 상식을 어지럽히고 복잡화하기에 충분한 것이었다. 울보 출신의 공주가 무슨 겨를에 양마(養馬)의 견식과 재능을 확보하였던지 궁중 내 국마 담당의 관리도 포기하여 내놓은 말을 데려다 최고의 명마로 만들었다는 얘기며, 어느 계제에 일류 가는 군사(軍師)의 자질을 함양했는지 바보소리 면치 못한 한 남자를 나라에서 제일가는 명장으로 키울 수 있었다고 한 얘기 또한 그러하였다. 이로써 구중심처 울보 노릇의 공주는 느닷없이 일등 무사와 일등 명마 제조기로 둔갑하였음이니, 어느새 그녀의 공주로서의 이미지 상승은 홀연 상식의 한도를 크게 넘어선 위에 등림(登臨)한다. 그 역할 직능이 무소불통하니, 같은 시대 최고의 전문가를 무색케 하는 전인적이고 초월적 위상을 거머쥐고 있는 것이다.

온달을 고집하는 딸의 소행 앞에 격분하여 딸을 내쫓은 것으로 그만이었다는 아버지 왕의 태도도 별반 납득이 순조롭지 못하다. 미천한 마퉁이와의 추문이 노래 되었다는 이유 한가지로 부왕이 딸 선화공주를 궁밖에 내쫓았다고 하는 〈서동〉 설화와 하등 다를 바가 없다. 그 두 이야기가 똑같이 '딸 축출'이라는 공동의 모티브 안에서 움직여지는 동궤의 설화라는 가능성만 제고시킬 뿐이었다. 보다 현실적이고 냉정한 관점에서는 감히 자신의 딸들을 혼란에 빠뜨리고 왕가(王家)에 모독을 끼친 서동이나 온달을 암해하려는 설정이 차라리 타당성 있어 보인다. 요컨대 〈온달〉과 〈서동〉 등이 그 이야기의 전반적 구조상 정녕 〈삼공본풀이〉 같은 사실 외적인 바탕의 설화 장치에 '맞춰진 이야기'일망정, '있었던 이야기'라고 보기에는 지나칠 정도의 순서적이고 규격화된 질서 안에 있었다.

그래서 논자들은 〈온달〉 가운데 설화로 인식되는 부분들을 사실적 문면으로 재해석해 내려는 노력을 꾸준히 경주하여 왔다.

이기백은 온달을 바보로 표현한 것도 고구려 귀족 사회의 통혼권(通婚圈) 밖에 있는 존재여서 주변 귀족들의 시기심에 따른 신분적인 문제가 인격적인 문제로 전화(轉化)된 나머지의 설정으로 이해하였다. 그 뒤의 논지들은 그 출발점이 이에서 크게 벗어나지 아니하였다.

김대숙의 전계한 논문에서는 온달이 그 당시 통혼권 안에 있는 중앙 귀족에는 끼지 못하는 토착 집단 출신으로 외적과의 싸움에서 큰 공을 세워 부상한 인물로 추정하였다. 그리하여 이 설화가 토착 세력과의 연계를 필요로 하던 당시 고구려의 국가 체제 위에서 두 개의 서로 다른 세력 집단을 대표하는 남녀가 결합하는 역사적 사실의 문학적 표현이라고 했다.

서영대 역시 『한국민족문화대백과사전』의 "온달"에서 온달의 출신이 왕족과의 통혼권 밖에 존재했을 것으로 짐작하였던 점에서 같았다. 아울러 온달이 평강왕의 공주와 혼인할 수 있었고, 나아가 국왕의 측근 세력으로서의 자기 위치를 신장시켜 나갈 수 있었다는 사실의 이면적 실재에 대해, 양원왕의 즉위를 둘러싼 고구려 귀족 세력 간의 다툼으로 말미암아 고구려 지배 질서에 상당한 변화가 있었음을 보여주는 것으로 간주하였다.

이제 돌이켜 논자들의 생각을 종합하여 보건대, 〈온달〉은 누구든지 그것의 설화성을 인정하면서도 동시에 분명 역사상 실존 인물이라는 데에 아무런 이의가 없다. 그러면 결과적으로는 이 무엇을 말함인가? 〈온달〉 이야기는 실화와 설화의 공교한 합성, 또는 역사와 문학의 융화적 결정체라는 사실 도출이 자연스러운바 되는데, 그럴진대 대관절 어디까지가 사실적 기초이고 또 어디까지가 설화적 조상(彫像)이라 할 것인가를 최대한 냉정하게 분별 판단하는 일이 요긴할 것으로 믿는다.

그리하여 이 글의 앞에서 상고해 본 바 '구불긍동'의 화소 및 전혀 사료상의 수습 근거가 없는 두 차례의 전쟁담은 차라리 설화적 국면으로 돌려 간주될 수밖에 없는 부분이었다. 반면, 사실적 국면으로 간주될 만한 것이라면 대략 평강왕 시절 온달이라 불리는 인물의 실존과, 그러한 인물이 당시 공주와의 혼인, 그 인물이 획득한 지위로서의 대형(大兄) 벼슬, 또 그의 최후가 영양왕 재위 초에 이루어진 사실 정도를 추려볼 수 있다.

그렇다면 〈온달〉의 진실 접근은 최종적으로 사실 기록의 충실한 기본 바탕 위에다 설화 기록 안의 이면에 은유 내포되어진 실제를 합리적으로 재현시켜내는 일에 걸려있다. 일찍이 이야기상의 온달은 '집안이 몹시 가난하여 항상 먹을 것을 빌어 어머니를 봉양하였으니, 찢어진 적삼 해진 신발을 신고 마을을 왕래했다[家甚貧 常乞食以養母 破衫弊履 往來於市井間]'고 하였다. 이것 말고는 다른 설명은 없으매, 그는 속절없이 영락없는 '걸인'이다. 그럼에도 불구하고 '사람들이 보고서 '바보' 온달이라 했다[時人目之爲愚溫達]'고 한 일도 조금 이상하였다. 그렇거니와 결국 그러한 우인(愚人)이요 걸식자가 일국의 공주와 혼인했다고 하는 부분을 두고서 궁극엔 온달이 당시 정계에서 공주와 통혼할 수 있는 테두리 바깥의 인물인데 대한 은유적인 처리로 수용하는 분위기가 일반화되었음도 그러한 개념에서 출발한 것이다. 그야말로 '거지같은', '빌어먹던' 인물이 어느 때 갑자기 왕실 참획의 광영을 누렸던 사실을 앞에 두고는 곧이곧대로 표출하기 곤란하여 설화적으로 환치(換

置)·재구(再構)시켰다는 뜻이 된다.

　그러나 이렇듯 전혀 마땅치 않은 결혼은 왕의 권능으로 얼마든지 제지하고 엄단할 수 있는 일임에도 불구하고, 그 일에 속수무책 아무런 제동력을 발휘하지 못하고 분노만 나타냈다는 것은 기존 논자들이 추론하는 것처럼 고구려 중앙세력 내부에 어떤 역학적인 흔들림이 있었으리란 생각을 불러일으키기는 한다.

　하지만 이 추론의 경우 왕이 자신의 의지대로 결혼시키지 못했던 사실에 대하여는 그 이면에 숨겨진 본뜻을 찾기 위한 긴장과 모색이 이루어졌던 반면, 공주가 온달한테만 시집가겠다고 고집한 상황의 진정한 속사정 찾기에 대하여는 아무런 긴장이 가해지지 않았다는 혐의에서는 자유롭지 못하다. 또한 그 때문에 왕이 공주를 더 이상 자식이 아니라며 쫓아낸 일에 대한 이면적 진실 접근도 전혀 무시되었다는 부담에서도 홀가분하지 못하다. 제시된 메시지를 거듭 반추해 보아도 왕이 전혀 못마땅한 결혼을 어떤 외부세력에 따른 힘의 역부족 때문에 감수해야 했던 타의적 혼인으로 설정시켜 놓은 상황으로 간주했지만, 거기 비해 공주의 표정이나 태도는 너무도 걸맞지 않는 구석이 크기만 하다. 공주는 부왕에 맞서 철저히 온달 편에 서 있으니, 공주에게서 강제성 결혼 같은 일로 괴로워하는 빛 따위는 전혀 찾아볼 길 없다. 오히려 처음부터 온달과의 혼인을 극력 고집할 뿐만 아니라, 자신의 생각대로 몸소 실행하면서 적극적인 역할을 수행하고 있다. 혼인의 자발적·능동적 주체로서 하등의 손색도 없는 것이다. 필경 외부의 힘에 의한 강제 결혼일 수 있는 추정적 전망을 어둡게 만든다.

　더구나 당시 평강왕 시절의 권력 내부에 이 같은 동요가 일었다고 할진대

1961년 신영균·김지미 주연의 영화 〈바보온달과 평강공주〉

는 『삼국사기』 안에서 그와 관련된 어떤 유사한 기록이라도 기대하여 봄직하나, 마침내 그렇지는 못하였다.

거듭 그 사랑과 그 결혼은 전적으로 공주의 순연한 자의지에 따른 것임을 망각할 수 없다. 순전히 공주가 마음이 내키고 좋아서 한 혼인이었다는 사실이다. 이것은 〈온달〉 이야기 전체를 일관해서 나타나는 현상이므로 정녕 사실기록으로서의 일정한 무게를 지닌다.

그런데 상대는 궁 바깥에 있는 바보이자 거지였다는 것이다. 일면식조차 없는 비천한 상대를 위해 자신의 모든 것을 희생하면서 개인으로나 국가적으로 가장 중대한 결정인 결혼을 우긴다는 일은 진정 설화에서만 제공받을 수 있는 분위기가 아닐 수 없었다. 서로 얼굴이 같은 거지와 왕자가 위치의 뒤바꿈으로 갑자기 운명이 바뀐다는 일도 있기 어려운 하나의 극단적 상황으로서 한 편의 소설로 남은 바 있었지만, 서로 일면식의 만남조차 없는 상태에서의 그 같은 결혼 관철은 〈왕자와 거지〉 이야기보다 훨씬 가파르고 극항(極亢)에 다다랐다. 이런 까닭에 선행 연구가들은 이 결혼 부분을 설화로 간주하면서 동시에 설화 안쪽의 참된 메시지를 찾고자 주력했던 것이지만, 이 〈온달〉 전반을 통해서 '만들어진' 이야기다운 대목이 반드시 이 부분 만은 아닐 것 같은 문제에 대하여는 앞에서 거론한 바 있었다. 게다가 그 바보란 인물이 어느날 느닷없는 공주의 출현과 훈도를 통하여 일약 말 잘 타고 사냥과 전쟁에 뛰어난 일인자 무인(武人)으로 급격히 변신하였으니, 이 역시도 설화적 소질이 다분하였던 대목이었다.

온달의 급작스런 기마(騎馬) 능력의 발휘는 〈온달〉 이야기 전반을 통해 상당한 핵심적 포인트를 이루는 부분이다. 곧 말을 다루는 재능의 부여야말로 그 다음에 전개되는 눈부신 변신으로의 전환적 계기를 마련하는 결정적 요인이 되고 있다. 즉 온달에게 말 다루는 재주를 거세시킨다면 그가 자기 앞에 처해진 상황을 타개하여 나갈 수 있는 아무런 근거나 단서도 마련되지 못하는 결과가 되고 만다. 한마디로 온달은 말[馬]과 아주 긴밀한 관계를 맺고 있는 인물임을, 이야기는 모티브 진행 과정 안에서 은연중에 그리고 지속적으로 암시하며 있는 것이다. 바로 온달이 타게 될 명마의 구비, 사냥에서의 일등주자[其馳騁常在前], 그리고 후주와의 전쟁에서의 선봉장[溫達爲先鋒疾鬪] 등, 기마 능력의 모티브가 전체의 맥락 안에 꾸준히 유지되고 있음으로써 이 이야기 속에서 온달과 말과의 연관이 상당히 깊다는 사실의 검출이 가능하다. 온달에게 있어서 말의 화소는 그에게 하천(下賤)의 삶을 벗고 일약 존귀한 터전에로 나아가는 발판의 구실을 다하였다. 그것은 신분적인 일대 상승을 기약해준 중대한 개입이 아닐 수 없었다.

이와 더불어 이야기 안에서 온달과 말의 관계는 합리성 짙은 사실로서보다는 별반 납득과 수긍이 어려운 사화로 수용시킬 만한 소지가 더욱 크게 보인다. 반복하거니와 공주가 온달로 하여금 병들어 파리한 국마를 사오게 하고, 그 말로써 일대 전진의 계기를 마련했다는 이야기의 상식 내지 현실성에 대해 간과치 않음이다. 도대체 국마 한 가지를 전문으로 다루는 자의 안목에서 병약하여 포기할 정도의 말일진대, 한갓 왕실 안에서만 지내던 공주가 그것을 최고의 명마로 만든다는 이야기도 설득력이 떨어진다. 역언하되, 공주가 데려다가 준마로 만들 수 있는 정도의 것이라면 애당초 전국 단위의 말 담당 전문 관리가 포기하여 민간에 내놓을 까닭이 나변에 있었을까 하는 의아로움이 따르는 것이다.

다른 한편 온달이 그 말로써 수렵 대회에서 선두를 차지하였다 하고 그 말로써 후주의 군대를 척결하였다 했지만, 전언한대로 이는 모두 사실 기록의 테두리 바깥에 머무는 이야기였던지라 설화 영역 안에서의 사고가 마저 요긴한 부분이었다.

이렇듯 그의 삶의 일대 전환 및 신분 비약의 계기가 되었던 것이 다름 아닌 말이라 할 수 있었으니, 온달의 실제 삶 속에 필경은 말과 무슨 특별한 연고라도 감춰져 있는 것은 혹 아니었을까? 아울러 그것이 '정말로 있었던' 사실성 관계보다 설화성 연대 위에서 꾸며진 이야기라고 했을 때, 허구로 형상화된 이면의 사실적 상황이 필경 따로 존재할 것이었다. 부언하면 〈온달〉 이야기에 구체화된 그림으로서 온달의 국마 사들이기와 공주의 명마 만들기, 사냥에서의 선두주자, 후주군에의 선봉 격파와 같은 것이 불투명한 터전에서도 한 단계 더 근원적으로 파고들어가면, 그의 개인적인 능력 속성이 어떠했는지, 또 그 발휘되어진 능력의 분야 소재가 어디였는지를 가늠잡아 볼 수도 있다. 바로 공주가 팔찌를 팔아 국마를 사들인 시점부터 온달이 비약적인 출세 및 신분 상승의 기회를 얻기 전까지 말과 가까이 했던 인물임을 알 수 있고, 왕의 사냥 및 후주와의 전쟁담으로써 기마의 능력이 출중한 인물임을 파악할 수 있다.

그렇다면 온달은 혹 승여(乘輿)의 부마(副馬)를 맡은 관직에 있던 한 사람은 아니었을까 같은 가정이 미치게도 된다. '승여(乘輿)'란 본래 탈것을 총괄하여 이르는 말이거나 행차 중에 있는 천자를 지칭하는 말이기도 하지만, 승여의 부마라 할 때는 천자가 타는 수레, 곧 대가(大駕)를 지칭하게 된다. 부마(副馬)는 예비로 두는 여벌의 말을 뜻한다.

황제가 타는 부차를 끄는 말[駙馬]을 맡아 보는 벼슬 직책은 중국의 한대(漢代) 이래 있었다. 그러다가 위진시대 이후로는 임금의 딸인 왕녀와 결혼한 사람에 한정하여 부마도위(駙馬都尉) 직책을 제수하였다. 이러한 까닭으로 임금의 행차시 만일의 경우에 대비한 보조의 말과 수레를 전담하는 부마의 직책이 일찍부터 존재했음을 짐작하기는 어렵지 않은 일이다. 이 땅에서도 A.D. 3세기에 그 같은 일의 우두머리 벼슬로서의 부마도위란 직명이 기존해 있었음이 『삼국사기』 고구려 본기 중천왕(中川王) 9년(256) 11월의 다음과 같은 기록 안에서 확인이 된다.

九年冬十一月 以椽那明臨笏覩尙公主 爲駙馬都尉.
9년 11월에 연나명림홀도를 공주에게 장가들게 하여 부마도위로 삼았다.

이러한 일은 하나의 의례적인 일로 서서히 자리를 잡아갔던 듯싶다. 다름 아니라 중국의 『신당서(新唐書)』 같은 곳에도 고구려에서 왕녀에게 장가든 사람을 부마도위로 칭호했다고 하는 기록이 보인다. 그리고 위의 역사서가 이루어진 때가 대개 A.D. 7세기경이 되니, 이때쯤 하나의 관습화된 모습을 띠고 있었음을 알 수 있다.

〈온달〉 이야기는 6세기 후반을 시간 배경으로 하고 있으니, 이때도 왕녀의 남편을 부마도위로 삼는 일에서 예외적이지 않았던 시기였다. 하지만 온달의 경우 어떠하였는가? 왕이 자신의 의지대로 딸의 남편감을 선정하고 부마로 책봉하여 주었느냐 하면, 그렇지 못하였다. 〈온달〉 이야기 안에서 부왕의 의지는 처음부터 무색할 뿐이었다. 또한 이 이야기 전체를 통해서 온달이 부마도위를 했다는 아무런 사실도 발견해 볼 길이 없다. 그 대신 나중에 전공을 세운 그가 왕으로부터 받았던 것은 대형(大兄) 벼슬이었다. 대형은 중앙집권체제의 확립 과정에서 고구려가 제정한 6등급의 관계(官階) 가운데 다섯 번째 품관이고, 후기의 관제에서는 14관등 중 제7위에 들어가는 관품이다. 아무튼 임금이 나중에 가서는 "이 사람이 바로 나의 사위다[是吾女婿也]"로서 결국 인정하였음에도, 그에게 부마 칭호만큼은 끝내 따라붙지 않은 사실을 상기해 볼 수 있다.

온달이 말과의 관련이 비상하게 깊었던 바탕 위에서, 겸하여 왕의 사위에게 붙는 직명으로서의 부마란 이름이 이전에는 순수히 말을 관리하는 직책에 붙는 이름이라 했거니와, 온달은 정녕 왕가의 부마 관리인은 아니었을까? 그러한 신분이라면 항상 궁실 가까운 데서 일을 보고 있고, 따라서 임금을 위시한 왕족들을 늘 가까이 시견(侍見) 할 수 있는 처지에 있음이 너무도 당연하다. 공주가 어려서부터 울기를 잘하였기에 임금이 바보 온달에게 시집보내겠다고 한 것과, 특히 공주가 성장한 뒤에 온달에게 시집가겠다고 한 내용을 잘 음미할 필요가 있다. 단 한 번의 얼굴도 본 일이 없이 오랜 세월 부녀 사이 얘기로만 주고받던 한갓 상상 속의 거지가 공주의 마음을 꼼짝 못하도록 사로잡은 결과, 아버지인 임금조차 손을 써서 개입할 자리가 없어질 만큼 속수무책이 되게끔 한 구상의 배경을 생각하자. 나아가 한 여인으로 하여금 부모자식 간의 의절—이것은 왕궁에서의 축출이란 언어로 형상화되었다—조차 아랑곳 않고 공주로서 일신의 부귀영화도 포기토록 할 만큼의 인간적 흡인력이 한낱 이야기 속의 거지한테서 나왔다는 발상은 확실히 무리한 감이 있다. 이야기 속의 여주인공이 아버지의 분노를 사서 집에서 쫓겨났다는 구성은 역시 전통 설화의 한 유형적 도식과도 관련이 없지 않다는 논의가 진작 개진되었지만, 〈온달〉 이야기에서도 나타난 아버지의 진노와 딸의 쫓겨남은 혹 왕실의 내부에서 일어났던 평강공주의 신변과 관계된 어떤 사실을 유형화시킨 언어일 가능성이 농후한 것이다.

한편 〈온달〉에 나오는 인물들이 그저 단순한 설화적 인물들이 아닌 역사적 인물이라는 점에서는, 그 유형의 언어 이면에 숨은 어떤 실제적인 사상(事象)이 필시 내재해 있을 터이다. 다시 말해 설화화 된 마당에서는 역시 거지와 공주 간 결혼과 같은 극단적 구상이지만, 실제로는 평강공주의 배우자 대상의 신분이 공주에 비해 월등히 낮은 계층에 속함을 암유한 말일시 분명하다. 그리고 누언한 바와 같이, 온달이란 인물을 강하게 뒷받침해 주고 있는 배경을 통해 그는 처음부터 말과 관련이 깊은 사람이고, 그것으로써 상승의 일대 전환을 이룬 사람이라는 점은 결코 간과될 수 없는 핵심안처럼 작용하고 있다. 이렇게 볼 때 공주는 궁중 안에서 생활하면서, 혹은 이런저런 나들이로 궁성을 출입하는 과정에서 이 거마(車馬)를 담당한 한 온량한 성품의 사람에게 마음이 쏠렸고, 바로 부부연을 맺은 뒤 더 늦어서야 왕으로부터 사위의 승인을 얻게 되니, 후세에 '온달'로 불리게 된 그 사람은 아니었던지 상정(想定)하여 보는 뜻이 있는 것이다.

온달(溫達)이란 이름에 나타난대로 그는 마침내 일정한 위상에 달(達)하였다. 〈온달〉이나 〈효녀 지은〉 같은 것은 역사 기록의 안에 자리하고 있었으면서도, 특별히 이야기 성격이 강했던 나머지 오히려 설화로서 더 잘 알려진 시대적 산물이었다. 그런데 설화 속 주인공의 이름은 여러 가지 경우를 따라 명명되겠지만, 그 이야기의 주인공 성격을 살려 붙여지는 경우 또한 적지 않다. 『삼국유사』에 수록된 향가(鄕歌) 작자들의 이름들이 그저 우연한 명칭이 아니라 이야기상의 특징적 행위 및 인품의 양상과 결부된 것일 수 있는 개연성이 크다. 효녀 이름을 은혜를 안다는 의미의 '지은(知恩)'이라 한 것도 그저 우연한 일만 같지는 않다. 지금 설화 속 주인공 '온달' 또한 일개 천분으로서 마침내 그로서는 더할 나위 없는 최고의 신분에 도달하였다. 추측이 그렇다면 앞의 '溫'자 또한 어떤 이유를 따라 나온 글자일는지 알 수 없다. 이야기 속에 보이는 그의 성품은 전혀 현실 감각은 없이 다분히 선량하고 온량한 이미지를 풍겨주고 있다. '溫'에는 단지 '따뜻함'의 뜻만 있는 것이 아니고, 실제 다양한 한문구 안에 '유화(柔和)'의 뜻도 있고, '선(善)', '후(厚)'의 의미도 있다. 이는 이야기 안에서 그의 어리석은 듯 착하기만 하고 후박스런 성품을 표현하기에 가장 적절한 어휘들이다. 아울러 '溫'은 많고 넉넉하다는 '부족(富足)'의 의미로도 쓰이는 경우가 있다. 과연 온달은 나중에 가서 족한 데에 이른 사람이기도 하였다.

이상에서와 같이 공주가 생전 보아온 일 없이 말로만 듣던 바보 거지에 대한 일편심 쪽에 합리성을 부여하기보다는, 그녀의 성장기를 통해서 늘 익숙하게 보아온 사람 앞에 쏠리는 관심과 애정 쪽에서 타당성을 모색하는 편이 훨씬 근리(近理)해 보인다. 부녀간의 인연마저 단절을 감수할 만한 정도의 극단의 열정은 역시 직접적인 접촉과 만남의 과정 안에서 가능성이 제고된다.

그러면 〈온달〉이 설화로서의 독특한 호소력과 강렬한 전파의 원동력은 전통 봉건사회에서의 상식의 파괴 개념 안에 있을 것이다. 거지가 왕의 사위로 되었다는 것은 애당초 문학적 형상화 단계를 거친 설화 안쪽에서의 얘기일 뿐, 실제상으로는 역시 공주의 행동반경 안에 있는 낮은 신분의 사람과의 혼인이라 하겠다. 상부 고씨(上部高氏) 같은 고관의 자제로서 왕의 사위가 되어 부마 직책을 제수 받는 상황이 상식 안의 일이라면, 처음에 그저 말 담당 관리 같은 미관말직에 있다가 나중에 임금의 사위가 된다고 하면 그 자체로 제도적 상식의 범주를 크게 일탈하는 일이 아닐 수 없다. 〈온달〉 안에서도 주인공이 전쟁을 고구려의 승리로 이끌었을 때에야 왕이 비로소 여럿 앞에 "이 사람이 바로 나의 사위"라며 세워줬음도 온달의 처음 지위가 크게 문제를 안고 있었던 데서 이유를 구할 수 있을 것이다.

3. 맺음말

비록 사록 속에 있는 〈온달〉 이야기였지만, 그것이 온전한 그것이 사실(史實)의 기록만이 아닌 설화 개입의 가능성을 준비는 사자(死者)의 관이 움직이지 않는다는 곳에서 시작되고 있었다. 그리고 부녀간의 갈등과 금을 소지한 딸의 가출, 급기야 미천한 출신과의 결혼 등도 이미 설화적 틀 속 큰 유형 안의 모양이었다.

그러므로 이미 형상화되어진 설화를 사실의 언어로 재해석해내는 작업이 이 〈온달〉의 경우에 풀어야 할 숙제처럼 되어 온바, 요컨대 공주가 왕궁에서 쫓겨났다는 것과 그녀의 혼인 상대가 바보 내지 걸인이었다는 것은 재래 설화의 유형구조 안에서 맞추어진 말일 뿐, 이는 역시 그 남자가 공주와는 비교조차 될 수 없는 열세의 신분임과, 그 남자에 대한 공주의 애정 의지가 강렬했음을 시사해주는 뜻의 바깥에 있지 않다.

기존의 해석은 그 요지가 중앙세력과 지방세력 사이 정치적 역학관계에서의 타협이라는 시각에서, 유력한 힘을 지닌 토호로서의 온달을 상정하기도 했다. 물론 이 경우에도 처음에 인정하지 못한 결혼이 나중 가서 승인되는 것과 같은 설화적 맥락과 견주어서 크게 상위되지는 않는다. 하지만 이 경우에는 마저 해결해주지 않아서는 곤란한 일정한 부담이 뒤따르게 된다.

가장 일차적으로는 고구려 평원왕 시대에 그 같은 조(朝)·야(野) 세력간에 정치적 갈등상을 엿볼 수 있을 만한 근거가 『삼국사기』 본기 안에서 뒷받침되고 있는지에 관한 의아함이다. 중앙과 토호 사이의 갈등 같은 일은 결코 사소한 문제도 아니고, 또 역사에서 굳이 감추거나 빼야만 할 기록도 아닌 것이다.

또한 평강과 온달 사이의 결합이 왕가의 기꺼운 혼인이 아니라 사세 부득하여 수행한 정책적인 혼인으로 상정할 때, 그 피해의 가장 우선적인 당사자는 당연히 평강공주일 수밖에 없다. 그러나 이야기 안에서의 공주는 오히려 부왕의 의지와 상반되는 결혼을 하여 결국 왕가의 체통을 망가뜨리는 장본인으로 되어 있다. 그녀가 중앙 귀족과 지방 호족 사이에 끼인 것이 사실이라면, 그 양자의 역학 관계에 휘말려 불가피한 희생양이 된 것만으로도 가엾기 짝없는 존재가 될 터이다. 그런 판에 이처럼 있지도 않은 억울한 이미지까지 뒤집어씌우는 것과 같은, 엉뚱한 상황적 부담마저 안겨주는 결과가 되고 만다.

돌이켜 〈온달〉은 그것이 다분히 발복녀(發福女) 설화의 테두리 안에서 움직여지고 있다는 점에서, 우선 역사 내용이라기보다는 설화 내용으로서의 인상을 못내 떨치기 어려운 작품이었다. 한 걸음 더 나아가 온달이 단지 평원왕의 사위라는 것은 고사하고라도, 그가 일국의 공주와의 기상천외한 혼인을 이룩한 주인공임에도 불구하고, 그리고 평원왕과 영양왕 당시의 충군(忠君)과 애국의 명장이었음에도 불구하고, 〈평원왕〉 및 〈영양왕〉 본기에 그에 대한 아무런 흔적도 없었다는 일은 아무리 생각해도 이상한 노릇이었다.

하지만 그 때문에 함부로 온달이 역사상의 실존 인물이 아니라고 단정 짓지는 않는다. 조선조에 몇몇 지식인들 사이에서 이 온달 전기를 토대로 한 악부화의 시도가 이루어졌다. 예컨대, 임창택(林昌澤, 1682~1723)의 〈온달부(溫達賦)〉, 이학규(李學逵, 1770~1834)의 〈우온달(愚溫達)〉, 그리고 이복휴(李福休, ?~?)의 〈온달행(溫達行)〉 등인데, 대개 온달을 역사적 실재로 간주한 나머지의 소산으로 보인다. 다만 명명의 정확한 시점은 알 수 없지만 온달이라는 이름을 부여받은 한 특수한 인물과 평강왕의 딸 사이의 혼인이 타의적으로 강잉(强仍)되어진 관계로서보다는, 적어도 두 사람 사이가 자발적인 혼인 의지에 따라 맺어진 관계로서의 인식이 온당하다. 전통 신분 사회에서 일국의 공주와 비천한 신분에 있는 남자와의 결혼, 그것도 공주 쪽의 자발적 의지에 따라 이루어진 결혼 등과 같은 사실이 있다손, 그 내용이 역사에 사실 모양 그대로 기록되기를 기대한다는 것은 봉건적 인식의 개념 안에서는 불가능과도 같은 일이었다.

이렇듯 그것이 한 시대 왕사(王事)의 심각한 오점이었고, 아울러 그처럼 질서가 파괴된 데 따른 경직 또는 긴장의 분위기가 명분을 중시하는 모든 전통적 사대부들의 의식 안에서 한동안은 지속될 뿐이었으리라. 하지만 그 뒤 어느 세월의 흐름 안에서는 그 심각함 대신, 완곡한 은유 내지 교묘한 형상화를 통해 낭만적 희학성을 띤 한 편의 설화로 재창출되는 일이 불가능하지는 않았겠다. 정작 본기에선 존재가 없던 온달이, 온전한 설화의 모습을 띤 채 열전의 안에 남아있는 소이도 그 같은 사유 안에서 찾아야 할 것이다.

▌景游 金昌龍

평양 원적, 서울 출생.
연세대학교 문과대학 국어국문학과 졸업(1976).
연세대학교 대학원 국어국문학과 문학석사(1979).
연세대학교 대학원 국어국문학과 문학박사(1985).
한성대학교 인문대학장, 학술정보관장 역임.
한성대학교 한국어문학부 교수(현재).

저서
『한중가전문학의 연구』(개문사, 1985)
『한국가전문학선』(정음사, 1985)
『우리 옛 문학론』(새문사, 1991)
『한국의 가전문학·상』(태학사, 1997)
『한국의 가전문학·하』(태학사, 1999)
『중국 가전 30선』(태학사, 2000)
『가전문학의 이론』(박이정, 2001)
『고구려 문학을 찾아서』(박이정, 2002)
『한국 옛 문학론』(새문사, 2003)
『가전 산책』(한성대학교출판부, 2004)
『인문학 산책』(한성대학교출판부, 2006)
『가전을 읽는 방식』(제이앤씨, 2006)
『가전문학론』(박이정, 2007)
『교양한문100』(한성대학교출판부, 2008)
『인문학 옛길을 따라』(제이앤씨, 2009)
『고전명작 비교읽기』(한성대학교출판부, 2009)
『우화의 뒷풍경』(박문사, 2010)
『한국노래문학의 의혹과 진실』(태학사, 2010)
『대학한문』(한성대학교출판부, 2011)
『시간은 붙들길 없으니』(한성대학교출판부, 2012)
『문방열전-중국편』(지식과 교양, 2012)
『우리 이야기문학의 재발견』(태학사, 2012)
『조선의 문방소설』(월인출판사, 2013)
『문방열전-한국편』(보고사, 2013)
『고구려의 시와 노래』(월인출판사, 2013)

지은이 김창룡
펴낸이 김흥국
펴낸곳 도서출판 보고사

책임편집 이유나
표지디자인 오동준

등록 1990년 12월 13일 제6-0429호
주소 서울특별시 성북구 보문동7가 11번지 2층
전화 922-5120~1(편집), 922-2246(영업)
팩스 922-6990
메일 kanapub3@naver.com
http://www.bogosabooks.co.kr

ISBN 979-11-5516-204-0　93810
ⓒ 김창룡, 2014

정가 16,000원
사전 동의 없는 무단 전재 및 복제를 금합니다.
잘못 만들어진 책은 바꾸어 드립니다.

이 도서의 국립중앙도서관 출판시도서목록(CIP)은 서지정보유통지원시스템 홈페이지
(http://seoji.nl.go.kr)와 국가자료공동목록시스템(http://www.nl.go.kr/kolisnet)에서
이용하실 수 있습니다. (CIP제어번호 : CIP2014003904)